A chama remota

Tomás Prado

A chama remota

Copyright © 2023 Tomás Prado
A chama remota © Editora Reformatório

Editor
Marcelo Nocelli

Revisão
Marcelo Nocelli
Natália Souza

Imagem de capa
iStockphoto

Design e editoração eletrônica
Negrito Produção Editorial

Dados Internacionais de Catalogação na Publicação (CIP)
Bibliotecária Juliana Farias Motta (CRB 7/5880)

Prado, Tomás, 1983-
    A chama remota / Tomás Prado. – São Paulo: Reformatório, 2023.
    288 p.: 14 x 21 cm

    ISBN 978-65-88091-87-6

    1. Romance brasileiro. 1. Título.

P896c   CDD B869.3

Índices para catálogo sistemático:
1. Romance brasileiro

Todos os direitos desta edição reservados à:

EDITORA REFORMATÓRIO
www.reformatorio.com.br

E bem podemos suspirar aliviados ante o pensamento de que, apesar de tudo, a alguns é concedido salvar, sem esforço, do torvelinho de seus próprios sentimentos as mais profundas verdades, em cuja direção o resto de nós tem de encontrar o caminho por meio de uma incerteza atormentadora e com um intranquilo tatear.

Sigmund Freud, *O mal-estar na civilização*

Para desvendar o mistério das profundezas, às vezes é preciso visar os cimos. O fogo que está no centro da Terra só aparece no cume dos vulcões.

Henri Bergson, *A energia espiritual*

Sumário

1. Prólogo   9
2. *I need more space*   11
3. Solidariedade asmática   27
4. Malagueta   39
5. O conflito nas faculdades da alma   59
6. *Green grass*   85
7. O belo e o sublime   101
8. O Beco do Batman   121
9. *Train song*   139
10. Cajuína   163
11. O mirante do Leblon   187
12. *No surprises*   205
13. Rios flutuantes   225
14. Dois pra lá, dois pra cá   251
15. Epílogo   279

1. Prólogo

"Escrever um romance foi o que debilitou minha saúde." Perguntei a um psiquiatra se é possível adoecer de teimosia, e ele respondeu que nem sempre as causas de sofrimento psíquico se revelam na precipitação das crises. Doutor Franco solicitou o texto para auxiliá-lo em meu diagnóstico, e considerei fazermos dele uma contribuição para o avanço das ciências psíquicas.

De início, a inspiração surgiu de um bordado feito por uma conhecida. Quis ter com ela uma interlocução estética, provocá-la com um tratamento filosófico de seu trabalho e seguir seus passos, ou melhor, criar algo próprio e poético. Como ela fez comigo, imaginei que despertaria adormecidos com luzes acesas e provocaria fleumáticos com um choque d'água. Alguma desordem já se insinuava naqueles excessos e, quando meus recursos filosóficos se mostraram limitados, encontrei a ficção que havia fracassado em conceber.

À exceção da alteração de nomes, resolvi contar a verdade. Não aquela que filósofos teorizam ser a mais comum de todas as coisas, nem confissões insossas demais para escandalizar o leitor de hoje. Vi distâncias, que sempre existiram, crescerem em uma espiral sem fim, e agora sei que essas impressões decorrem de um transtorno em nada extraordinário.

Com o incentivo do médico, concluí este relato. Intitulei-o *Fogo amigo* e o enviei à editora, que, para minha surpresa, entendeu que ele atende àqueles primeiros propósitos. No entanto, como estou medicado, renuncio àquelas aspirações. É possível superar tais perturbações ao confiar todo poder à ciência.

EDUARDO MATOS

2. *I need more space*

Da entrada principal, a Universidade São Romão parece um shopping sem luxo com paredes que destacam painéis publicitários de jovens sorridentes e mensagens auspiciosas sobre o futuro. Pilotis sustentam um espaço amplo, iluminado por luzes artificiais. No mezanino, formam-se filas em duas papelarias e uma farmácia, que contrastam com a loja de eletrônicos e a de roupas com o emblema local. No início da noite, os estudantes atravessam o saguão – uma praça de alimentação com opções de massas brancas, frituras e doces – e sobem para dez andares, onde cada sala de aula comporta até uma centena de pessoas. O canto norte do oitavo andar é o mais vazio, e lá todos se sentem à vontade com isso. Nos intervalos, alguns descem para tomar café e fumar. O restante ocupa os corredores com rodas de conversa que estendem discussões das aulas. Ao me verem, acenam generosos cumprimentos e retornam ao lugar na classe.

Para atender os mais envolvidos, o começo é metódico. Para animar todos, faço de culturas ancestrais a xepa da feira, mas sem o retorno esperado. Às nove horas da noite, eles afundam na carteira, e a atenção rutilante esmorece pelo desgaste da jornada de trabalho, dos deslocamentos na cidade e das inquietações contumazes que a filosofia tarda em socorrer. Às dez, espaireço pela janela, vislumbrando a Serra da Cantareira sobrevir como uma onda de terra que, em alguns milhares de anos, terá sido arrasadora. Eles se dispersam precipitando o retorno para casa e, sem ter por que retê-los, encerro nosso encontro com uma recomendação:

— Semana que vem, não esqueçam *O mensageiro das estrelas*. Vamos ver com Galileu as diferenças entre o heliocentrismo de Copérnico e os sistemas aristotélico e ptolomaico.

Alguns alunos vigiam o compromisso com o horário e catam em meus últimos comentários aspectos indefinidos do programa de curso, o que parece autorizá-los a antecipar nossos próximos passos.

— Eduardo, não foi Galileu quem morreu queimado pela Inquisição?

Marcos interrompe a movimentação dos colegas de um jeito indiferente, que só dispensa ao assumir a militância política. Nos intervalos de aula, interpela os mais tímidos com voz empostada, tomando proveito da estatura e da idade, ambas acima da média – ele tem mais ou menos 30 anos, uns cinco a menos do que eu –, para discutir as eleições que virão e fazer crescer, à custa de alguns, um ar de autoridade sobre os demais.

— Não. Galileu foi condenado a se retratar e a passar o resto da vida recluso — respondo. — Esse foi Giordano Bruno, algumas décadas antes, por defender que o Universo é infinito e com muitos planetas como o nosso.

A apatia geral dá lugar a expressões de aborrecimento, mas nem todos se impressionam com isso.

— Professor, ele tinha razão? — Lúcio intervém apontando a caneta para o teto e evitando o contato visual.

Lúcio, diferentemente de Marcos, pertence ao grupo dos introvertidos e não percebe que todos gostam dele. Ao tomar a palavra, cede mais a uma necessidade que a uma curiosidade, como se de outro modo fosse se partir em dois. Os mocassins escuros, a calça de linho e a camisa de botões de manga curta azul desbotada passam a impressão de compor um uniforme de motorista. O rosto redondo ostenta olheiras profundas para quem tem 20 e poucos anos, mas os pequenos olhos cansados permanecem vigilantes para aproveitar ao máximo a convivência e a oferta de novos conhecimentos. Apesar de breves, suas intervenções salvam discussões, mesmo nas horas menos oportunas.

— Aristóteles pensava que o Universo é eterno e finito no espaço; os modernos, que ele é infinito... Bruno não inventou essa ideia, mas foi propagador dela. — Aguardo sinais de contentamento, porém o efeito é inverso.

— Eduardo, hoje a gente sabe que o Universo começou com o Big Bang e vai acabar. As galáxias vão ficar mais distantes e se perder do nosso campo de visão. As estrelas do céu vão resfriar e desaparecer. — Marcos, de ignorante em história da física, passa a especialista em astrofísica contemporânea. Entretanto, a impressão que me provoca é de que descreve minhas aulas como um desafio para que eu deixe de lado o ramerrão e exponha os segredos que o Universo me confiou.

Uma pequena flama resistente ao alheamento dos colegas começa a se espalhar entre eles como um sentimento revertido. Querem ver como o professor sai das cordas, mas são eles que se erguem ao redor da arena. Os rostos estão mais corados. A curiosidade, que reacende o brilho em seus olhos, antecipa a resposta que tenho a oferecer.

— Ao ver pela primeira vez a superfície de um rio congelar no inverno, alguém pode concluir que seu movimento cessou e que ele vai permanecer assim para sempre? Na natureza, vemos movimento criador por toda parte. Não é estranho imaginar que isso seja a breve exceção do repouso absoluto?

— É a ciência que discorda, já que o tempo nasceu com o Universo. — A confiança de Marcos está prestes a dispensar a formalidade e, para isso, ele conta com meu incentivo.

— Crianças pequenas também costumam pensar que seus pais nunca foram crianças e que não havia tempo antes de nascerem.

— Mas estamos falando do Universo e não de crianças. Olha, Eduardo, com essas analogias a gente vai parar junto dos terraplanistas...

— A ciência trabalha com sistemas fechados, com recortes da realidade que permitem representar regularidades e probabilidades. Para pensar a unidade do mundo e sua direção, ela não oferece subsídios melhores do que os da filosofia. Não é científico supor que o movimento que produz novas formas, contínuo e incessante, tenha surgido do nada e vá dar em nada. Se na eternidade houvesse a possibilidade de tudo terminar assim, não estaríamos aqui agora.

Enquanto Marcos examina meu argumento, Lúcio recomeça:

— É melhor a gente acreditar em Heráclito, não é mesmo? Tudo passa, como as águas de um rio. A existência é um fluxo sem começo nem fim.

Ao recuperar o início do curso, ele me faz observar os dias e os anos em *loop*. Não porque estivesse errado. A rotina leva à substituição do espanto pela didática, das ideias pelo saber sedimentado, e o desejo de descobertas, assim como a comoção com o encantamento do outro, se perde como o céu descrito por Marcos. Contudo, nessas horas de esgotamento, às vezes a repetição produz inadvertidamente um desvio, uma inspiração capaz de renovar o ânimo.

— A ideia de nada nasce de expectativas frustradas, da generalização de decepções — respondo. — Se os antigos pensaram a eternidade, e os modernos, o infinito, hoje muitos filósofos têm mais interesse pelo nada. Chegaram a encontrar o nada na condição humana, e talvez isso seja um sinal dos tempos.

A maioria dos alunos, cansada da confusão que cresce, não esconde o celular à mão enquanto espera o encerramento da aula. Guardo meu material na pasta. Seja lá aonde Marcos e Lúcio pretendiam chegar com aquelas questões, mostraram-se satisfeitos com o lugar encontrado para elas.

*

Desço as escadas e procuro onde estacionei meu carro, um symbol 2013, meio maltratado, mas recém-quitado. O manobrista grita de longe que o levou para o outro lado do pátio. Ao me desvencilhar da fila de veículos da saída, acelero na Radial Leste e faço ultrapassagens na direção do Centro. Tomo a Rua da Consolação e, na altura da Paulista, dobro no sentido do Cemitério do Araçá, assegurando-me de que nada me detém. Desço a Cardeal Arcoverde e paro no estacionamento da Igreja do Calvário acenando para o vigia, que encerra o expediente. Recolho a pasta com o material de aula no banco do passageiro, atravesso a Praça Benedito Calixto e subo as escadas para o apartamento onde moro desde que cheguei do Rio de Janeiro.

O primeiro quarto à esquerda no corredor faço de escritório. Nele estão dois móveis de mogno que trouxe comigo na mudança: uma estante e uma escrivaninha que pertenceram a meu avô, de quem sempre me senti próximo, embora ele tenha falecido antes de eu nascer. Quando anunciei a minha mãe o desejo de me tornar professor de filosofia como ele, ela me deu parte da coleção de livros que herdara do pai. Eles agora ocupam as prateleiras mais altas e, logo abaixo, repousam desordenadamente clássicos da literatura, junto com algumas revistas acadêmicas e materiais da faculdade, como trabalhos de alunos já corrigidos e dos quais ainda não me desfiz, artigos impressos organizados conforme os cursos, pesquisas em andamento, contratos e textos institucionais que fazem volume inutilmente. Por mais bagunçada seja a estante, na mesa, em contrapartida, ficam apenas o computador e seus acessórios.

De uma bandeja na cozinha retiro uma pera. Vou para a sala e me acomodo no sofá. Ao mordê-la, lembranças se misturam à imaginação de sua origem remota, transmitida de uma semente a outra: uma paisagem bucólica do século 18 em Montmorency, ao norte de Paris, onde Jean-Jacques Rousseau caminhava pelos bosques em busca de inspiração, perdendo-se em devaneios. Um dia, eu quis refazer seus passos e agora me contento com as reminiscências desse desejo, de seu sabor peculiar. Peras da França: tortas, geleias e o sorvete Berthillon. A cada mordida, avanço a fronteira da vigília me integrando a cenas de *Emílio* e *Os devaneios de um caminhante solitário*. Depois me levanto, descarto a sobra no lixo, escovo os dentes e sigo para o quarto.

Visto o pijama – um short samba-canção, para não sentir calor com o lençol e o edredom que fazem o peso certo sobre as pernas, uma camiseta branca sem estampa e uma blusa de moletom tão desbotada que já não recordo sua cor original. O detalhe mais importante é não faltar, qualquer que seja o tempo, meias de algodão moderadamente grossas, que já perderam alguma tensão do elástico e não apertam demais a circulação e os pelos das canelas. Em seguida, busco no armário três travesseiros: o mais fino vai entre os joelhos para amortecer o atrito entre eles; o de volume intermediário, sob a cabeça, possui a sustentação adequada para não tensionar os ombros na posição lateral; e o maior, à disposição de uma improvável companhia, varia em múltiplas serventias no lusco-fusco da consciência, como um astrolábio para navegar na noite, uma prancha para dropar ondas oníricas ou uma barreira contra o precipício da cama. Posiciono o par de chinelos em perpendicular à lateral direita, desde que a experiência me ensinou que é a melhor maneira de calçá-los para ir ao banheiro sem prejudicar demais o sono. Tiro os óculos e os posiciono atrás do copo d'água, pois só precisarei deles pela manhã. Por fim, recaio sobre o mesmo dilema, o de fugir ou não do buraco do colchão que se forma no meu lado predileto, não importa quantas vezes eu o gire e revire, porque, depois de fugir dele, durante a noite acabo voltando.

Pela última vez antes de dormir, corro o dedo pela tela do celular. Pulo publicidades para ver nas redes sociais o que se passa com pessoas de quem perdi o contato. Imagens de treinos em academias, escolhas de refeições em restaurantes, famílias reunidas e pontos turísticos, até que sou capturado pela foto de um bordado: desenho de uma mulher nua que voa pelo espaço como um corpo celeste. Saturno e Vênus a cercam. Sua cintura se alinha entre os planetas com um eixo inclinado à esquerda, como se ela nadasse *crawl* no oceano, espelho do céu tombado. As pernas compridas e bem torneadas estão entreabertas, semidobradas, e os braços alongados, voltados na direção contrária, por onde a mulher parece escapar. Ela tem a cabeça erguida e os cabelos presos em coque dentro de um escafandro de astronauta. A sua volta, como uma nave onde ela flutua, uma bolha resiste ao vácuo. Estrelas escuras cintilam sobre o fundo do tecido cru, e todos os círculos fazem jogo harmonioso: o escafandro, os planetas, a bolha que a mulher habita, suas nádegas no centro da imagem como o símbolo do infinito e a borda visível do Universo no aro de madeira. A agulha transpassa o plano, porque o trabalho está inacabado. Quatro palavras, a última ainda rascunhada a grafite, formam uma legenda que nas ruas estampa camisetas com figuras de alienígenas: "*I need more space*".

Conheci Alice, autora do bordado, seis anos atrás, numa *soirée brésilienne* em Paris. Foi no aniversário de Milena, uma amiga de infância que cursava com ela mestrado em arquitetura. Eu já morava lá havia alguns meses e pesquisava na Universidade Sorbonne a filosofia de Michel Foucault, para compreender como é possível contar histórias sem comprometê-las a uma perspectiva, embora esse meu interesse favorecesse o de viver cada vez mais entocado. Da casa à sala de aula, da sala de aula à biblioteca e da biblioteca à internet: esse roteiro me bastava, à exceção de algum passeio nos fins de semana para almoçar e ir ao cinema ou ver uma exposição. À custa de insistências, entre os primeiros sinais do inverno, esse casal de amigos, Milena e Lucas, me convenceu a enfrentar o vento gelado no Canal Saint-Martin. Lembro-me de Lucas dizer ao telefone, resgatando a última conversa que tivemos:

— Edu, esquece a Clara. Agora que chegou aqui em Paris vai ficar cismado com o que ficou no Rio? Vira a página. Olha em volta... Estamos em Paris. Deixa um pouco de lado os livros e sai pra ver o Velho Mundo! — sugestão tão impertinente quanto bem-intencionada.

"Quem sabe na hora em que você deixar de lado as análises de investimento e risco-retorno", considerei responder, mas me faltava familiaridade com a lógica do mercado e não ganharia nada em provocá-lo. Lucas passou por uma reviravolta ideológica na vida que aumentou sua autoconfiança, já nada modesta. Em casa e na escola, rejeitava a autoridade dos pais e de professores; apresentou a maconha à nossa turma, convidando todo mundo para matar aula na praia; e, a cada bimestre, na época das provas, aparecia com uma nova namorada como se já estivesse aprovado. Na faculdade, depois de uma troca de curso, do encontro com novos professores e da formação de outro grupo de amigos, substituiu o liberalismo nos costumes pelo econômico, tornando-se crítico da produção de conhecimentos sem efeitos imediatos para a multiplicação de capital. Conservava o gosto pela argúcia, enquanto estivesse certo de ter razão.

Contrariado com meu silêncio, ele passou o telefone a Milena, que fez crescer meu embaraço:

— Edu, vamos! Vai ser divertido! A gente mata saudade dos quitutes do Brasil e dos forrós no Malagueta! — Ela se referia a um grande salão da Lapa, que frequentávamos na adolescência e que talvez ainda exista hoje.

— Milena, amanhã o Renato chega cedo de Berlim e combinei de encontrar com ele na estação de trem, temos muito trabalho a fazer. Você não me falou nada sobre essa comemoração no meio da semana.

Ela sabia que Renato era o único amigo que fiz na faculdade. Estudávamos juntos instigando o crescimento intelectual um do outro. Oposto completo de Lucas, minha admiração por ele ia além do interesse que compartilhávamos pela filosofia, por possuir uma personalidade com a qual me identificava – a dele, uma versão depurada da minha. Fossem as urgências do noticiário que não o sensibilizavam ou os mais polêmicos embates conceituais em torno das obras e dos pensadores prediletos, Renato mantinha um semblante plácido, seguro de si, era sempre cordato, elegante e reunia todos os aspectos de um espírito superior.

Milena e ele eram meus melhores amigos, o que provocava nela algum ciúme, embora ele não tomasse consciência da existência dela e talvez nem sequer notasse que eu tinha tamanha consideração por ele.

— É meu aniversário, Edu!

Não entendo o prazer que as pessoas têm em reunir os outros em torno de si mesmas, sobretudo em aniversários, quando fazem coro cantando *Parabéns* e procuram por um contato físico excessivo. Aliás, minha amizade com Milena teve início por uma decisão dela que me pareceu randômica. A convivência como colegas de turma, pelo que à época parecia bastante tempo, tomou a proporção de um laço para a vida toda. É possível que a aproximação que ela fez tenha coincidido com a separação dos pais. Na ocasião, decepcionada com a mãe, que ela culpava pela separação, e sofrendo com a ausência do pai, atribuiu-me o papel de substituto, como um irmão que deveria estar sempre presente, embora isso lhe custasse uma atitude ambígua, de sedução e de esquiva.

No colégio, demonstrei ter sentimentos por ela antes de Lucas – se é que me fiz entender melhor do que antes pretendi falsear. No entanto, em Paris, a proximidade dos 30 anos me levava a pensar que tinha prioridades acima dos laços sociais. Para me tornar alguém relevante, era urgente concluir um trabalho sério. Não me convinha reproduzir dinâmicas que no Malagueta custei a engolir até conhecer Clara.

*

A sugestão de que minha dedicação à filosofia pudesse rivalizar com nosso amor deixou de ser utilizada para voltar minha atenção aos interesses dela, como a festa de casamento, que não fizemos, e o desejo de ver o mundo, ao qual eu pretendia atender para compensá-la. Ao retornar, aquela rivalidade situava Clara na posição privilegiada de saber o que era melhor para nós dois.

Lembro-me de certa vez, recostado na porta da cozinha, ficar impressionado com sua capacidade de lavar louça como se tirasse dessa atividade mecânica um contato prazeroso com a água. Manipulava talheres, copos e pratos sem pressa, com delicadeza, girando todos os seus ângulos sob um contínuo, mas econômico, fio translúcido. E me perguntei se, para ela, eu estaria naquela mesma ordem de objetos.

— Um ano em Paris, como a gente sonhou junto — resumi tudo, ao insistir pela última vez.

— Você fala como se fosse um final de semana.

— Justamente. Você não vai sentir minha falta?

— Estou falando do quanto precisaria me afastar do trabalho.

— E de mim?

— Mas, se isso é importante pra você e somos importantes um pro outro, a gente vai superar essa fase.

— Como vou me concentrar naqueles monastérios sem saber se tudo vai voltar a ser como era?

— Não quero que as coisas sejam sempre as mesmas, Edu.

— Essa é a chance que temos agora. Lembra que essa história começou porque você queria morar um tempo fora?

Em silêncio, ela cogitava inverter a situação para examinar circunstâncias hipotéticas – por exemplo, a chegada de um filho, que ela nem sequer sabia se um dia gostaria de ter, ou oportunidades de trabalho que fossem favoráveis para ela e adversas para mim. Eu previa a confissão de desejos de aventura que não me incluíam, embora também não me interessassem, quando seu rosto se iluminou ao compreender que tudo isso poderia ser evitado se ela se limitasse ao essencial.

— Você não leva a sério, mas agora tenho um trabalho. Posso te visitar e ao longo da vida podemos fazer tudo isso muitas vezes. Mas o consultório está indo bem e meus pacientes precisam de mim. Não é fácil encher uma agenda e seria uma irresponsabilidade com eles.

— E você acha que não preciso de você? É o que quer ouvir?

— Você vive mergulhado nas suas coisas, me trata como bisbilhoteira e de repente é tão dramático!

— Não estou sendo dramático, mas realista. Lembra do conto *Noite de almirante*, de Machado de Assis, que lemos na escola? Daqui a um ano você vai ser a Genoveva, e eu, o Deolindo: "pois sim, Deolindo, era verdade. Quando jurei, era verdade. Mas vieram outras coisas…".

Incrédula, esperou ver quão longe eu iria em associações apelativas, e achei que talvez até pudéssemos rir juntos delas, mas preferiu a seriedade.

— Fazer promessas não é mesmo o que vai fazer diferença.

— E o que vai fazer diferença?

— Nada vai fazer diferença.

— Nem se eu conhecer alguém?

— Vai. Termina sua tese. Depois a gente conversa. — Usou o conhecido tom com que me pedia que buscasse pão na padaria.

Em poucos meses, meus receios se mostraram subestimados. Quando sentava em um restaurante para almoçar ou em um café, com meus livros; quando passeava nas margens do Rio Sena e depois ia ao mercado para comprar comidas gostosas que não me traziam prazer de comê-las sozinho; quando descobria um lugar diferente, uma galeria, um cinema, uma livraria, uma bela exposição... Tudo me lembrava Clara, me fazia pensar no que ela diria, no que estava fazendo, se pensava um pouco em mim, e trazia a expectativa de nosso reencontro. Boa parte de meu tempo gastava imaginando o que ainda poderíamos conquistar juntos. Outra parte eu convertia cada novo lugar que eu visitava em uma lacuna entre nós dois, e era tentador sonhar com as formas como mais tarde ela deveria me compensar por isso.

*

Na véspera da partida para a França, esbarrei por acaso com Milena na muvuca de um bloco de Carnaval. Era um programa desagradável, mas que deveria desviar meus pensamentos da separação. Milena segurava em uma das mãos um copo quase vazio de cerveja. Com a outra apontou uma gota de suor que escorria por sua bochecha coberta de purpurina e disse com ironia:

— Estou triste que você e Clara se separaram. Tá vendo? Tem até uma lágrima escorrendo aqui. — E desapareceu na multidão, puxada por amigas esbaforidas.

Lágrima de crocodilo, diriam, mas não eu. Milena gostava de comunicar interesses aparentes sem conceder a ninguém a chance de entender seus verdadeiros motivos e todo o quadro do que se passava com ela. Nossa intimidade, para mim, nunca se traduziu em certeza de conhecê-la e poder adivinhar seus pensamentos, como as pessoas dizem que verdadeiros amigos são capazes de fazer em uma simples troca de olhar.

Enquanto, em Paris, ela insistia para que eu fosse ao seu aniversário, considerei responder, como quem, depois de tantos anos, nada tem a perder: "Já que faz questão da minha presença, por que não eu, hein? Alguma vez você já gostou de mim?", porém embaralhei ponderações a respeito de compromissos de meu plano acadêmico de vida. Seus argumentos, que acusavam um conflito entre meu trabalho e a vida social, em vez de consolarem, avivaram a lembrança das últimas discussões com Clara. Ao ver que aquilo se alongava e que eu me valorizava com a insistência da sua mulher, Lucas se aborreceu e me acusou de atrasá-los com um joguinho de cena. Sem confessar, só podia lhe dar razão. A rivalidade com a filosofia ressurgia com minha amiga e, carente de certezas, era prudente atendê-la.

Ao chegar na festa, logo que Milena me apresentou Alice, seu sorriso degelou meu coração, mas meus lábios rachados relutaram em sorrir de volta. Milena recebia outros convidados e, por um instante a sós com Alice, surpreendi o reflexo de minha cabeça crescendo em sua pupila como um balão solto. Podia ver tudo do alto e assistir o caminho abstrato que se abria. Fiquei sozinho com sua consciência, pequenino feito presa na gaiola, e aquela desconhecida, conectada a uma estranha imagem que fazia de mim, poderia em breve tomar posse de minha intimidade. Por mais que me encontrasse disposto a perdê-la, sabia que havia até lá muitas outras coisas a perder.

Não deixei de notar seu sotaque paulistano quando passamos a falar cada um sobre sua posição universitária. Para emendar assuntos menos formais, disse-lhe, como uma mentira mal dissimulada, que adorava São Paulo, embora naquele tempo eu pensasse que no Brasil bastava o Rio de Janeiro. Já havia visitado Tiradentes, Ouro Preto e, em Brumadinho, o Instituto Inhotim. Não fazia questão de conhecer mais nada. Ela pode ter reparado minha hesitação, porque preferiu falar do presente, e passamos sem demora à convergência dos gostos pessoais na vida parisiense, esta sim bem desfrutada por jovens exigentes e acostumados à fartura de oportunidades, como éramos: restaurantes prediletos de comida asiática; cinemas antigos exibindo filmes da *nouvelle vague*; um espetáculo de Pina Bausch acontecendo naquele momento no Châtelet; exposições imperdíveis no Jeu de Paume e no Centre Pompidou. Comemos uma mistura semelhante a uma feijoada, bebemos caipirinha a 10 euros e trocamos impressões de estudantes brasileiros no estrangeiro. A cada sugestão de programação, eu agia com a confiança de que a qualquer momento pudéssemos percorrê-la juntos e por minha conta.

Enquanto isso, a casa encheu, mais alguns convidados se aproximaram, e uma banda de forró subiu ao palco. Alice colocou o copo vazio na mesa e se virou na cadeira para avaliar o movimento no salão. Tive impressão de que ela ainda derretia um gelo na língua, chupando-o como se tivesse gosto, no momento em que todos começaram a se dirigir à pista e meu olhar encontrou o dela. Seu sorriso era encorajador, e a convidei para dançar, cavalheiresco como, naquelas bandas, era raro ver desde o século 18.

Tengo, lengo, tengo, lengo,
tengo, lengo, tengo

Em meus ouvidos, a canção de Luiz Gonzaga soava "dengo": "Dengo, dengo, dengo". Meu braço direito contornava suas costas sob as asas e por vezes mais junto à cintura, que eu sentia em minhas mãos quando não me escapava pela ponta dos dedos. Eu pensava que o do Rio de Janeiro fosse uma reinvenção completa do forró de raízes pernambucanas e que, com uma paulistana, eu deveria assumir um desempenho professoral. Entretanto, na ponta dos pés, ela dançava com cadência, seguia sem dificuldade minha condução e pouco a pouco improvisava floreios mais elaborados que os meus, como a primeira de muitas lições que me reservavam os paulistanos. Bamboleava a minha volta, com movimentos pélvicos graciosos, as ancas marcando de um lado ao outro um gingado experiente – às vezes, ela dançava comigo; às vezes, para mim. Mesmo atento ao contratempo no triângulo, precisei sair em seu encalço, em captura. Comecei a me perder em seus passos, e encurtei o xote. Quanto mais rodopiávamos, mais ela imergia em si mesma.

No refrão, sem licença, prendi sua atenção ao meu corpo, e a leveza de seus ombros fez seus cabelos soltos e compridos acariciarem meu rosto. Mergulhei neles o nariz, roubando todo o perfume que coubesse em meus pulmões. Colei minha coxa em seu púbis, meu rosto em sua testa e lhe disse junto ao ouvido:

— Adoro essa música.

Uma oitava acima, ela começou a cantá-la baixinho, estreitando o espaço móvel e terno entre nós.

3. Solidariedade asmática

Cresce sob a janela o barulho dos preparativos para a feira de antiguidades que acontece todo sábado na Praça Benedito Calixto. Caminhões se aproximam carregando armações de metal que tilintam como os sinos da igreja e me despertam de um sonho perturbador. Imóvel na cama, tenho o coração acelerado, lágrimas me escorrem pelas têmporas e procuro me lembrar do que sonhei.

A época era outra, de uma Europa suja e malcheirosa, e, até onde posso recordar, é como se eu vendesse utensílios domésticos na feira de uma praça localizada em frente a uma catedral gótica. Soldados desconfiaram de que vendia drogas. Com inquirições violentas, me trataram como forasteiro. "Os senhores veem que são apenas utensílios de cozinha e alguns enfeites?", tentei dissuadi-los, mas dois deles me imobilizaram e outros dois reviraram meus pertences. Ao encontrarem trouxinhas embaladas sob o pano da mesa, uma substância que metamorfoseava gente em bicho, bicho em planta, e planta em fogo, zombaram de meu destino. A pena por um delito desses seria, no mínimo, me arrancarem os dentes – mais provável, a fogueira. Retruquei que era uma armação, uma calúnia, e que deviam se preocupar com flautistas que incitavam lemingues a se jogarem do penhasco, mesmo sem saber o que tinha a ganhar com um argumento desses. Concorrentes de outras barracas testemunharam contra mim, e eu mesmo não estava certo sobre quem dizia a verdade, já que nem sequer compreendia como fui parar ali. Aproveitei uma distração do carrasco na preparação dos suplícios e escapei por um balão que subiu sem controle, lentamente deixando para trás a estratosfera. O horizonte se curvou e o céu escureceu em um breu medonho até que a aurora despontou como uma fina unha. A luz do sol não refletia senão em planetas longínquos, permitindo às estrelas brilharem sem fim. Elas pareciam se multiplicar conforme meus olhos se adaptavam. "Vou congelar", pensei, quando o balão atracou a uma estação espacial, que operava como um telescópio. Em vez de apontar a direção do abismo, ele apontava para a Terra, como fazem os satélites artificiais para fins de espionagem. Os astronautas, não sei se por passatempo ou se por obediência a um comando superior, vigiavam a vida das pessoas no planeta azul e, pelo prazer que comunicavam, qualquer propósito científico se confundia com pretexto de voyeur. De cadeira de rodas, empurrado por Alfred Hitchcock, descobri que era um deles. Aproximei-me de uma pequena lente diante de meus olhos e me descobri subitamente no banheiro do antigo apartamento onde vivera com Clara. Ela estava tomando banho do outro lado da cortina do chuveiro, o que poderia ser tanto uma cena inspirada em minhas lembranças quanto em *Psicose*. A satisfação de espiar seu movimento pela pequena fresta, que ficara aberta de propósito, me afligiu. Quanto menos via e mais imaginava, mais o sonho se consubstanciava à vigília e nada parecia impossível. Ela percebeu minha presença e disse que eu havia demorado, mas que estava a minha espera. Reconheci a fragrância de seu xampu e a modulação manhosa da sua voz ao me convidar para entrar. Pude ver seu ombro e seu braço. As pintas nas costas tomaram a forma da constelação de Sagitário e se misturaram à escuridão do espaço, onde novamente me encontrava, como se entre elas se desenhasse uma tatuagem multidimensional. Vi em seu rosto uma expressão angustiada e paralisada. Tentei me convencer de que já não era possível lhe estender a mão e não consegui.

O barulho da praça, sob a janela, me reconforta. É inútil tentar dormir de novo, mas ainda cedo para me levantar. Encontro o celular na cama e penso em Alice, no espaço retratado em seu bordado, e começo a vasculhar suas redes sociais. Descubro no Facebook postagens sobre diferentes assuntos: crises políticas que motivam seu engajamento, bandas *indies* no Spotify e, no Instagram, fotos que mostram suas andanças pela Europa. Nunca dei tanta atenção a suas coisas, nem ela às minhas, porém agora traço paralelos entre nossos caminhos que, na geometria curva do mundo, podem se cruzar no futuro.

A maioria das fotos é de cantos aleatórios de Paris e de episódios de suas viagens, que ela compartilha com quem ficou no lado de cá do oceano. Talvez deseje que cada pequeno percurso se torne mais familiar aos amigos, e amigável a estranhos. Reconheço algumas paisagens, que me trazem boas recordações, mas não penso que a recíproca seja verdadeira e que, ao ver fotos de brasileiros, ela idealize o que deixou para trás. Chego ao fim do *feed* e descubro que a primeira foi feita no outono; é de uma árvore seca, em uma paisagem campestre. A segunda mostra materiais de construção em uma rua deserta, tudo coberto de neve. A terceira é de um caderno de desenho com o projeto de um edifício comercial.

A plataforma, de início provavelmente utilizada como um experimento artístico e profissional, aos poucos foi cedendo ao uso ordinário, mas com bom gosto. Há fotos de esquinas de Paris, de bistrôs aconchegantes, de bicicletas encostadas e de mercados coloridos. Uma ponte em Veneza e uma praia com um rochedo ao fundo, talvez no sul de Portugal ou falésias escocesas. Azulejos portugueses pintados de azul-marinho e arabescos da Mesquita-Catedral de Córdoba: formas e cores marcando fronteiras culturais. A maquete daquele mesmo edifício comercial. Duas bicicletas estacionadas na Place des Vosges são recorrentes em outros locais e me fazem imaginar quem segura a câmera quando Alice aparece: na primeira foto, de perfil com um fundo urbano ensolarado, de cabelos mais curtos, de óculos escuros, um jeito de francesinha levantando confiante o nariz; na outra, boiando no Mediterrâneo, com os braços abertos e o umbigo apontando para o céu. Imagino o sol, abundante na sua pele, conquistar novos territórios setentrionais. Não como um corpo invasor, mas com graça e brilho pelos cabelos escuros e volumosos que balançam contra o vento do outono. Seus olhos castanhos se acendem no verão e, na primavera, as curvas do seu quadril marcam, de um lado a outro no vestido colorido, o caminhar orgulhoso de ser gringa entre nativos pálidos e sisudos.

Passeio mais um pouco pelo *feed* e descubro que o edifício comercial surge enfim erguido, fiel ao projeto das primeiras fotos. Na seguinte, um cisne branco adormece embalado pelo Sena, com a Notre-Dame ao fundo, na perspectiva da Île Saint-Louis. Quem poderia imaginar que veríamos na televisão a catedral ser consumida pelas chamas, como uma vela acesa no velário da Cidade Luz? O devaneio é interrompido por uma foto do aniversário de Milena. Já a vi antes, quando Alice e eu nos adicionamos pelo aplicativo. A imagem me lembra de quando tentei beijá-la e ela se esquivou:

— Não, não. Aqui eles podem ver. — Puxou-me pelas mãos para um lugar mais reservado, atrás da pista.

— Quem? — perguntei. Lucas e Milena ficariam contentes de ter razão em me tirar de casa.

— É por causa do meu marido.

— Você é casada?! — Olhei em volta, para evitar uma segunda surpresa.

— Nossa relação é aberta, mas não é bom que todo mundo fique sabendo.

— Ele não é daqui? — Tomei ar de curiosidade difusa e impessoal.

— É daqui, mas não tá aqui…

— Ah, um francês! Como ele se chama? — insisti, pronto para estragar tudo, sem atentar às alternativas.

— Pierre. Roland-Pierre.

— Roulant-Pierre... Dá um trocadilho com Rolling Stones. Desculpa, eu tô rindo. — Era de nervosismo.

— Que engraçadinho! — Ela sorriu com cumplicidade, uma segunda chance para eu me recompor, mas era o fim de minha *soirée brésilienne*.

Enquanto me despedia de meus amigos e tirava uma foto com Milena, imaginando a cara de Clara ao nos ver, Alice voltou a dançar atenta ao show, sem perder a alegria. Vesti o casaco. Ajeitei a viola no saco e segui para casa vacilando. Deixei para Roulant-Pierre ser como Sísifo feliz.

*

A cada ano, produz-se dispositivos mais sofisticados, em imagem e recursos, que nos tornam ciborgues sedentários, distantes e impessoais. Imagens dispostas na internet, acompanhada de leituras estúpidas, saciam uma vocação de voyeur. Abraço o isolamento e repudio o esforço social à vista daqueles que esperava que se tornassem meus interlocutores. Fico com o desfile virtual das banalidades que proliferam nos ilimitados registros: a vaidade nas conquistas, o desespero das decepções solitárias e o cômico na surpresa das repetições, agradáveis de ver nas criancinhas e nos animais.

Enquanto reflito sobre quando terei desistido da famigerada procura pela melhor versão de mim mesmo, retorno às fotos mais recentes de Alice e as comparo às antigas. Ela conservou sua sensibilidade e sua vontade de criar, mas é possível notar que o estilo festivo se tornou quase sombrio. Surpreendo-me com uma composição diferente nas imagens, trabalhadas em ângulos oblíquos, relações de profundidade e efeitos translúcidos que, em vez de revelar, esvaziam sua figura. Em uma porta envidraçada, ela cinde sua presença com reflexos que projetam uma dupla forma: a luz sobre as costas e, à frente, sua silhueta na penumbra.

A curiosidade de descobrir se estou certo, se seu relacionamento se abriu para o fim, instiga mais o desejo de lhe escrever, mas não encontro palavras que não sejam intrusas. Quero acertar dessa vez, pelo menos por algum tempo antes de ser eu mesmo. Sobre a foto de seu bordado, comento privadamente:

Como pode ser tão bom? Você já esteve lá em cima?

Isso basta para convidá-la a me responder, se quiser.

Levanto-me. O dia entra pelas janelas do apartamento e promete sobriedade. Os aplicativos não me entregam nada de relevante no caminho para a cozinha. Nada nos e-mails, nem surpresas nas notícias que chegam de Brasília.

Depois de comer, entro no banho e perco a medida do tempo enquanto assisto à formação e à destruição das gotículas que escorrem pelo boxe como um microcosmo paralelo em sístole acelerada. Dizem que os corpos se distendem na presença do calor, mas sinto somente o assolamento das forças. Inverto as direções das duas torneiras e, aos poucos, o contato com a água fria equilibra meus humores e renova suficientemente meu ânimo.

Costumo pensar que, por algum efeito mecânico, humores oscilam enquanto caminhamos, até mesmo ao se passar de um cômodo a outro, e que é impossível prever qual lado vai prevalecer no local de destino. Ao me arrumar, planejo tarefas em vista de ambições que trato como metas obsessivas e o melhor jeito de seguir em frente: revisar a prova final de minha tese, que será publicada por uma boa editora, e escrever o projeto para um pós-doutorado, quem sabe preparando um novo livro, dessa vez a respeito das possibilidades de que o ritmo do tempo seja dado pelas transformações do espaço.

Preciso sair de casa, porque as músicas conflitantes e entrecortadas pelo barulho da multidão na feira da praça começam a me enlouquecer. Em frente a um brechó contíguo a meu prédio, um DJ montou uma barraquinha e, às dez da manhã, toca música eletrônica. De outra parte, tocam ao vivo rock brasileiro dos anos 90. É possível que estejam passando o som ou ensaiando, mas como saber ao certo? De uma forma ou de outra, pecam contra a urbanidade, estão a serviço da incivilidade. No entanto, nem tudo azucrina. Gosto de garimpar moedas antigas para a minha velha coleção ou um bom vinil de Bob Dylan e de Tom Waits. No outro lado da praça, costumo comer um hambúrguer, uma tapioca ou um acarajé carregado de pimenta. Meu problema é o barulho, e eventualmente o odor de gordura que pode atravessar a praça. Todo sábado considero procurar outro apartamento, mas no domingo me lembro da multa contratual, das burocracias e do desafio de adaptação a um novo endereço. Ao menos não sou perturbado pelo locador. É sempre melhor ser importunado pela multidão do que por um só indivíduo.

Pego as chaves, a carteira, o celular e, ainda na porta de casa, vejo que recebi uma mensagem de Alice, o que me inspira um delírio romântico. Em vez da algazarra, a multidão na praça canta *Ode à alegria*, o poema de Schiller musicado por Beethoven. É como se uma carta chegasse pelo correio e eu pudesse beijá-la e abraçá-la junto ao peito, a única matéria capaz de testemunhar a verdade dos sentimentos e à qual eles podem sempre retornar sem se desmentir – todos os sentimentos eternizados no movimento de uma caligrafia, tão mais bela quanto mais conhece a graça e o bem. Então basta reler a primeira frase, esquecendo os descaminhos da civilização e a posição ordinária e impotente em que nela nos encontramos, para acreditar novamente no amor e no porvir, todo ideal ampliado nas distâncias, bem como a vontade de vencê-las.

Que bom que gostou, Eduardo. A ideia é meio clichê, mas sempre quis usar num bordado.

Foi o que me escreveu com seus dedinhos hábeis, como um carinho que me alcançou de longe e me encantou com a virtude da modéstia.

Estava de saída do apartamento para ver um filme chileno que trata dos telescópios no Deserto do Atacama, quando descobri sua mensagem. Depois de lê-la diversas vezes, procurando variar meus pontos de vista, preciso me apressar para dar tempo de almoçar antes do filme. Por isso, desisto de caminhar e tomo um táxi. Sento-me no restaurante e, assim que faço o pedido, não contenho o impulso de já responder a ela:

Achei genial, Alice! Tem inteligência, beleza, humor... E toca em questões que interessam muito à minha pesquisa, mas não posso me comparar ao seu desenho. Estou curioso. Imagino que ele diga algo sobre você, já que estudou arquitetura, vive na França, e suponho que longe de pessoas queridas. Como é difícil tratar das distâncias! Os espaços dentro dos espaços; a insinuação dos limites; as possibilidades de transgressão pelo erotismo e de transcendência pela arte. A composição dos círculos, os planetas, o escafandro, a bolha, o enunciado e o próprio aro de madeira... Tudo admirável, e o corpo, a posição e o gesto. Tanto domínio do espaço que você me arrancou de uma clausura sufocante!

Verifico a cada minuto se ela viu a mensagem, mas é provável que seu sábado esteja tomado por coisas mais interessantes. Caminho pela Rua Augusta à procura do cinema imaginando que ela atravessa a Ponte Alexandre III na direção do Petit Palais, onde deve haver a retrospectiva de um artista já coberto de glórias, ou na direção do Palais de Tokyo, para encontrar alguma nova revelação. Não estou tão longe assim do Masp, onde também poderia ver exposições, mas a diferença de relevância não está na qualidade da arte, e sim na escassez da oportunidade. Em Paris, tudo leva a crer que cada experiência engendra nos mais ambiciosos um homem de gênio, seja artista, filósofo ou crítico, com potencial eminência pública. Todos os dias são um degrau na construção de um destino a ser compartilhado com a humanidade. Em São Paulo, porém, o que se quer é esquecer disputas exigidas para a ascensão social, e que um filme ou uma peça de teatro abra por algumas horas um horizonte mais cosmopolita, de preferência de barriga cheia.

Ao sair da sala de cinema, que impressão distinta! América do Sul, fizemos nossas pazes! Enquanto assistia, ansioso para compartilhar minhas ideias, pensava em Alice, em seu bordado e em seus comentários sobre política latino-americana. Algumas vezes até verifiquei se ela havia me enviado uma resposta. Quero dividir com ela minhas surpresas, descobrir se ela também reconhece nossa sincronicidade e ampliá-la.

Como é possível que um diretor trame tantas coisas em uma mesma obra, como a visão de astrônomos e arqueólogos, a composição das estrelas com a mesma matéria de que são feitos os fósseis e a procura dos restos mortais de perseguidos políticos? No Atacama, heróis foram enterrados junto a fósseis de animais marinhos, de quando o deserto ainda estava no fundo do oceano, antes de quase se poder apanhar o céu com as mãos e de as cordilheiras se elevarem para carregar cada um de seus corpos como um panteão natural. As imagens e os relatos que sobrepõem espaço e vida como camadas geológicas passam a impressão da conexão de todas as coisas, sugerem o primado da vida sobre a matéria e, contraditoriamente, sentimentos de errância e solidão.

Uma história ao mesmo tempo tão sóbria e sensível, na aridez do deserto, reúne o universal e o particular, fatos políticos que denunciam as tendências ao autoritarismo no continente e o modo como, diante dos lentos movimentos do céu e da correria aqui na Terra, o que se passa em nossas vidas deveria receber especial atenção. Para isso, talvez todos tivéssemos de ser não apenas espectadores, mas também um pouco artistas, como Alice.

Era como se ela estivesse comigo no cinema e a todo momento eu observasse com que interesse acompanhava o filme, mas, quando ponho os pés na calçada e olho para cima, deparo com arranha-céus que obstruem a visão do céu nublado. Sem perceber, atrapalho pessoas que caminhavam atrás de mim.

Na Paulista, tomo um táxi de volta para casa. De repente, escuto o som de uma nova mensagem chegando:

Eduardo, quanta surpresa! É um tema que tem sido recorrente pra mim, não apenas pela arquitetura. Mais pela divisão do meu espaço, sabe? Na última semana tive uma bronquite asmática e achei sintomático faltar o ar quando se quer... espaço, né? Achei que você resumiu muito bem o que eu quis passar! A concepção e o desenho são meus. A ideia do I need more space *surgiu de uma camiseta que vi outro dia na vitrine de uma loja. Fico feliz que tenha gostado do meu bordado!*

Suponho que ela fala do desejo de não ceder tanto espaço ao marido, tomar mais espaço para si mesma, um lugar para o qual talvez possa me convidar novamente, embora agora existam mares tempestuosos entre nós.

Ao ver que ela segue online, decido abordá-la, como se nos esbarrássemos na Rue de Rivoli e vivêssemos em um mundo sem intervalos, o que não causaria espanto àqueles que creem que as amarras do corpo são ilusórias e passageiras:

— *Me conta mais, Alice? Eu me identifiquei com suas questões, como uma espécie de solidariedade asmática... Sabe aquelas nuvens de areia do Saara que fertilizam o solo da Amazônia? Tudo isso se pode ver lá da estação espacial. Descobri isso há dois dias em um documentário na* TV. *Pensar em Paris é reconfortante, como uma fuga entre as possibilidades terrenas, o que você já deve saber. Desculpa se eu estiver sendo invasivo.*

— De jeito nenhum invasivo! É ótimo ver que a minha experiência se comunica com a sua. Só não sei se consegui te entender direito.

— Não liga. Estou viajando, exorbitando! Fala um pouco de você, daquele seu bordado.

— Comecei há pouco tempo e tem funcionado como terapia. Solidariedade asmática! Você me fez rir, e acho que eu estava precisando. Me conta. Por que passa por uma fase asmática?

— Conto, mas estou no táxi. Quero te escrever com calma e a bateria do telefone vai acabar. Acabei de sair do cinema. Assisti a um filme que me lembrou de você!

— Como chama?

4. Malagueta

Esticado no sofá, minha atenção se perde pelas árvores da praça em frente à porta aberta da varanda. O vento desafia folhas verdes e miúdas que invadem o apartamento. Levanto-me para fechá-la, e meus sentidos e consciência são despertados pelo aroma de café que chega da cozinha, conduzindo-me à procura dessa fonte de um prazer de fácil realização. Dependo desse ritual diário, e de sua dose de cafeína, para enfrentar o mundo com simplicidade e confiança.

Ao acender a luz, guiado por hábitos motores, menosprezo a cena visível, os utensílios. Receio que tudo se resuma, excetuando as coisas úteis, à sobreposição da virtualidade digital à coexistência do passado. Para distinguir o real, é preciso valorizar o olfato, o paladar e a audição, sem os quais as imagens presentes aos olhos e à lembrança formam um amálgama confuso, porque minhas mãos mal tocam o mundo. Ele parece feito dos mesmos discursos em diferentes sinais, e velhos significados que se oferecem à disposição compõem uma rede de símbolos que capturam a mente.

A xícara que alcanço no armário é um suvenir trazido da França, de uma visita ao Museu D'Orsay com o Renato. Passamos pela loja na saída, onde também comprei um livro de arte sobre uma seleção das principais obras do museu. No dia em que Clara e eu fizéssemos as pazes, queria ter em casa a lembrança da formação cultural que conquistei e ela recusou. Agora o livro repousa ao lado da televisão em um móvel de objetos prescindíveis. De resto, a mala voltou ocupada com livros de filosofia úteis à pesquisa que eu desenvolvia, algumas biografias de filósofos e clássicos da literatura, que ainda aguardam para serem lidos, dois casacos de lã e uma jaqueta azul-marinho, que nunca usaria no Rio, mas me acompanha metade do ano em São Paulo.

Fecho a porta da varanda. Aguardo a temperatura do café amenizar, apanho o celular no quarto e vejo que Alice aparece online. Na noite anterior, respondi a sua pergunta sobre o nome do filme – *Nostalgia da luz* – e não tive retorno. Considero fazer uma segunda tentativa, com base na pergunta que fez sobre minha vida. Aprendi que, no mundo virtual, uma resposta concisa vale tanto quanto o silêncio: ambos anunciam despedidas. Por isso, eu deveria ter me explicado melhor. Esboço uma série de novas tentativas, que, para impressioná-la, remontam a causas infindáveis, provavelmente ininteligíveis.

Quando volto a mim, Alice desapareceu, como a de Lewis Carroll, *Alice através do espelho*. Melhor assim, porque eu tenderia a dividir com ela ideias estranhas, como a de que a ontogênese reproduz a evolução das espécies. Reproduzimos no útero as metamorfoses filogenéticas, de peixes a anfíbios, de anfíbios a répteis, de répteis a mamíferos, que são animais de sangue quente, quase todos incapazes de voar, e de mamíferos a primatas, hominídeos e bebês da espécie humana – filhos da mãe de todas as espécies, ávidos por lutar por espaço, mas nem sempre literalmente. É como nos bailes de forró. Você se posiciona no lugar certo para se destacar dos rivais e descobrir se a menina mais interessante combina com seu estilo. Caso consiga tirá-la para dançar, precisa causar boa impressão com seus movimentos, como fazem os animais na natureza. No entanto, ao abrir a boca, é melhor ser você mesmo, porque pior do que lutar por espaço é permitir que os dois percam o tempo precioso que têm.

São coisas que não se descobrem de pronto. Havia muitas opções disponíveis de quarta a domingo para os jovens cariocas da virada do milênio que queriam forrozear: o Ballroom, no Humaitá, a Casa Rosa, em Laranjeiras, a Quinta do Bosque e o Lagoinha, em Santa Teresa, a Feira de São Cristóvão e, depois que o forró tomou conta do Rio de Janeiro, a Fundição Progresso, que lotava. O preferido de nossa turma, porém, era o Malagueta, na Rua Riachuelo, na Lapa, a poucas quadras de casas tradicionais de samba, como o Rio Scenarium e o Carioca da Gema, que na época dependiam de um público mais velho e dos turistas para sobreviver. Não encontro razão especial para aquela preferência. Devia ser um simples fenômeno de bando, mas pessoalmente gostava da sensação de que, naquele antigo salão, um ideal era realizado. Coexistiam em harmonia e contentamento habitantes de todos os cantos da cidade.

Uma vez chamei para dançar uma menina realmente bonita, de minha altura e idade, de rabo de cavalo e vestido vermelho, que assistia ao show sozinha com um sorriso largo e satisfeito enquanto gingava com o braço direito erguido, como se lhe faltasse um par. Pensei que ela fosse iniciante também. Depois de aceitar meu convite com boa disposição e me conduzir por dois ou três passos, me largou no meio do salão com essa pérola:

— Ah, cara, boa sorte, mas não vai dar, não.

Quando percebeu que eu não tinha traquejo e molejo, já havia pisado em seu pé duas ou três vezes. E foi assim que os desafios se acumularam: antes de conversar e de atentar ao passinho "dois pra lá, dois pra cá", devia encarar minha vulnerabilidade moral – "passinho dois pra lá, dois pra trás".

Só com a ajuda da Milena, e à custa de me amparar em nossa amizade, enquanto ouvia Zeca Baleiro, consegui soltar um gingado safado.

Vem arder comigo, meu amor, no Malagueta
A pimenta é boa, meu amor, não faz careta
Vem arder comigo, vamos dançar sem perigo
Que hoje eu sou teu amigo, sou o teu rei do baião

Milena ficava entre as baixinhas do grupo, mas sua estatura é inversamente proporcional a sua presença. Cada vez que meus olhos descobriam as formas curvilíneas de seu corpo e encontravam seus olhos verdes profundos, eu era atirado de volta ao mar de Ipanema e ao momento em que pela primeira vez a vi de biquíni e perdi as chaves de casa. Parada ou em movimento, sempre teve altivez e elegância. Prendia os cabelos no topo da cabeça deixando algumas mechas rentes à franja penderem sobre as protuberantes maçãs do rosto em sinal de receptividade. Todos queriam dançar com ela, que se cansava do assédio e, às vezes, soltava os cabelos e preferia ficar mais recolhida. Nessas horas, ela me descobria contemplativo, agarrado a um copo de cerveja.

— Vem, Edu, vou te mostrar. Você precisa relaxar esses ombros e se soltar aqui na cintura — dizia sacudindo meus quadris. — Agora guarda com você o ritmo da música, porque com ele você pode levar a dama para onde quiser.

Ao ver como Milena dançava *La belle de jour* com outros pares, eu notava sua facilidade em seguir os cavalheiros, mas sem exageros e dispêndios desnecessários de energia que os autorizassem a se engraçar. Ela se divertia quando um bom parceiro chegado a improvisos quase a fazia se perder do *pari passu*. Diante disso, eu trincava os dentes e mastigava a borda do copo de ciúme, aflito em encontrar em outros cantos do salão gestos e formas atraentes e acessíveis na mesma medida. Contudo, só com ela eu conseguia arriscar novidades, rodopios, balões com os braços e, de mãos dadas, afastá-la e aproximá-la para caber justa em meus braços, feito um ioiô. Esforçava-me para arrancar dela aquele mesmo sorriso, algumas vezes triunfando. Eu sabia que ela notava meu progresso e, depois do quinto copo, até cobrava, confiante, que ela me dissesse isso, o que, a pretexto de realçar os laços de amizade, jogava por terra as impressões positivas que havia conquistado. Gostávamos de nossa intimidade, mas houve uma vez em que não me arrisquei a olhar para ela, quando uma ereção surgiu sob minha calça, roçando sua vulva como um segredo involuntário, que fingimos não existir.

O salão, com cheiro ocre de madeira antiga, suor, cerveja e pinga, tornava-se mais familiar, como muitas pessoas que o frequentavam. Quem não sabia cantar as músicas de cor denunciava o próprio amadorismo. As moças de sandália de couro e os rapazes de sapatilha baixa preenchiam todos os espaços. As saias frisadas coloridas atiçavam as bermudas ou calças de linho, e as blusas de alcinha, muitas vezes sem sutiã, as camisas de botão de manga curta ou regatas, para os mais exibidos. O colorido das vestes criava uma atmosfera de Carnaval fora de época, e chegou o momento em que me pareceu que aquela diversão, em vez de fazer o espírito se perder, desafiava-o a se encontrar. Aos poucos, fui largando o copo e ganhando confiança.

A simples quebra de expectativa, ao erguer o corpo da parceira, ao se vergar sobre o dela, ao usar o contratempo, o giro, o requebrado curto, subvertendo a norma dada pelo movimento dos outros casais, diz muito sobre as intenções do cavalheiro e a receptividade da dama. Deve ter sido assim desde outrora, desde a pré-história. Não porque se dançasse forró em bailes nas cavernas, mas porque eu considerava importante a conexão com os instintos. E, quando acreditei ter alcançado esse objetivo, descobri que não seria o suficiente. Eu dançava, mas, na hora de puxar conversa, não tomava a devida iniciativa ou tergiversava sem foco, muito meditativo e formal. Então, quase sempre retornava a Milena, que me atendia com paciência, ao mesmo tempo em que eu temia sua rejeição mais do que qualquer outra, porque imaginava que ela poderia comprometer minha evolução.

A cada fim de semana, eu alimentava minha confiança em revelar intenções ocultas naquela amizade, me demorava e, enquanto isso, ela se deixava conduzir por outros rapazes. Duas ou três vezes, sumiu em cantos escuros, e exagerei um pouco mais na bebida para esquecer aquela fantasia. Ela reaparecia com o salão já vazio para dividir em silêncio um táxi até nosso bairro, já que morávamos a apenas duas quadras de distância. O trajeto de volta da escola, que anos antes havia nos aproximado, conduzia-nos aos mesmos passos de um ciclo previsível que apagava qualquer nuança.

*

Enquanto me recordo dos bailes de forró e procuro ouvir os xotes clássicos, esqueço a xícara na mesinha de centro. Ao trazê-la à boca, o café está frio para meu gosto. Levanto-me, jogo tudo na pia e me sirvo de outra fração da jarra de vidro na cafeteira. Resolvo fazer uma tapioca e, ao espalhar a farinha pela frigideira de um jeito tosco, a massa ganha um relevo irregular, o que me traz à memória a vez que vi alguém se utilizar, para melhor resultado, de uma técnica impressionante.

O forró já avançava na madrugada quando conheci Inês, uma mulher mais madura do que as pessoas de minha turma, com o dobro de meus dezesseis para dezessete anos. Eu estava encostado em uma pilastra bebendo uma *long neck* e atento aos casais dançando para aprimorar minhas técnicas. Ela começou a roçar o braço nas minhas costas provocando faisquinhas de ignição. Virei-me e disse, ainda sem entender:

— Você quer passar?

— Só queria chamar atenção. Vamos dançar?

O astral dela era tão para cima que aceitei o convite. Eu não teria tomado a iniciativa, mas me senti confortável no papel de coadjuvante. De saia longa florida, estilo "hipponga", e uma camiseta sem marcar o corpo, tinha o rosto redondo, o nariz e os olhos pequenos e os cabelos estavam presos em uma trança que caía atrás da nuca, na altura dos ombros. Quando chegamos à pista, assumi a postura de cavalheiro, com o braço esquerdo para cima, os joelhos semiflexionados, o peito arqueado como um pombo, e num instante a coloquei para sacolejar, ao que ela respondeu de olhos fechados, cultivando uma alegria tranquila.

Tudo era diferente das meninas da escola, sobretudo a autoconfiança sem esnobismo, de quem não perde tempo se comparando a ninguém. Também seus gestos eram estranhamente incontidos. Tocava-me com o fim deliberado de me provocar prazer e de comunicar suas intenções, na raiz dos cabelos de minha nuca e no lóbulo de minha orelha esquerda, alcançada com o laço em volta de meu pescoço. No intervalo entre as músicas, alisava meu abdômen magrelo, descendo a mão até a altura de minha cintura, enquanto dizia:

— Vamos dançar mais uma?

Às vezes ela abria os olhos para me estudar e me encarava por longo tempo, como se solicitasse com o queixo arqueado que a beijasse. Diante de minha relutância, recuava sorrindo e fechando-os novamente, na entrega aos diferentes movimentos que é possível sobrepor ao ritmo de cada música. Eu não estava certo se desejava aquele encontro, nem de quais movimentos deveria fazer para alcançar uma definição.

Depois da terceira música, Inês disse que iria comprar outra cerveja. Fiquei imóvel no salão e ela voltou com uma caipirinha. A essa altura, a onda alcoólica já cobrira minha cabeça, mas eu ainda procurava tirar lições daquela experiência. Seu uso de códigos sofisticados me apontava o rumo que a vida deveria tomar nos próximos anos. Sem conseguir explicar em que consistem tais tendências, sabia que as pessoas depuram sua forma de agir, com uma economia que inconscientemente favorece os caminhos do destino. Inês me fazia acreditar que as habilidades sociais que eu custava a desenvolver poderiam vir com o tempo e que ela talvez pudesse até me indicar um atalho. Porém, eu não podia soçobrar, junto àquela admiração peculiar, a barreira implicitamente erguida pela consciência de nossas diferenças. Ainda assim, nada perturbava sua confiança no curso dos eventos.

Enquanto eu terminava a escola, ela fazia uma especialização em oncologia. Na classe dos substantivos estranhos, eu conhecia "numismática", mas não era o caso de inseri-lo na conversa. Quando me explicou que pesquisava formas de tratamento para casos avançados de câncer, não escondi meu espanto:

— Não te incomoda conviver tão de perto com a morte?

— Não quero falar sobre isso agora, tive uma semana difícil — respondeu com súbita seriedade. — Procuro só pensar em salvar vidas, mas é verdade que ver a morte de perto lembra a gente de que é preciso aproveitar.

— Aproveitar o quê? — gritei, como se ela não pudesse me ouvir.

— Tudo o que a gente puder! — Sorriu. — Vem que vou te mostrar! — E me conduziu de volta à pista.

À medida que nos lançávamos de um lado a outro e eu repetia meu repertório de movimentos, convenci-me de ter conquistado um lugar no salão, ainda mais ao ver que Milena reparou quando Inês me levou embora, deixando-a sem carona de volta. Só tive tempo de acenar em sinal de partida.

Ao chegarmos a sua casa, no alto de Santa Teresa, de onde era possível ver a Baía de Guanabara, nos sentamos na varanda e ela enrolou e acendeu um baseado. Eu sabia do que se tratava, mas não imaginava que experimentaria em semelhante circunstância. Passou-me, puxei e tossi. Tudo ardeu como se eu engolisse fogo e meu fôlego fosse cortado pela metade, como uma crise de bronquite asmática, porém isso não foi nada comparado à melancolia que se seguiu. O ritmo mais lento das coisas dotou tudo de um ar mórbido. Devo ter ficado alheio a sua presença, como sou, mas em excesso, e, ao recobrar debilmente a consciência, só conseguia lamentar a mim mesmo que Milena tivesse nos visto, porque isso arruinaria qualquer chance que restasse entre nós dois.

Pensei diversas vezes em procurar uma desculpa e ir para casa, mas Inês morava em uma parte deserta de Santa Teresa e não seria fácil nem seguro procurar um táxi na alta madrugada, ainda mais com a cabeça tão bagunçada. Enquanto eu avaliava o que fazer, puxou-me para o quarto e desabei na cama; ela despendia esforços inúteis e, por fim, constrangedores para me fazer relaxar e entrar em sintonia comigo. Resignada, disse-me para ficar à vontade, virou para o lado e dormiu. Passei a noite acordado, assistindo na minha mente os acontecimentos que me levaram ali, tentando reconstituir a ordem deles e imaginando desenrolares alternativos. Tive a estranha intuição desta inclinação a viver em meus pensamentos: do que tinha a perder com isso e a ganhar perdendo com isso.

Quando o sol nasceu, senti-me revigorado e meus movimentos no quarto a despertaram. Ao vê-la se levantar com absoluta naturalidade apenas de blusa e uma calcinha larga de renda, Inês não me pareceu tanto uma pessoa estranha. Ela andava descalça pela casa porque fazia calor e preparou um ótimo café, enquanto conversava sobre suas preferências entre o samba e o forró. Eu ouvia, como se estivesse de corpo presente. Apenas não tinha preferências para replicar. Depois pegou no armário sob a pia uma frigideira, alcançou em outro armário do lado oposto um utensílio e começou a peneirar a tapioca, deixando-a fina e homogênea; recheou com geleia de frutas silvestres, pôs em um prato e me serviu. Embora estivesse faminto, perguntei, para ser educado, se ela não faria outra e insisti para dividirmos aquela, ao que ela respondeu que não tinha pressa. Ficou me olhando comer, e aquilo reforçou a impressão de que havia uma atmosfera diferente da noite anterior. Seu cuidado me fez vê-la com olhos além de um desejo abstrato de aventura, criou uma atmosfera real de intimidade e, consequentemente, de desejo. Sabia que ela estava disposta a tudo comigo, mas que, dessa vez, aguardaria minha iniciativa. Bem que eu gostaria de tomá-la um dia, pensei, e ela então veria do que sou capaz.

Trocamos telefones e tentei demonstrar que tinha gostado de estar com ela, porém posso ter passado a impressão de que me desculpava pela noite anterior. Inês mergulhava no silêncio, talvez para que eu não criasse expectativas ou porque esperava que eu encontrasse palavras melhores do que aquelas. Percebi que era "agora ou nunca", um pensamento que raramente decide as coisas a favor.

Passei a semana imaginando se reencontraria Inês no fim de semana seguinte e pela primeira vez ocupei a tônica das conversas com Milena. Nunca havia criado tantas suposições na vida, mas *Ignis*, como a apelidei, parecia não gostar de me reencontrar nos forrós depois que fiz algumas tentativas de reaproximação. Apenas me cumprimentava como a um hipocondríaco, enquanto eu perambulava no salão com ar de quem espera um segundo raio cair no mesmo lugar.

Foi durante essa distração que Lucas se aproximou de Milena. Ela não me contou nada e fui surpreendido com ele a abraçando, o que me fez confrontá-lo, sobretudo ao ver que ela se mantinha em silêncio.

— Quem você pensa que é, Eduardo? — Ele não recuou como imaginei que faria, e evitei avançar, por ele ser mais alto e bronco, além de não ter tanto a perder.

Puseram panos quentes, e entendi que Milena consentia, que algo havia acontecido entre os dois desde a última festa. Pesei o menor dos danos, que era aceitar as coisas como são, o que não deixava de ser também uma forma de superação.

*

Procuro carregar até hoje essa filosofia de vida, porque está entre as poucas que consigo pôr em prática – ao menos sempre que a vida permite. Afinal, é diferente se estamos no início de nossas expectativas ou no fim delas. É mais fácil aceitar as coisas como são quando não há alternativa do que quando não sabemos o que vai acontecer e queremos acreditar que tudo é possível, que só depende de nós, mesmo sendo evidente que não.

Algumas semanas depois, Milena insistiu comigo e com Lucas em voltarmos ao Malagueta, porque ela queria reencontrar conhecidos e se divertir. Sem outros ares para espairecer e outras amizades em que me refugiar, acompanhei os dois pombinhos dissimulando ora apego, ora desapego, uma confusão que eu compensava com o espontâneo afloramento de outros aspectos da minha personalidade. Propunha assuntos alheios ao contexto, como o que esperava da Estação Espacial Internacional, uma revolução técnico-científica e política para a humanidade! E me descobri capaz de tecer comentários a respeito de tudo, da textura e extensão do colarinho do chope ao andamento sincronizado dos instrumentos de percussão. Tal transbordamento ocupava a absoluta falta de conexão e de propósito.

— Vem cá, Edu. — Milena me pegou pelo pulso e me empurrou pelos ombros até o outro lado da pista, onde encontrou uma conhecida de costas, com quem puxou assuntos aleatórios e, sem se dirigir a mim para nos apresentar, disse:

— Me esperem aqui que eu já volto. — Saiu e não voltou mais.

Clara era da mesma escola e do mesmo ano que nós, mas de outra sala. Eu já a tinha notado nos intervalos, sem suspeitar que pudesse haver aproximação. Ela e eu nos apresentamos e, quando de repente me perguntou se eu gostava da Milena, não economizei minha franqueza, pois eu precisava desabafar:

— Você é bem observadora.

— Então quer dizer que to certa.

— Talvez. Mas a gente é amigo e muito diferente. Não ia dar certo.

Imagino que ela tenha se surpreendido com o desprendimento de quem coleciona decepções e achou que aquela forma estoica de sofrer seria um bom desafio, a matéria-prima para um encontro mais potente, em que pudesse praticar sua vocação de psicóloga.

— Por que você acha que ser amigo e ser diferente é uma fórmula para o fracasso?

Clara me pediu que lhe contasse tudo, e me deixei levar pela confiança no crescimento de um interesse mútuo por meio de uma força íntima partilhada pouco a pouco, em que atos adiados prometem maiores revelações. Pelo menos era o caminho pelo qual ela me parecia cada vez mais interessante. Era como se um enredo pormenorizado, formando uma só cadeia contínua, ao tramar o que contávamos àquilo que construíamos, suscitasse uma história mais verdadeira, na qual pudéssemos acabar acreditando.

Quando dançamos pela primeira vez, deixei de pensar no passo a passo. Seu corpo era tão leve que precisei abrir os olhos para me certificar de que ela ainda estava comigo. Apalpei sua cintura, nossos umbigos colados, e recebi em resposta alguns frêmitos que subiram por seu corpo com volúpia, um rebolado mais e mais dilatado, até, finalmente, um suspiro pleno de feromônios. Vi seus olhos se fecharem e ressurgir uma confiança em mim. Girávamos pelo salão, nos desembaraçávamos dos outros casais e nos apropriávamos da pista, rodopiando para que o mundo caísse em vertigem e nos apegássemos um ao outro. Enquanto ela fechava os olhos, Milena, do outro lado, os arregalava, abandonando sua altivez irresoluta. Então me dei conta de que, sem querer, realizávamos um experimento teorizado na escola a respeito de uma das leis de Newton: dois corpos em movimento podem parecer imóveis um ao outro, mas não a um terceiro, que os observe estático.

Com os encontros que se alternavam entre a escola e o Malagueta, ficamos ágeis. Clara falava pelos cotovelos e eu respondia mais prolixo que de costume, polindo também minhas arestas. Ela, tão charmosa e inteligente, com seus grandes olhos castanhos, nariz fino e cabelos curtos, dava um aspecto novo a minhas descobertas, porque sua atenção parecia cavar mais fundo em tudo e em mim. Seu corpo, que parecia não ter pressa, contrastava com gestos graciosos e maduros, próprios de quem apanha em movimento as sínteses de pensamentos que deveriam só me pertencer a respeito do novo mundo que eu via se abrir. Envolvido em seus rituais, cada vez que suas mãos acariciavam o ar que eu respirava, era como se ela tocasse as fronteiras em expansão de meu espírito e o impulsionasse a elevar-se.

Foram suas mãos, seus dedos compridos, segurando com carinho meu braço e a palma de minha mão, que me prenderam a ela, mesmo quando não estávamos juntos. E sua solicitude que me permitia falar abertamente das curiosidades que me interessavam, como a possibilidade de que os fungos sejam as formas de vida mais representativas do funcionamento geral do Universo, embora o mais surpreendente nas coisas presentes ao olhar seja o movimento das nuvens. Pela primeira vez minhas extravagâncias pareciam favoráveis, e tudo era genuína diversão.

Clara imitava caricaturalmente os outros com habilidade impressionante e gargalhávamos feito bobos. Ao lhe pedir que também me imitasse, ela ficava imóvel com a testa franzida, uma sobrancelha erguida e um sorriso torto, com ar mais de louco que de intelectual. Descontraído, eu cantava uma música de Geraldo Azevedo como uma declaração de amor em tom de pilhéria, e ela ria, consentindo que eu tinha entendido tudo certo, mexendo nos cabelos e se pendurando em meu ombro para não nos distrairmos com nada mais.

Se Clara era uma ave predadora, eu voava como um besouro cego testando minha armadura. Depois da despedida no forró, nos reencontrávamos na internet e varávamos a madrugada, nos insinuando com provocações de que a qualquer momento surgiria uma séria declaração. E, quando surgia, ela achava graça, como se fosse só brincadeira. Por horas no telefone, nos demorávamos no último disco de Alanis Morissetti ou nos recém-descobertos do Pink Floyd e do Pearl Jam. Discutíamos milhões de assuntos que na época me pareciam irrelevantes, como as passeatas contra as privatizações, fofocas da escola e confusões que aconteciam em sua família, mas davam outro ritmo e colorido a nossa intimidade.

Comecei a desconfiar de ter caído em um buraco semelhante ao que Milena me reservara. No pátio da escola, voltávamos a uma distância segura, que me fazia acreditar que, ocupada com o que pensavam suas amigas, ela tinha me esquecido, que eu não era para ela tão relevante quanto imaginava, e tentava me satisfazer com a virtude da previsão pessimista, só cuidando de ela não ver que eu me importava. Assim, foram civilizadas minhas primeiras paixões, cheias de pudores e de proteção a ideais, de uma maneira que até pareceu incomodar minha melhor amiga. Milena me cobrou quando eu tomaria uma atitude, dizendo que não era possível que eu fosse para sempre desse jeito.

— Qual?

— Você mais parece um filósofo.

— Isso é ruim?

— Quem muito pensa pouco faz.

— Eu gosto muito de você...

— Não to falando de mim, seu bocó! — me interrompeu, aturdida, quase insultada. — Eu to falando da Clara!

— O que tem a Clara? — Eu queria me abastecer de seus recursos.

— Você é tonto assim mesmo, Edu?

Sua pergunta me deixou desconcertado. Quando fui até Clara, do outro lado do pátio, vi que ela estava decepcionada, porque a intervenção dos outros não era bem-vinda. Ela também desfrutava o modo pelo qual, sem acontecer, nosso encontro evoluía. E, como se ditasse para ser escrito, telegrafado, declarei:

— Pelo visto, não adianta mais a gente querer esconder.

— O quê, Edu? — Ela dissimulou surpresa.

— O quê, Clara?

Um silêncio se produziu enquanto eu procurava palavras melhores, que pararam de vir à mente.

— Não, espera. — Ela interrompeu meus pensamentos. — Me encontra no fim da aula, fora da escola.

Parecia decidida, enquanto eu refletia: "Ela disse 'Não, espera' ou 'Não espera'?"

Quando a encontrei, a necessidade de palavras estava satisfeita e nos reconhecemos sem margens dúbias. Minhas emoções entraram em ebulição, em um êxtase fantástico, antes que tudo se tornasse um afogamento fatal. Não em um estalar de dedos ou em um piscar de olhos. Fomos felizes por algumas semanas ou poucos meses – um tempo intercalado de dúvidas, ciúmes e toda sorte de sofrimentos, mas suficiente para perdurar pela vida como um consolo indigente.

Clara beijava meus olhos, minha testa e se aninhava em meu peito, fazendo carinhos em mim. Eu gostava de massagear suas costas, acariciar seus seios e me esfregar em sua bunda. Ao me fazer esperar, ela me ensinava uma linguagem em que o metafórico e o literal se misturavam, uma linguagem do corpo, suponho. Ficamos bons em obter prazer de nossas pequenas perversões, mas eu queria ir além. Ela dizia que não estava pronta, porém gostava daquele rame-rame. Ver que me fazia perder a razão talvez fosse sua satisfação primeira. E eram longas as despedidas. Mal nos separávamos, eu só pensava no próximo encontro. O que mais descobriria? O que o Universo me reservava ao lado dela?

Uma vez, o ônibus em que estávamos passou por um acidente de trânsito e vimos um corpo estendido no asfalto. Não era possível saber se fora um acidente de trânsito ou se aquele corpo se atirara do alto. Imaginar que por qualquer razão Clara pudesse desaparecer de minha vida redimensionou todos os riscos, e falei para ela:

— Preciso que você se cuide. Por mim.

Sem saber o que aquilo significava, percebi que era a senha para um novo passo de intimidade.

— Eu te amo – disse-me ela pela primeira vez.

Recuei, de início porque estava assustado, depois, para fazer um jogo duro, não contra ela, mas para valorizar minhas palavras. Afinal, palavras não são só conceitos. Ela chorou à vista de estranhos. Eu sofri sem saber o que fazer para fixar o momento. Finalmente, confessei perturbado que também a amava. Fomos para minha casa e fizemos amor aflitos antes de conhecer o amor mais lento. Quando alcançou o prazer, seus olhos se encheram de lágrimas. Perguntei o que havia, se eu a tinha machucado; ela respondeu que estava feliz, que apenas se sentia emocionada, como se conhecesse uma emoção oriunda de outra fonte, talvez mais forte que minha capacidade de compreensão.

Passamos um ano trancados, carregando a todo lado nossa intimidade para descobrir até onde se pode ir tão rápido e tão cedo. Era o fim de minha carreira de forrozeiro. No entanto, certa vez, Milena e Lucas nos convidaram para ver a banda Los Hermanos no Canecão, e nos pareceu um bom programa entre casais. Estávamos próximos do palco. Clara estava a minha frente e eu a abraçava pela cintura enquanto cantávamos "Último romance", que considerávamos nossa canção. Abruptamente, ela desfaleceu e só não caiu no chão porque contive a queda com meus braços sob os dela. Com ela pendurada em mim, atravessamos a multidão até o lado de fora do teatro, quando tomou ar e recobrou a consciência. Tê-la por alguns instantes desmaiada em meus braços, sob meu cuidado, prenunciou a importância que ela teria para mim, como uma escolha entre me dispor a tudo para salvá-la ou reconhecer que eu não seria o homem certo.

Imaginei que aquela escolha coubesse inteiramente a mim, enquanto Clara, sem que eu percebesse, metamorfoseava-se em uma forma desviante, como são as crisálidas na natureza. A mulher que despertara daquele sono não desejava em absoluto ser salva por ninguém.

— Edu, como podemos saber se isso é amor?

Parecia que lhe faltava um tipo de análise antropológica, como um método de cotejo entre civilizações diferentes, e me restou apelar à metafísica.

— Se não era, como passou a ser e, se era, como pôde deixar de ser?

Isso em nada me serviu. Depois do impacto, meus pais me encontraram espatifado no chão do quarto. Eu era como o acidente que vimos do ônibus. Mamãe me recolheu novamente nos braços e papai quis me afagar com um discurso.

— Meu filho, vocês são jovens. Têm uma longa vida pela frente. Não é bom definir as coisas tão cedo, se fechar para outras experiências. Quem sabe mais tarde se reencontram?

Fazia algum sentido o que ele dizia, só não fazia diferença. "Dar tempo ao tempo" é um consolo nulo. E por que ele se dirigia a mim no plural? Simpatizava tanto com ela ou projetava a meu lado o protótipo com o qual sonhara para si mesmo? A essa altura, eu já sabia que não seria tão feliz, e ele deveria saber também. Somente a compaixão de minha mãe apaziguava aquela perplexidade e incompreensão, enquanto ela deslizava os dedos em meus cabelos, com minha cabeça apoiada no travesseiro da cama.

Quando criança, nos episódios em que algum mistério me despertava medo ou algum constrangimento me deixava com raiva a ponto de perder o controle, meu pai procurava encontrar palavras que me distraíssem, mas era o carinho de minha mãe que me acalmava e consolava. Dessa vez, ele estava certo em uma coisa: Clara e eu ainda ficaríamos juntos muitas vezes, como um simulacro do que fomos, cópia de cópia, amor em fractal, cada vez menor, à sombra do modelo filosófico.

5. O conflito nas faculdades da alma

Passo o restante do fim de semana entretido com séries e filmes e não avanço em minhas pesquisas. Algumas vezes imagino ter encontrado inspiração para responder a Alice, como se escrevesse uma carta de amor, mas sem me satisfazer com rascunho algum. Enquanto distrações labirínticas findam em becos sem saída, uma pilha de provas para corrigir me aguarda na mesa do escritório.

Uma boa prova comove como uma bela carta. Tudo é verdadeiro. Por isso, apelos a minha condescendência me fazem lamentar por aqueles que sacrificam tempo e recursos por um diploma. É gratificante acompanhar o crescimento dos alunos que, com maior ou menor dificuldade, perseveram. Estimo nosso convívio regular, mas a escrita da maioria não diz nada e às vezes até aborrece. Prevejo as consequências pelas posturas em aula – na dispersão de quem conversa ou fica no celular ou no descaso de quem chega atrasado, não traz o material nem anota uma linha sequer –, porque é inevitável compará-los a minha própria experiência.

Lembro-me dos alertas sutis que um dia recebi de meus professores. Na época, não respondi aos sinais de desapontamento, pois estava sempre ocupado com outra urgência: a cumplicidade ora com minha mãe, quando meu pai, com sua vida social agitada e cheia de novos projetos, demorava para voltar para casa, ora com meu pai, quando ela despejava sobre ele avaliações difíceis de suportar, e o esforço que partilhávamos de alcançar tanto quanto possível a separação dentro da mesma casa. Restringíamos a comunicação ao necessário – a louça acumulada na pia, compras a fazer, contas a pagar ou comunicar algum gasto imprevisto –, porém, sob a falsa normalidade, havia em cada palavra uma nódoa de veneno e, em todo silêncio, um sabor de partida. Milena me dizia: "Pelo menos você tem uma família", enquanto Clara se esforçava para me convencer de que o problema entre os dois não era meu. Quando saí de casa, acredito que eles já haviam envelhecido demais para considerar a separação ou simplesmente perdido a plateia que justificava o lamentável espetáculo. Em todo caso, seja por razões materiais, seja por outras formas de estabilidade, o privilégio da dedicação à formação pessoal é raro. Não posso julgar a disposição dos alunos diante de seus obstáculos pessoais, tampouco penso em convencê-los a perseguir a motivação que na idade deles não encontrei.

O curso noturno atrai jovens que não podem esperar pelo diploma para ingressar no mercado de trabalho. Quando realizam o estágio docente, alguns são integrados às escolas e dão início à rotina que, na melhor hipótese, terão pelo resto da vida. Há aqueles na faixa dos 40-50 anos, que já conquistaram posição em outro emprego e não pretendem exercer a docência. Aspiram ao crescimento intelectual e até fantasiam com alguma medida de reconhecimento em círculos mais ou menos largos, porém não desconfiam de que a disponibilidade necessária à conquista de destaque ficou comprometida com o zelo à família. O tempo é um recurso escasso. Todos sabem, só que ninguém quer admitir. Ao contrário, gostam de compartilhá-lo, como se isso não significasse cedê-lo aos outros. Algumas vezes é possível ganhar tempo cedendo-o aos outros, desde que se escolha muito bem de quem se trata. Em geral, o melhor é aprender a discernir as boas ideias, em vez de boas pessoas, o que, no entanto, ainda não garante um percurso reto e seguro, porque as ideias também podem servir a múltiplos interesses, conforme os contextos.

Apaixonados por meia dúzia de perspectivas assumidas durante a adolescência por influência de professores politizados, de início os alunos que chegam têm a satisfação de encontrar e se dedicar a um interesse distinto, que promete torná-los pessoas melhores e talvez capazes de transformar a realidade ao redor, mas são expectativas que estou acostumado a ver sucumbirem. Enquanto seus sonhos desvanecem, esses cordeirinhos passam a ser homens e mulheres rancorosos, porém preparados para enfrentar o mundo. Não sei se durante esse processo nós, professores, atendemos a suas expectativas incentivando o voo e agravando a queda ou se os fortalecemos para que possam resistir àquelas que viriam de qualquer jeito. Cedo ou tarde, descobrirão o resultado por conta própria.

É impossível saber qual papel cada um nos reservará em sua história. Apenas procuro tratar com seriedade o interesse comum pelo conhecimento. Se eles soubessem das adversidades à frente – a limitação de oportunidades e sua dependência aos ciclos políticos e econômicos, a predominância das afinidades ideológicas, da militância e das relações pessoais sobre a pesquisa teórica ou científica e o ataque constante de esferas de poder externas, que dão a práticas questionáveis um ar de legítima defesa –, os abandonos do curso seriam provavelmente mais precoces. Por isso, as provas e os trabalhos ao menos permitem ao aluno se situar no plano do seu domínio dos assuntos. De minha parte, é por respeito e sincera consideração que procuro mostrar que, se eles não se detêm pacientemente sobre obras de fôlego, enganam-se quanto à dedicação que escolheram. Podem amar a filosofia de outras formas que não pela pesquisa acadêmica e pela docência, assim como é possível amar a arte sem se tornar um artista. Mesmo fora da academia, só o que levarão é uma formação, e é importante que compreendam que ela não está garantida pelo cumprimento das exigências curriculares.

Aqueles que se destacam parecem apreciar o processo. Procuram-me depois da aula pedindo que eu leia seus ensaios e projetos para orientá-los na iniciação científica e, se possível, decifre uma vocação. Por isso, escrevo uma exclamação ao lado das notas máximas que distribuo generosamente entre as melhores provas – "Ótimo!", "Excelente!" –, mas não penso que, para eles, isso compense meu silêncio apaziguado. Se insistem comigo, escutam: "Procure a Regina" ou "Esse assunto tem mais a ver com o Francisco". Alguns colegas conseguem ser mais atenciosos, e acreditam que essa deveria ser parte de nossa responsabilidade, mesmo sem sermos remunerados por isso. Quanto a mim, no segundo ano são raros os estudantes que ainda me procuram pessoalmente, porque reservam os estudos e a estima aos encontros em sala de aula. Melhor assim. Tenho muito apreço à distância, pouco a intimidades.

*

Chego atrasado à faculdade. Na entrada da sala dos professores, antes de assinar o ponto, encontro Jorge, colega de curso, e ele já está de saída para a aula. Embora mais velho do que eu e sem afinidades intelectuais ou pessoais, ele parece simpatizar comigo, porém desconfio de que seja somente um gosto por influenciar outros professores. Se houvesse chance, já teria organizado um sindicato, mas, na São Romão, somos poucos nos cursos de humanas, e ele não encontra a mesma abertura com colegas de outras áreas. Jorge aperta minha mão com um esboço de sorriso, de quem encontrou satisfação em descobrir um segredo pelo qual espera ser recompensado.

— Você soube do Jairo?

— O diretor? Que houve?

— Foi dispensado do cargo e quase demitido. Fez um acordo pra permanecer no quadro docente. Antes de sair, mandou embora a Débora, de Letras, pra ficar com as turmas dela.

— Que cretino! — reajo, surpreso, mas logo penso se foi prudente dizer isso.

— A Débora tinha mais de 15 anos de casa.

— Você acha que as coisas melhoram agora, com outro diretor?

— Por que melhorariam?

Jorge conclui nossa conversa com um tapinha em meu ombro, e eu não gosto que encostem em mim, mas estou acostumado a não criar caso por isso. Desejo a ele boa aula. Como estou atrasado, seguimos em direções opostas.

Guardo alguns livros no escaninho. Os corredores apertados com centenas deles nos dão a proporção do pequeno canto que ocupamos naquela instituição e da dificuldade de fazer diferença para o êxito da juventude. Enquanto me dirijo à sala de aula, lembro-me da Sorbonne, das grandes janelas de vidro que abrem à luz natural os acabamentos de madeira e mármore, mas selam do lado de fora o frio do inverno e o burburinho urbano do Boulevard Saint-Michel. Sob aquele pé-direito alto, eu sentia circular um ar solene, como se professores e estudantes fossem observados por espíritos ancestrais. Não há semelhança com a realidade da Mooca a não ser pelo livro que carrego debaixo do braço. Entro na sala sem fazer contato visual e tiro da pasta as *Meditações*, de Descartes. Permito que prossigam a conversa. Sob o título que escrevo no alto do quadro-negro, "A fonte dos nossos erros na análise do conflito entre as faculdades", faço anotações e destaco com giz laranja os pontos mais importantes. Alguns se sentam e começam a anotar; outros, moderando o volume, esticam mais um pouco assuntos inacabados. Quando termino, dou a eles mais alguns minutos e os interrompo para dar início à aula.

— Boa noite. Hoje o curso é de Metafísica. Não confundam com as aulas de Epistemologia. — Na São Romão somos poucos professores de filosofia e cada um acumula várias disciplinas para uma mesma turma. — Paramos na fonte dos nossos erros, não é isso? — pergunto, para saber se estão atentos e para encorajá-los ao debate. Ao ver que consentem, continuo: — Antes de começar, quero lembrar que faremos uma avaliação na semana que vem.

Alguns deles se mostram surpresos e procuram disfarçar o próprio engano, mas a preocupação que demonstram me leva a propor uma revisão e a retomar a argumentação cartesiana do começo.

— O que Descartes pretende é separar o conhecimento seguro do senso comum e das opiniões supérfluas. Para isso, deve encontrar um princípio indubitável com base no qual seja possível construir um edifício sólido de conhecimentos e evitar que se caia em erros práticos. Para começar, ele dissimula um papel de cético, para ver até onde o ceticismo pode ir. As dúvidas "hiperbólicas", ou seja, radicais e abrangentes, compõem um método que o levará à demonstração daquele princípio. Vocês se lembram de quais são as dúvidas hiperbólicas?

— É preciso duvidar dos sentidos, porque eles podem enganar a gente. — Marcos toma a iniciativa.

— Isso mesmo. Não é prudente confiar nos sentidos, pois quem já nos enganou uma vez pode nos enganar de novo. Basta ver o efeito da difração de um bastão na água ou das coisas que vemos a distância. Muitos conhecimentos derivam dos sentidos e, havendo qualquer razão para duvidar deles, é prudente assumir que são todos falsos. E o que mais?

— Talvez tudo seja um sonho, já que quando dormimos pensamos que estamos acordados. Professor, não dá mesmo para saber se estamos sonhando ou acordados? — pergunta Fernanda, uma ótima aluna, que sempre senta na fila da frente.

— A solução só aparece no final das *Meditações*. Não chegamos lá, mas posso adiantar a resposta. Descartes diz que os sonhos não têm continuidade no espaço e no tempo. Quando sonhamos, podemos abrir uma porta e nos encontrar em outro país ou voltar a ser crianças.

— Seria ótimo se fosse realidade, professor! — Bernardo adora fazer gracinhas na aula, mas sem perder o respeito e a cordialidade. Dessa vez, fez-me rir.

— Quero lembrar que, se os sentidos podem enganar a respeito de como as coisas são, a hipótese de que tudo seja um sonho indica a possibilidade de que as coisas nem sequer existam. Elas estariam apenas em nossa mente.

— Descartes também examina a loucura, não é, Eduardo? — Marcos se recorda de outro argumento cético.

— É verdade, mas loucura e conhecimento racional são, para ele, mutuamente excludentes. Nada razoável pode surgir dessa hipótese. Apenas um louco poderia tomar isso seriamente. Assim, depois de considerá-la, ele a abandona.

Avalio se eles me acompanham e continuo:

— O filósofo propõe, finalmente, que um deus enganador, de tão poderoso, seria capaz de subverter qualquer conhecimento, até as verdades matemáticas. Assim nascerá o "argumento do *cogito*": somente uma coisa resistiria ao deus enganador. Mesmo que ele me faça duvidar de tudo, quando duvido, eu penso; e, enquanto penso, é certo que existo. A existência da consciência ativa, a alma para Descartes, é uma evidência acima de qualquer suspeita e, portanto, pode servir de princípio para encontrar o conhecimento seguro. Ao fazer isso, Descartes funda o pensamento moderno sobre o princípio da subjetividade e abandona a máscara de cético. Em seguida, por dedução, inicia a demonstração de outros conhecimentos. Quem se lembra de quais são eles?

Os alunos permanecem em silêncio. Enquanto prossigo, eles anotam tudo o que conseguem motivados pela proximidade da avaliação.

— Todos os modos de pensar existem verdadeiramente. Talvez aquilo em que penso não seja como penso, aquilo que imagino ou em que creio não exista realmente, mas duvidar, imaginar, crer, desejar e sentir existem como atividades da minha consciência. Além disso, elas afirmam ou negam algo, possuem uma duração, distinguem-se entre si e são causas umas das outras. Em suma, há uma organização formal independentemente do material pensado, e se ele é ou não real.

Alguns parecem ficar pelo caminho, mas prefiro permitir que uma parte da turma avance antes de correr o risco de que a repetição excessiva me faça perder a atenção de todos.

— A fonte dos nossos erros não está nos modos de pensamento que existem na mente, mas no material pensado, nas coisas que existem ou não fora dela. Um juízo é verdadeiro quando o que afirmo representar em minha mente corresponde à realidade, e um juízo é falso quando aquilo que afirmo não corresponde à realidade. Isso traz a questão de saber se realmente conheço as coisas que afirmo, imagino e desejo.

— Isso vale também para a dificuldade de conhecer as pessoas? — pergunta Lúcio.

— Descartes não trata disso, mas quem pode negar? É uma questão interessante, só que precisamos manter o foco. A primeira coisa que ele investiga fora da consciência, e que deveria ser a mais clara de todas, é Deus. O que podemos saber a respeito Dele? Como provar que Ele existe? Para não dar saltos dedutivos, o filósofo deve partir daquele princípio indubitável, do sujeito que existe. Sua dedução é feita da seguinte maneira: as dúvidas que revelaram nossa existência como seres pensantes também atestam nossa carência. Duvidar implica tanto a evidência de que existimos quanto o reconhecimento de que somos limitados. Nos faltam certezas. Aliás, sempre nos falta alguma coisa! Mas, se não somos perfeitos, de onde surge a ideia de perfeição?

— Então, como essa ideia precisa ter vindo de algum lugar e não pode ter vindo de nós, que somos imperfeitos, Descartes entende que só pode ter vindo de Deus?

— Isso mesmo, Marcos, mas ele vai além ao dizer que, se não tivéssemos a ideia inata de um ser perfeito maior do que nós mesmos, nossa alma de nada careceria e a nada aspiraria. Nos sentiríamos plenos. Se o desejo é produto da falta, é preciso que exista algo maior do que a gente instigando esse desejo. Não uma coisa qualquer, que possa ser facilmente saciada, mas algo grandioso, que nos instiga a crescer ilimitadamente, como acontece com a alma humana.

Rafaela raramente se pronuncia, mas os caminhos da investigação a provocam:

— Professor, concordo que a existência de algo que admiramos pode servir de inspiração para eu querer ser melhor do que sou, mas isso não prova a existência de Deus. Qualquer coisa melhor do que eu, até mesmo imperfeita, pode me servir de modelo.

— De fato, o argumento não foi concluído. O fundamental é que, finito e imperfeito como sou, eu não poderia ser o criador da ideia de um modelo infinito e perfeito. Esse ser é o responsável pela criação de todas as coisas que admiro e que inspiram meu crescimento em direção ao bem. Se pensarmos especificamente na ideia de perfeição, com nossas limitações e as de todas as coisas imperfeitas à nossa volta, de onde poderíamos ter tirado essa ideia? Do nada? Para Descartes, nada pode vir do nada. Tudo deve ter uma causa, e essa ideia de perfeição só pode ter origem em uma causa perfeita. Portanto, deve vir de Deus. Quando me criou, Ele a colocou em meu espírito para que minha vida se incline em sua direção.

— Professor, eu não poderia inventar essa ideia compondo atributos como todo-poderoso, infinitamente inteligente, e tudo o que posso imaginar de absolutamente grande, assim como compomos pela imaginação a ideia de sereia por associação entre a mulher e o peixe? Acho que a ideia de Deus é semelhante à de sereia. É uma construção da imaginação, que associa progressivamente coisas diferentes.

— É uma ótima questão, Lúcio. Essa é uma das objeções que Descartes antecipa, por se tratar de um argumento comum entre os empiristas. De fato, podemos criar atributos por uma progressiva associação de qualidades: o que é grande, maior e ilimitado. Mas sua solução consiste no fato de que as substâncias ou essências devem ser anteriores aos atributos. Do contrário, seria como supor que vejo a brancura existindo sozinha, sem nenhum suporte, como a neve branca ou a nuvem branca. O poder infinito, o saber infinito e a presença infinita não podem existir por si sem serem os infinitos poder, saber e presença de Deus. Compreende? A imaginação pode compor substâncias, como, na sereia, estão presentes a mulher e o peixe, mas, se a perfeição existe, ela não pode ser uma associação de atributos ou uma mistura de substâncias imperfeitas. Ela deve ter uma substância própria, porque perfeição sem substância não seria perfeição.

— Não podemos recusar a existência da perfeição?

A pergunta de Marcos é atravessada pela de outro aluno, Bernardo:

— Professor, o senhor acredita mesmo em Deus?

— Não importa em que acredito. Mas, para retomar a pergunta do Marcos, recusar a perfeição significa não apenas negá-la no ato criador, mas também como aspiração moral. Entregaríamos nosso conhecimento da ordem ao acaso e reduziríamos todos os propósitos da vida a planos que cada criatura traça para alcançar fins particulares. Por que essa ideia seria melhor do que a de um ser cuja perfeição implica sua existência, e cuja existência une a origem e o propósito de todas as criaturas? Você concorda ao menos que pensar um ser perfeito significa pensar um ser que existe?

— Então o senhor acredita…

— Você pode provar que Descartes está errado, que Deus não existe? — excedo-me.

A CHAMA REMOTA 69

— Mas não provar que ele não existe não significa que ele existe!

— Cabe ao cético, em vez de proclamar a inutilidade da ideia de Deus para o modo como escolheu viver, provar sua inexistência. A conclusão de Descartes é que é razoável crer na existência efetiva de Deus, e não apenas como uma ideia em meu espírito, porque a ideia de que algo perfeito não existe é uma contradição.

— Posso pensar em uma abóbora perfeita e não há contradição em pensar que ela não existe — insiste Bernardo, com ironia.

— Você está comparando Deus a uma abóbora?

— Se ela for uma abóbora perfeita, criadora do céu e da Terra...

Muitos se divertem, o que evidencia que fui vencido na discussão. Apenas procuro retomar a matéria:

— Minha imaginação não tem toda essa força. Vamos deixar as abóboras e abobrinhas de lado, tá bem? Quero chegar ainda hoje na fonte dos nossos erros. Descartes pretende demonstrar que ela não reside em Deus. A questão é como Ele permite que a gente cometa erros, que exista o mal.

Bernardo se distrai com seu sucesso, enquanto continuo:

— Uma vez que nada falta a Ele, e o embuste é sempre consequência de alguma carência, todas as Suas criações só podem decorrer de um ato de bondade e generosidade, ou seja, de amor. Deus não é enganador e não quer que nos enganemos.

— Deus não nos engana porque não tem razão para nos retirar o que Ele também possui?

— Isso mesmo, Alice.

— Clarice.

— Cla-ra... Clarice.

Atrapalhado, anuncio o intervalo. Desço as escadas refletindo sobre o lapso cometido: se, ao confundir os nomes, misturei qualidades e essências.

*

Clarice e eu já havíamos nos encontrado fora da faculdade. No semestre anterior, aceitei sua solicitação de amizade nas redes sociais. Em seguida, ela passou a me endereçar questões sobre minhas aulas e sobre a filosofia de Michel Foucault, pois sabia do meu livro no prelo. Finalmente, pediu-me que lesse alguns de seus poemas, os quais desencadearam uma intensa troca de mensagens.

A chama remota

Voltados às estrelas
Até onde se pode ir
Com os olhos
Mergulhamos
O fulgor refletido

No fundo escuro
Signos de giz
Frágeis somem
Sopros brancos
Véus de nuvens

Cobrem distâncias
No tempo

Fixo entre nós
Sob o lume frio
Sigo mais veloz

"O que acha?", ela se confiava à minha avaliação. "Por favor, seja sincero", e essas palavras pareciam se integrar como partes do poema.

Perdi os critérios objetivos e me senti tocado por ele. Mandei às favas a regra de não cair na provocação de alunas e aceitei seu convite para tomar um café. Já desconfiava de que notasse minha admiração no modo como meu olhar era atraído para ela. Seus olhos cor de bronze, sempre sob uma pesada máscara de maquiagem, com dois traços escuros fortes nos cantos, realçavam uma matriz genética talvez oriental em detrimento de outra, italiana, ou talvez estritamente a matriz italiana, se considerarmos não o fenótipo, e sim a cultura, como o resgate de um visual dos anos 60, de atrizes como Sophia Loren e Claudia Cardinale. O rosto grande, a pele alva, mas não pálida, o nariz pontudo e os lábios abaulados, como também os cabelos lisos de cor caramelo pendendo sobre um busto chamativo, indicavam-me ascendência italiana. Talvez um pouco a leste, porque sempre a achei parecida com Clarice Lispector, que nasceu na Ucrânia, mas, fora o fato de que ela possuía uma beleza notabilíssima, essa geografia pouco importa.

Não é que eu esquecesse os interditos, porém, dessa vez, desejava infringi-los. Do contrato assinado com a faculdade, nenhuma cláusula especifica jamais me envolver com uma aluna. Ao menos, é o que imagino. Todas elas eram maiores de idade e independentes, o que constato na opção pela filosofia. Entretanto, sabemos como algumas relações profissionais geram uma transferência amorosa que pode ultrapassar a mera admiração e tornar abusiva a posição *in loco parentis*. Eu me preocupava com isso, e a solução era permitir que realmente me conhecesse fora do papel desempenhado em aula.

Algo em seu jeito de jogar os cabelos para trás me lembrava a feminilidade de Clara, e de modo irresistível me inspirava o desejo de reviver algo perdido, mas não pude discernir o que era de fato. Quando nos encontramos no fim da tarde no café da Livraria da Vila e eu estava prestes a descobrir do que se tratava, ela se virou revelando em seu braço uma nova tatuagem que perturbou minha atenção.

Fazia muito calor, e achamos que um café não nos daria tempo suficiente para discutir tantos assuntos. Preferimos caminhar até um bar na esquina e pedir cerveja. Transitamos por interesses convergentes e elogios mútuos, que um a um nos fizeram aproximar o corpo junto à quina da mesa, onde nos encaramos e nos encontramos em um beijo rápido, como um experimento voltado aos seus efeitos imprevisíveis. O resultado foi que, pela primeira vez, Clarice me pareceu tensa. Relutei em repetir o movimento com receio de que ela demonstrasse insegurança em continuar por esse caminho. Sorrimos por algum tempo sem quase dizer mais nada, até que quebrei o silêncio falando de um livro que eu gostaria que lesse e que poderia emprestar quando nos víssemos de novo na faculdade.

Sem embaraço, perguntou-me se não poderíamos buscá-lo em minha casa. Paguei a conta, apesar de seu educado protesto, e seguimos a pé, eu estranhamente mais bêbado que ela. Ao entrar, Clarice pareceu à vontade, como se já tivesse estado ali antes, e nos esquecemos do livro. Sentamo-nos no sofá, enquanto ela falava sem parar de filosofia política pós-estruturalista com notável desenvoltura, como quem dedica tempo para fundamentar suas ideias em uma bibliografia atual

A CHAMA REMOTA 73

e tão bem escolhida que me deixou intimidado. Contou então de seu engajamento nos últimos movimentos de rua, que lhe pareciam se perder, tema que eu deveria comentar, caso minha cabeça não estivesse presa à lembrança de nosso beijo. Foi rápido, como se não tivesse acontecido, e sem perceber eu já alimentava outras expectativas. Estava feliz com sua companhia em minha casa, em ouvi-la falar e dividir tantos assuntos.

Procurei em seus olhos a honestidade de amantes que se reconhecem, e eles pareciam inquietos, sobrepondo ruídos aos sinais que nos levaram até ali, mas como adivinhar o motivo? Era possível que eu estivesse equivocado.

— Você tem mais uma cerveja aí? — perguntou ao notar que eu naufragava em expectativas, para tentar me resgatar. Falar sozinha parecia deixá-la mais nervosa.

— Sim, espera um minuto.

Quando voltei, ela havia tirado os sapatos e esticado as pernas com meia calça sobre a mesa de centro. Procurei me recompor e não ficar para trás, estimulando suas análises para deixá-la mais segura e atenuar a gravidade de nossa conversa. De um jeito brincalhão, embora se tratasse de coisa séria, comecei a defender a tese de que Judith Butler estava certa em sua teoria de gênero, uma consequência natural da falência da metafísica das essências. Qualquer ideia metafisicamente concebida de natureza humana ou alusões a pretensas determinações biológicas foram terminantemente superadas e substituídas pelos sentidos que cada um constrói para a própria existência. Se o fazer é anterior ao ser, e a existência precede qualquer essência, propus que a idade que temos também deve ser relativa àquela que performamos.

— Não se preocupe com isso — assegurou, feito uma elegante senhora.

Embora se tratasse de uma cantada estapafúrdia, aquilo a fez lentamente abrir um sorriso. Clarice avançou para meu lado, cruzou os braços atrás do meu pescoço com alguma violência e me beijou com força. Algumas mechas de cabelo ficaram entre nós, e ela interrompeu seu movimento, fez um coque no topo da cabeça e inclinou o rosto me beijando novamente. Procurei desfazer sua ansiedade conduzindo um ritmo mais lento e acariciando seus braços. Acompanhou-me um pouco confusa, como se não soubesse reagir naquele andamento. Enfiei uma das mãos debaixo de sua blusa e senti na curva da pele lisa das laterais do seu tronco as ondulações de suas costelas. Há bastante tempo que eu não tocava ninguém daquela maneira e nossa súbita intimidade parecia que transcenderia o prazer da carne. Ela subiu as mãos sob minha camisa até encontrar os pelos ralos de meu peito, onde se deteu para brincar. Alisávamos o corpo um do outro com carinho, intercalado por beijos demorados e apaixonados. Sentia meu sangue fluir naturalmente, e estive certo de que ela também percebeu, embora se esquivasse de alcançar regiões baixas de meu corpo e mantivesse suas pernas cruzadas. Entretanto, quando comecei a desabotoar o botão de seu short, ela se ergueu, sentando-se um pouco mais afastada.

— Acho que assim está bom por hoje — disse, escondendo os olhos na outra direção.

Parecia envergonhada, mas não pude entender se do que fez ou do que não fizemos.

— Não tem problema — respondi, com serenidade amical.

Como o nó de seus cabelos se desfez, tentei ajeitar seu penteado com cuidado e mostrar que não estava ávido por sexo. Apenas não queria que ela se afastasse. Isso deve ter gerado o efeito inverso, como um sinal de insistência, porque ela procurou mais espaço. Talvez tamanha oscilação de gestos fosse imaturidade dela, porém, quando jovem, eu já tinha estado com uma mulher mais velha e sabia que qualquer coisa que fizesse agora a deixaria mais desconfortável.

— Vamos tomar a saideira? — sugeri.

— Quer que eu vá embora? Pode falar — retorquiu, em tom monocórdico, como se minha pergunta tivesse soado agressiva, embora nada fizesse diferença.

— Não foi o que quis dizer. Fique à vontade, sério — precipitei-me, mesmo sabendo que impulsos dessa natureza não são remediados sem um bom motivo. Eu poderia ter inventado alguma desculpa, porque a essa altura começava a preferir ficar sozinho. Contudo, me faltaram reflexos ágeis.

Ela aceitou outra cerveja sem alegria e se acomodou no outro lado do sofá, dobrando todas as articulações do corpo sobre si mesma, como um escudo protetor, o que me pareceu incompreensível e me fez perceber o equívoco de tudo aquilo. Ficou por um tempo com o olhar distante, na direção da praça, e em silêncio. Talvez traçasse seu caminho de saída, mas, em pouco tempo, desconfiei de que ela quisesse se abrir.

— Você se importa mesmo comigo?

— Me importo. — Estava ciente da vagueza de minha resposta, não por não ser honesta, e sim porque considerava aquela uma conversa precipitada e não sabia em que direção seguir.

— Também gosto de você, mas ainda estou procurando entender direito — antecipou-se ela.

Fiquei em silêncio, o que possivelmente contrariou suas expectativas.

— Marcos sempre teve ciúmes de você. Ele percebeu que eu não te via só como um bom professor.

Essa revelação evidenciou sua atração por se colocar em um lugar privilegiado, em que fosse possível não seguir direção alguma, mas observar como eu me posicionaria diante de revelações inesperadas, que ela escolheu fazer de uma forma que não me dava chance de não participar.

— Marcos? Seu colega de turma?

— A gente ficou junto por um tempo e ele insiste, só que não sei se quero. Fiquei confusa com as conversas que tive com você e me afastei.

Pareceu que ela queria avaliar se nosso encontro seria uma maneira de resolver aquele dilema, porque ainda não conseguia associar a figura do professor à do homem com quem trocou mensagens e tomou uma cerveja. É possível que atravessar os limites da aura da sala de aula fosse suficiente para ela, e eu não podia censurá-la, tampouco ficar contente. No entanto, o que esperava ao me dizer essas coisas, que eu me lançasse a seus pés tentando convencê-la a me escolher em vez dele? É provável que ela não tivesse um plano definido, mas quisesse descobrir até onde poderíamos ir, qual a verdadeira medida do desejo revelado em meu olhar e no tempo que investi nela, e quais sentimentos ainda poderiam ser despertados entre nós. Sua importância para mim poderia definir minha importância para ela, porém, para ambos, era uma situação arriscada.

— Ah, é? Não sabia que você e Marcos eram namorados. Acho que sou meio desligado.

Dessa vez foi ela quem ficou pensativa, parecendo não saber se deveria substituir a versão que propus por outra e aguardando o que mais eu diria, se é que eu tinha alguma carta na manga. Fui levado a me colocar outras perguntas: para ela valia a pena ter se empenhado tanto por uma situação dissimulada ou será que tinha receio de se envolver comigo e eu fazer pouco-caso de seus sentimentos e de suas expectativas? Tratava-se apenas de um jogo de vaidade ou de uma insegurança real em si mesma? Eu não tinha nenhuma dessas respostas. Todavia, eram hipóteses que a lançavam a direções polarizadas, entre uma decepção profunda e outra tão mais sedutora que poderia me levar a desenvolver sentimentos que fugissem ao controle. É certo que aquela reviravolta em que a via se afastar depois de estar tão perto aguçava meu desejo, e precisei fazer grande esforço para pôr a cabeça no lugar, o que me deixou irritado.

— E essa tatuagem? É nova, não é?

— Achei que não fosse reparar.

— Desculpa a ignorância: é Penélope, Ariadne ou Moira?

— Nenhuma delas.

— Jurava que o novelo fosse uma referência.

— Até poderia ser, mas é apenas uma tecelã, uma imagem do meu interesse pelos fios do texto.

— Tramar e destramar, como Penélope. Esticar, como Moira. Mas sem apontar a saída do labirinto.

— É por aí.

Ficamos em silêncio para terminar a última cerveja, e até cheguei a sorrir, achando tudo fantástico. Estirado naquele canto do sofá, que até então me parecia o mais confortável, eu era lentamente cozinhado na chama branda de suas ambições. Depois que ela foi embora, sem o livro que tinha vindo buscar, permaneci assim por longo tempo.

*

Ao voltar à sala de aula, faço de conta que a gafe com o nome de Clarice não me afetou e procuro me concentrar novamente na matéria.

— Chegamos à novidade da nossa investigação. Embora Deus seja magnânimo e não tenha razões para querer nosso mal, o tempo todo falhamos. Se Ele é bondoso e onipotente, por que nos enganamos? Por que não nos fez perfeitos, livres de cometer erros?

Ninguém se oferece para resolver um dos maiores enigmas metafísicos do Ocidente, mas a pergunta é um artifício retórico que prende a atenção.

— Bem, nenhum de nós é a única obra de Deus — prossigo. — Pertencemos ao conjunto do mundo criado. Um Universo com um elemento perfeito, para que fosse perfeito, só poderia conter um elemento. Se estivesse junto de qualquer outro diferente, portanto imperfeito, formaria com ele um conjunto imperfeito. Por isso, nenhuma obra pode ser considerada separadamente. Diante das alternativas de um elemento perfeito em um Universo imperfeito ou um Universo com elementos imperfeitos, mas perfeito em seu conjunto, naturalmente a segunda opção é superior. Por isso, o plano do criador deve ser considerado no todo, e não nas partes, nas vicissitudes particulares das nossas vidinhas. Caímos em muitos problemas por nos atribuir uma posição central no mundo, quando a questão é o que podemos fazer por ele. Deveríamos poder encontrar uma satisfação na conformidade.

— O senhor disse que a perfeição não pode ser uma associação de substâncias imperfeitas — lembra Lúcio.

— Aqui não se trata da mistura de substâncias, como, na sereia, o peixe e a mulher, mas de uma complementaridade, da harmonia na multiplicidade. Veja: se Deus é a forma una da perfeição, o Universo é sua forma múltipla, e essa perfeição, que geralmente consideramos esteticamente, deve ser sobretudo moral. Perseguimos a perfeição estética em objetos singulares, mas a moral diferentemente deve residir nas relações. O bem deve ser compartilhado em conjunto, e a multiplicidade do Universo garante que não haja mal absoluto. A única coisa que pode ser pensada como absoluta é o amor de Deus. Uma vez que, entre nós, é preciso coexistir na diferença, sempre haverá conflito, restrições e decepções, mas quanto maior é a multiplicidade do Universo, mais o mal inevitável é dividido em vários pequenos aparentes infortúnios, proporcionais ao que os seres são capazes de suportar, e mais nos afastamos de um mal absoluto, que seria a destruição de tudo e não pode existir. Mesmo que haja sofrimento, todos podem encontrar dentro de si mesmos a alegria de pertencer a um sentido maior. Por tudo isso, é necessário que o Universo seja grandioso! Os seres vivos, ao mesmo tempo que livremente criam algo próprio, contribuem para essa grandiosidade e participam e usufruem do bem que existe em conjunto.

Muitas vezes sou tomado por um entusiasmo que me leva a direções imprevistas, até mesmo para fora da matéria. Nessas horas, é oportuno ser interrompido.

— Isso apenas revela que a fonte dos nossos erros não pode ser atribuída a Deus, mas ainda não responde à questão de como saber evitar o erro, não é mesmo? — pergunta Clarice.

— Posso ter ido um pouco longe conforme aquilo que é possível encontrar no texto de Descartes. O que ele certamente afirma é que Deus nos deu condições de viver sem o erro, porém não sem custo. Ele foi tão generoso que nos concedeu algo à Sua imagem e semelhança, que é a capacidade de fruir infinitamente da vontade. Nossos desejos poderem ser infinitos é marca da presença divina em cada um de nós. O desejo nos aproxima do divino e, em si, nunca é um erro. O erro surge do conflito entre as faculdades da vontade e da razão, ou seja, de escolhermos nos lançar sobre algo desconhecido. Erramos no momento em que escolhemos não conter a medida ilimitada do desejo nos limites da razão, que é finita. Portanto, como já propunham os estoicos, a vontade deve ser guiada pela razão, ainda que isso signifique o limitado orientar o ilimitado. Quanto mais conhecimento, menos somos levados a escolher com indiferença às consequências e mais livres nos tornamos de prisões que construímos para nós mesmos. A incapacidade de contenção do desejo nos justos limites da razão faz com que um sujeito tome o falso pelo verdadeiro, erre e peque contra si mesmo. Como somos livres, essa é uma responsabilidade de cada um.

Enquanto Clarice presta atenção à revisão que faço, imagino que passe por sua cabeça a lembrança da conversa que interrompemos em minha casa – conversa de filósofos.

— Professor, pode repetir? — intervém Bernardo.

— Posso explicar, se me disser o que não entendeu.

— Pode dar um exemplo?

— Deixa eu ver. Você já se apaixonou por uma pessoa que mora muito longe?

— Ah, já!

— E você já se apaixonou por uma pessoa comprometida?

— Já aconteceu, sim.

A turma se diverte com minhas perguntas e com o fato de ele responder a elas sem inibição.

— Bernardo, não parece muito inteligente uma pessoa se apaixonar por alguém que more longe, cultivando uma paixão virtual. Ou ainda o interesse por uma pessoa casada. É estupidez se apaixonar por qualquer pessoa de alguma forma indisponível. Não porque o desejo em si seja pecado, mas porque a incapacidade de conter o desejo nos limites da razão faz com que eu tome o falso pelo verdadeiro, erre e peque contra mim mesmo.

— Então isso já aconteceu com o senhor? — pergunta Marcos, procurando me desconcertar.

Considero responder que já aconteceu comigo tanto quanto já aconteceu com ele, mas me contenho.

— Hoje vocês cismaram com isso! É um exemplo genérico. Apenas respondi como Descartes.

— É que o senhor fala de um jeito e escolhe uns exemplos bastante concretos que a gente fica até curioso — emenda Bernardo.

— Não, não. Nunca. Que importa!

— Não sabia que o professor era sentimental! — diz Marcos para a turma, parecendo disputar meu papel e me levando a imaginar que, em alguma medida, soube das conversas que tive com Clarice. Ao contrário do que diz, acusa-me de ser sentimental e estar em contradição com a matéria que leciono.

— Vocês acham que a filosofia não nasce também dos sentimentos e que ela não os mobiliza? Chamem de afetos ou emoções, é de sentimentos que estamos falando, mesmo quando investigamos o que pode a razão. Ninguém está livre disso.

— Uma coisa é o sentimento e outra o sentimentalismo, não é verdade?

— Marcos, uma distinção bem lógica e racional. Como diz Descartes, clara e distinta.

Constato novamente que a retórica é o esporte predileto de muitos alunos. Outros se encantam com o novo horizonte de ideias que descobrem aberto, a despeito de suas eventuais imperfeições.

Despeço-me deles, aproveitando o momento de descontração, para levarmos conosco a contagiante alegria que Descartes proporciona aos que tomam com seriedade os estudos da alma humana. Deixo a sala de aula e, no corredor, a um passo de tomar as escadas, Clarice me alcança.

— Você está bem, Eduardo?

Sua pergunta dá margem a erros, a repetir os mesmos, e me faz lembrar a resposta que devo a Alice.

— Desculpe. Preciso ir, Cla-ri-ce.

6. *Green grass*

Nas redes sociais, Alice publica uma nova foto de seu bordado, desta vez concluído, e, abaixo da imagem, uma dedicatória em forma de legenda, para todos enigmática: "À solidariedade asmática".

Enigmática, sobretudo, para mim. Sem saber o que ela pretende, consulto meus esquemas mnemônicos e encontro a análise de Walter Benjamin sobre a relação entre a vida e a obra de Proust:

"A asma entrou em sua arte, se é que ela não é responsável por essa arte. Sua sintaxe imita o ritmo de suas crises de asfixia. Sua reflexão irônica, filosófica, didática, é sua maneira de recobrar o fôlego quando se liberta do peso das suas reminiscências."

Infelizmente, introduzir citações nem sempre é a forma mais cordial de oxigenar uma conversa. Entendo que fui convidado a responder e que me demoro com receios excessivos. Quanto maior a demora, maior a expectativa e mais baixo o valor de qualquer coisa que se faça ou que se diga. Se a conversa partiu de seu bordado, prossigo contando o que tenho feito e o que gostaria de fazer.

Inspirado na sua produção, estou motivado a escrever um novo livro. Quero encontrar interlocuções fora da academia. Em vez da materialidade da linguagem, vou elogiar os sentimentos, retomar a ideia romântica de que apenas a sensibilidade importa e de que a emoção é a grande fonte criadora. É desses bons encontros que quero tratar, de como revelam que vivemos para criar. Já tive alguns deles, mas ainda não em São Paulo.

Percebo novamente o exagero da mensagem, embora estivesse longe de expressar tudo o que eu gostaria, porque não soube explicar que a falta de bons encontros era a razão de, mais que uma fase, uma asma crônica, uma existência asmática.

Lembro-me também de Beckett e sua extraordinária capacidade de ser dramático sem querer parecer. Chego a consultar a passagem de *Molloy* à procura de alguma inspiração para dividir com ela:

"Ah sim, minha asma, quantas vezes tentei acabar com ela, cortando uma carótida ou a traqueia. Mas aguentei firme. O barulho me traía, ficava roxo. Me atacava sobretudo à noite, e quanto a isso ignoro se devia ficar contente ou descontente. Pois se à noite as mudanças bruscas de cor têm menos consequências, por outro lado o menor barulho inusitado se faz então notar mais, por causa do silêncio da noite. Mas eram apenas crises, e são coisa pouca as crises, em vista de tudo que não termina nunca, que não conhece nem fluxo nem refluxo, na superfície de chumbo, nas profundezas infernais."

Soaria excessivamente dramático estender aquelas referências à asma, sobretudo por se tratar de uma coisa que não tenho, que, para mim, é apenas como se tivesse. No entanto, não basta cortar a metáfora; é preciso arejar a conversa. Para conter o impulso de compartilhar impressões demais, procuro apagar a mensagem que escrevi para ela, mas acabo enviando:

— *Desculpe, Alice. Não era bem o que queria dizer. Ando meio atrapalhado. Eu já disse isso antes?*

— *O que você queria dizer?*

— *Sinto falta de conhecer lugares novos. Talvez eu não tenha dado muitas chances à cidade.*

— *Daí a sensação de isolamento? Reparei que você gosta de se expressar por meio de metáforas espaciais e referências geográficas. Estou certa?*

— *É uma pesquisa que faço, mas o pior não é isso. É pensar que os outros têm esse mesmo interesse e que as referências que fazem ao espaço são comunicações cifradas.*

— *Como agroglifos?*

— *Acho que sim.*

— *Pois então!*

Suponho que ela esteja propondo uma brincadeira. Sem conseguir acompanhá-la, resolvo ser mais direto.

— *O que eu queria dizer é que sinto falta do Rio, mas pode ser saudade de outro momento da vida. Já pensei bastante em tentar voltar pra Paris e ainda não consegui me encontrar aqui em São Paulo. Talvez eu só queira ficar dando voltas mesmo.*

— *Por que acha que não conseguiu se encontrar em São Paulo, mas que poderia querer voltar?*

— *É difícil explicar.*

— *Não te ocorrem outras metáforas?*

— *A artista aqui é você. Mas me diz sua visão de especialista, como arquiteta: quais relações é preciso ter com um lugar para sentir que ele também nos pertence? Será que são elementos* estéticos, como o estilo dos prédios, os monumentos, ou o lazer que aproveitamos nas áreas públicas, a beleza da paisagem que nos transmite alguma paz de espírito, ou será que são apenas as pessoas que vivem nele e com quem convivemos? Às vezes fico imaginando como seria se as pessoas de um lugar vivessem em outro. Eu fazia isso em Paris e agora faço aqui em São Paulo, até mesmo com pessoas de Paris.

— Acho que, para a arquitetura, o espaço é uma expressão do modo de viver das pessoas e de como elas desejam viver, mas não pode ser responsabilizada pelo sentimento de inadequação social. Parece que você encontrou uma estranha forma de falar de saudade.

— Não quero falar de saudade, mas de mudança e adaptação. É difícil definir o que provoca o sentimento de familiaridade com um lugar, mas, se ele existe, pode ser perseguido.

— Nossa cidade é onde estão as pessoas de quem a gente gosta e que dão vida aos lugares que frequentamos. Eu trabalho aqui em Paris, tenho amigos, a família do meu marido e sinto que ela também é minha cidade. É onde escolhi viver, buscar realização profissional e fazer minha contribuição à vida das pessoas. Mas nem tudo que a gente encontra é o que a gente procurava.

— Parece que a falta de bons encontros é uma medida de distância. Um filósofo chamado Immanuel Kant dizia que, "vivendo sozinho em uma ilha deserta, ninguém se ocuparia de se arrumar ou de enfeitar sua choupana".

— Você precisa se enturmar, Edu, mas não deve ser fácil com essa preferência por assuntos complicados.

— Esses assuntos devem estar todos ligados. Outro filósofo, chamado Martin Heidegger, dizia que o espaço, antes de ser uma extensão geométrica, é um campo de familiaridades e por isso se liga à nossa maneira de seguir os outros, fazer o que todos fazem.

As marcas do cotidiano e do impessoal seriam dadas por relações no espaço. É nele que ocorre a repetição do que os outros fazem, é o que nos faz agir como todo mundo. Mas talvez a arquitetura não se contente em reforçar esses hábitos e queira mostrar que as transformações dependem não só do tempo, mas igualmente do espaço que criamos, de modo que intervimos diretamente no sentimento de passagem do tempo por meio do espaço que transformamos. Enfim, já que não posso mudar as pessoas, talvez queira mudar o espaço e esperar que ele mude as pessoas. Haha! Teria sido legal estudar arquitetura com você e com a Milena!

Enquanto aguardo a resposta que ela digita, reflito que é bom ser ousado e falar diretamente de meus interesses, das relações que faço. É um prazer raro, o de encontrar ocasiões para ser eu mesmo. É também um desafio que coloco a ela para compreender até onde podem ir nossas afinidades, o quanto posso ser honesto, mas pressinto que assumo riscos altos, que tamanha franqueza é quase um suicídio no precipício do desejo ou da amizade. Entretanto, preciso disso incontrolavelmente.

— *Concordo que arquitetura não é apenas matemática na prancheta ou no AutoCAD. O arquiteto precisa sair para ver o mundo, ver como as pessoas vivem e conhecer os desafios do seu tempo para pensar de que forma elas podem viver melhor. Muitas vezes se trata de inventar outros modos de viver, mas isso também não significa dizer aos outros o que devem fazer, porque não existe uma só forma certa de viver.*

— *Como dizemos, é preciso "sair da bolha". Isso já seria alguma coisa.*

— *E fazer o tempo agir, o que às vezes requer que a gente invente nosso próprio espaço.*

— "I need more space", não é? Aquele bordado foi sua maneira de agir?

— Faz sentido, sim. E o que você tem em vista?

— Seu bordado me impressionou muito e me trouxe uma vontade de também tentar criar alguma coisa. Conversar já é um começo.

— É um bom caminho. O que mais? Você falava de conhecer outros lugares por aí...

— Pois é! Quais lugares de São Paulo você recomenda?

— Tem o Sesc Pompeia, para teatro, exposições e atividades culturais ao ar livre. No Centro Cultural São Paulo, você encontra uma super biblioteca, exposições, espaço de estudos e tem sempre gente fazendo aulas coletivas e grupos de dança, além de performances com ensaios abertos. O pavilhão da Bienal recebe, além da própria Bienal, a SP Arte. O Museu da Imagem e do Som tem ótimas exposições com temas mais populares e mostras de cinema. O Cine Joia costuma ter shows incríveis de fora do mainstream. Você já conhece esses lugares?

— Pouco. Não acompanho toda essa programação.

— Pensar no Cine Joia me lembrou agora uma apresentação que fiz lá com minha banda depois que gravamos nosso segundo disco.

— Uma banda?! Que máximo! Qual instrumento você toca?

— Um pouco de violão, mas nessa banda eu cantava.

— Além de arquiteta, de tirar fotos e de fazer bordados, você canta! Até que não me surpreende. Vai dizer que também pinta e inventa engenhocas, como Da Vinci?

— Você é uma figura!

— Sou? Qual personagem você daria pra mim?

— Histórico ou de ficção?

— Qualquer um.

— *Dom Quixote de la Mancha.*

— *Então você acha que sou doido? Tipo Dom Casmurro, qualquer um com dom para criar confusão?*

— *Dom Juan.*

— *Don Giovanni.*

— *Tem um pezinho, não tem?*

— *Não, você é que tem.*

— *Tá vendo? Eu sabia!*

— *Admito, se você me mostrar alguma gravação sua. Lembro que já te ouvi cantar quando dançamos lá em Paris.*

— *Nossa! Você se lembra disso?*

— *Eu lembro de tudo. Mas não vamos mudar de assunto. Você vai me deixar ouvir?*

— *A gente tinha muita coisa no Myspace. Nem sei se isso ainda existe.*

— *Não estou nessa rede social. Tem outro jeito?*

— *Ah, já faz tanto tempo isso... Agora eu só canto em rodas de violão, entre amigos.*

— *Adoraria ser da sua roda de amigos.*

— ☺

— *Qual estilo musical vocês tocavam?*

— *A banda foi formada com um pessoal de Recife e fazia composições próprias. A gente tinha uma pegada de maracatu com reggae e forró, funk-rock e música eletrônica.*

— *Não conheço muito, mas seria tipo Chico Science?*

— *Isso!*

— *Demais! Queria ouvir!*

— *Não prometo enviar nada até você me mostrar um pedaço do seu livro.*

— *Vamos ver.*

Pela última vez antes de dormir, corro o dedo pela tela do celular. Pulo publicidades para ver nas redes sociais o que se passa com pessoas de quem perdi o contato. Imagens de treinos em academias, escolhas de refeições em restaurantes, famílias reunidas e pontos turísticos, até que sou capturado pela foto de um bordado: desenho de uma mulher nua que voa pelo espaço como um corpo celeste. Saturno e Vênus a cercam. Sua cintura se alinha entre os planetas com um eixo inclinado à esquerda, como se ela nadasse crawl no oceano, espelho do céu tombado. As pernas compridas e bem torneadas estão entreabertas, semidobradas, e os braços alongados, voltados na direção contrária, por onde a mulher parece escapar. Ela tem a cabeça erguida e os cabelos presos em coque dentro de um escafandro de astronauta. A sua volta, como uma nave onde ela flutua, uma bolha resiste ao vácuo. Estrelas escuras cintilam sobre o fundo do tecido cru, e todos os círculos fazem jogo harmonioso: o escafandro, os planetas, a bolha que a mulher habita, suas nádegas no centro da imagem como o símbolo do infinito e a borda visível do Universo no aro de madeira. A agulha transpassa o plano, porque o trabalho está inacabado. Quatro palavras, a última ainda rascunhada a grafite, formam uma legenda que nas ruas estampa camisetas com figuras de alienígenas: "I need more space".

— *Você fez isso agora?*

— *Para ser honesto, já vinha matutando.*

— *Parece um bom começo. Gosto.*

— *Agora é sua vez!*

— *Vou ver o que posso fazer por você.*

— *Sabe? Estou admirado com seus talentos. Acho que Aristóteles tem razão quando diz que a arte é produzida por talentosos ou por entusiasmados; os primeiros têm natureza criadora, e os segundos se deixam levar pelo arrebatamento. Não pretendo ser um talentoso, mas talvez eu esteja me infiltrando no segundo grupo. Quem sabe com um tanto de trabalho seja possível dar forma a esse entusiasmo? Sua produção é contagiante!*

— Então você acha que estou no grupo dos talentosos?

— Você é gênia! Não que não possa estar no segundo também!

— Nessa admiração, um monte de coisas é invenção sua. Mas fico feliz que o que fiz ecoe dessa maneira bonita. Nunca pensei que aquele bordado pudesse inspirar ninguém a nada, muito menos a escrever um livro.

— Não foi só o bordado.

— Não?

— Como eu disse, sinto falta de conversas assim, e tenho impressão de que há mais vindo aí. É sério. Seria um privilégio ouvir seu canto... de musa. Hein?! Ou de sereia?

— Cuidado para não se afogar.

— Eu tô acostumado.

— É o que todo mundo pensa. Mas reconheço que fiquei feliz de você ter me mandado aquela mensagem. Engraçado, depois de tanto tempo!

— É verdade. Espero não ter te assustado sendo transparente.

— Você parece estar efervescente, mas não me assustou. Bem, talvez eu esteja sendo meio bavarde *demais.*

Se eu não tivesse ido embora daquela festa, não teríamos essa conversa agora, íntima a sua maneira. Essa era a proximidade que eu procurava naquele momento, mesmo com o risco de cair na confusa zona que conheço de outros carnavais. Mas não seria esse também o caminho para algo que valha realmente a pena? Como Clara me mostrou, a amizade pode ser o começo de muitas coisas.

— Se eu estivesse aí, não poderíamos tomar um café, Alice?

— Adoraria tomar um café contigo, Eduardo.

— *Talvez eu vá a Paris. Você me encontraria?*

— *Acho que te daria mais um trago de ar nesse mundo claustrofóbico, não é mesmo?*

Torço por um cilindro inteiro e demoro a encontrar uma resposta.

— *Você tem alguma perspectiva de vir a São Paulo?*

— *Talvez no fim do ano. Meus pais me cobram, e minha irmã teve um filhinho. Estou ansiosa para conhecer meu sobrinho, mas o trabalho ainda não permitiu.*

— *Só não podemos nos desencontrar, eu indo aí e você vindo pra cá.*

— *Como ficaria seu livro?*

— *Vou trabalhar numa solução melhor e te digo.*

— Bon courage! *Agora preciso dormir. Aqui é muito tarde. Boa noite, Edu.*

Em vez de apenas "Boa noite", ela disse "Boa noite, Edu". Nossa conversa pode ter continuidade. Existe uma chance de reencontro. No entanto, é melhor conter as expectativas. A boa troca já me fez começar a escrever. Existe uma chance.

*

— Há quanto tempo! — recebo um telefonema de Lucas.

— Verdade — replico com surpresa. — Como vão as coisas?

— Tudo certo. Vou a São Paulo. Conseguimos marcar um almoço?

— É só me dizer quando vem.

— Na verdade, você tá ocupado? Queria já te fazer algumas perguntas agora, para uma coisa de trabalho em que talvez possa me ajudar.

— Pode falar.

— Estou pensando em fazer um investimento forte no grupo que comprou a Universidade São Romão, mas queria uma perspectiva de alguém de dentro. Me conta um pouco sobre o que tem visto?

— Não quero te desanimar, mas não tenho nada positivo para contar. Só vejo perdas. Os professores mais antigos estão sendo dispensados, também coordenadores e o corpo técnico. As turmas são infladas e muitas disciplinas estão virando EAD.

— Como é isso?

— O ensino a distância? Os alunos leem de casa um material raso, e há um programa para a correção de atividades de múltipla escolha. Eles estão odiando. Para começar, pagam para aprender sozinhos coisas superficiais e disponíveis na internet. A instituição só confere diploma. Ao menos em filosofia, eles querem discutir os assuntos, com acompanhamento para a leitura de textos complicados. O EAD não deixa espaço para isso.

— Sei. E a diretoria? E a gestão?

— Ninguém se preocupa mais em fazer da universidade um espaço de reinvenção contínua, de produção e intercâmbio de conhecimentos, com atividades de extensão, seminários e aulas magnas. Os coordenadores que permanecem estão sobrecarregados com funções burocráticas, para que os professores se sintam vigiados. É claro que eles não verificam nem fazem nada de produtivo com a quantidade de dados lançados no sistema. Isso serve apenas para esvaziar a autonomia e a moral do professor, mostrar que ele pode ser substituído por qualquer outro e justificar perdas salariais.

— Edu, lamento que isso esteja acontecendo com seu curso, mas parece que há uma redução nas despesas da universidade, enquanto eles ampliam as receitas com mais alunos. Da perspectiva do investidor, isso parece uma oportunidade.

— Foi o que você aprendeu na Haute École de Commerce? Abre o olho. A falta de proposta pedagógica vai cobrar seu preço e os alunos vão procurar um lugar que ofereça formação de verdade, e não automação de fábrica.

— Antes disso, eles vão atender à demanda da classe média que está sedenta por um diploma e uma colocação no mercado de trabalho. Não é todo mundo que tem tempo para fazer debates teóricos. As pessoas têm pressa para melhorar de vida.

— Vocês querem vender uma falsa solução.

— Não sou eu que estou dizendo isso. Só estou constatando que é a tendência dominante. Aliás, se não quiser ficar só olhando a grama verde do vizinho e quiser participar como investidor, ter ações em empresas de capital aberto é para todo mundo. Estamos vendo uma forte migração do investidor pessoa física para o mercado de ações e quem chegar antes tende a ser recompensado.

— Não tenho dinheiro nem interesse para me envolver nisso. Mas te agradeço. Olha, parece que você não ouviu nada que falei ou não sou a pessoa certa para te ajudar. Abre o olho você, Lucas.

— Se quiser, posso fazer o investimento para você. Estou preparando um fundo que vai ficar sob minha gestão. É claro que no mercado de renda variável sempre há uma margem de risco, mas estou identificando ótimas oportunidades.

— Posso imaginar que situações como essa estejam por toda parte, mas não tenho interesse. Obrigado e boa sorte.

Depois de satisfazer sua curiosidade, mudo de assunto:

— Vi que a Milena voltou pra França. Como vocês estão? Há muito tempo não falo com ela.

— Ela conseguiu um estágio, mas não sei por quanto tempo vai ficar. Espero que ela venha pro Brasil pra gente assinar o divórcio de uma vez.

— Divórcio, não sabia disso.

— A gente começou a namorar muito cedo, e agora cada um quer ir para um lado. Tenho me virado bem com esses novos aplicativos de encontro e não quero me prender de novo tão cedo.

— Enquanto quero reduzir os encontros virtuais, você parece contente com eles.

*

Alice me envia um vídeo. De frente para o computador, está vestida de pijama, com uma calça de algodão xadrez em dois tons de verde e uma blusa de alcinha. A cor é a mesma de seus lábios manchados de vinho tinto, um rubi que parece característico dos *pinot noirs* de Bourgogne – vibrante, refrescante, lembrando frutas vermelhas e com uma nota de alcaçuz. A veste não é larga nem justa, mas revela a saliência de seus mamilos tesos. Ela pousa a taça de vinho a sua direita e sobe o pé sobre a cadeira, dobrando uma perna sobre a outra e puxando de baixo um ukulele, que apoia sobre o joelho. Encara a tela do computador, onde encontra letra e cifra. Tem um ar compenetrado, porém sereno e despretensioso. As pontas dos dedos finos e compridos, com as unhas bem-feitas de um laranja vibrante, se conformam delicadamente em um acorde, e ela começa a palhetar, em um adágio melancólico, um arranjo original para a canção *Green grass*, de Tom Waits.

As primeiras notas, com irretocável afinação, produzem em mim uma experiência cinestésica: o tom agudo com timbre doce, cítrico e violáceo revela uma mistura única, como uma fragrância inebriante e tornando as cores de sua roupa mais vivas. "*Lay your head where my heart used to be.*"[1] Tantas texturas estimulantes sem que eu possa mapear origens e destino. As palavras do primeiro verso, admitindo que sejam direcionadas a mim, me fazem questionar quem de nós dois seria o eu-lírico. No segundo verso, a dicção e o ritmo enfatizam a poesia, conjugados para reforçar a melancolia da canção: "*Hold the earth above me*".[2] Ao retornar de um primeiro salto preciso, percebo que ela não quer errar. Nos dois versos seguintes, contenção e controle tomam tempo, sem que o andamento e a afinação se deixem escapar: "*Lay down in the green grass / Remember when you loved me*".[3] A partir do quinto verso, um traço qualquer de insegurança dá lugar ao êxtase. Melodia e letra a atravessam em um movimento centrípeto, de contenção da emoção, para em seguida retornarem para fora, como um circuito elétrico fechado. É uma explosão de pura espontaneidade artística, repleta de sensibilidade, que brota da técnica e de vivências… Embora pareça ser esse o convite que me faz, não posso adivinhar de onde mais tudo isso nasce.

> *Come closer don't be shy*
> *Stand beneath a rainy sky*
> *The moon is over the rise*
> *Think of me as a train goes by*
> *Clear the thistles and brambles*
> *Whistle 'Didn't he ramble*[4]

1. Descanse sua cabeça onde meu coração costumava estar.
2. Segure a terra acima de mim.
3. Deite-se na grama verde / Lembre-se de quando me amava.
4. Chegue mais perto, não seja tímido / Esteja sob o céu chuvoso / A lua está

Seus olhos, detrás da franja que desce pelos lados do rosto até a altura da boca, fecham-se, e seu canto revela o virtuosismo de uma habilidade construída pela sobreposição de múltiplos treinos e experiências que culminam em, mais que uma interpretação, superabundância para a entrega à criação. "*Now there's a bubble of me / And it's floating in thee*".[5] No final de cada verso, há um chiado sutil, com um pouco mais de ar que escapa feito espírito extravasado em um sopro.

O que é essa marca própria que ela traz à música, como a tudo mais que produz? Um bem inesperado ao qual se eleva, e também a mim, que ao vê-la quero segui-la. É isso que chamam estilo próprio? É como se a interpretação desses versos que separam dois mundos – a grama e a terra, a vida e a morte, o presente e o passado – revelasse recantos que me fazem conhecer sua personalidade, de repente emergindo inteira em cada gesto. Descubro que, como a dança, a música é movimento em que se descobrem direções imprevistas, mas para um mundo oculto aos olhos e ao entendimento.

O acorde escapa a seus dedos. Ela observa a tela do computador, com os lábios ligeiramente entreabertos. Seu transe retém o dispêndio desnecessário de energia até que o domínio sobre o instrumento retorna e, piscando os olhos ébrios, ela pode libertar a voz:

Stand in the shade of me
Things are now made of me
The weathervane will say:

alta / Pense em mim enquanto um trem passa / Limpe os espinhos e os arbustos / Assobie *Didn't he ramble*.

5 Agora há uma bolha de mim / E ela está flutuando em você.

It smells like rain today.[6]

O corte na gravação é abrupto, doloroso incômodo de um movimento interrompido, que não retorna ao tom inicial. Penso se a gravação não foi intencionalmente limitada ao trecho em que a letra é mais comovente, porque ela sabe o que despertou em mim. Ouço ininterruptas vezes. Procuro por mensagens veladas, pelas razões que a teriam levado a escolher me enviar essa canção, porém só encontro mais mistérios em suas expressões, até nas pausas de sua respiração, e enfim percebo que, quanto mais longe sou levado na perturbação pelo desejo de encontrá-la, mais fantástico é o enredo que crio. Começo acreditando que nenhuma escolha se dá por acaso e termino construindo fábulas delirantes a partir de qualquer material imagético que tenha a me oferecer. Perco-me entre o que ela diz e as possibilidades de habitarmos significados ocultos.

Por um impulso inverso ao da noite anterior, compreendo a diferença entre a percepção e o sentimento de uma expectativa absurda. Só posso me resignar, não ao sentimento, mas à realidade.

Respondo ao envio do vídeo com um agradecimento sóbrio. Para ser gentil, digo que fiquei bem impressionado com a descoberta de seu talento como cantora e que é uma pena não dispor da gravação completa da música, porém não faço novas perguntas para não me expor ainda mais. Faço, em vez disso, um esforço inútil para redirecionar minha inspiração.

---

6 Fique na minha sombra / As coisas agora são feitas de mim / Os cata-ventos dirão: / Hoje há um cheiro de chuva.

7. O belo e o sublime

Desço de bicicleta a Rua Henrique Schaumann até o Jardim Europa. Tomo o percurso mais longo por ruas vazias, com mansões de muros altos e esquinas ocupadas por cabines onde ficam os vigilantes. Um homem franzino passeia com uma quantidade impressionante de cachorros bem-comportados, provavelmente habituados àquela marcha. Por uma míngua qualquer, viventes pelejam para manter a rotina e a ordem, migrando nas estações e voltando ao lugar onde nasceram para morrer. Feito um cão na coleira, também quero me exercitar para desanuviar impressões confusas que me acompanham desde a conversa com Alice. Sua voz e a melodia de *Green grass* reverberam em minha cabeça como se ela fosse uma caixa oca na qual colo o ouvido.

A excitação me leva até o Parque Ibirapuera, onde espero esmorecer minhas forças pelo tempo necessário para perceber que viver basta para que em breve tudo seja diferente. Ao chegar ao parque, tiro uma *selfie* com a magrela e me deito com ela no gramado em um enlace amoroso. Ao meu lado, um senhor abraça uma árvore, mas não encaro para não constrangê-lo. Olho o céu e já não vejo São Paulo, apenas as copas verdes do arvoredo. É como se eu estivesse em qualquer canto pacífico do mundo. E, se a imaginação pode me transportar a outro lugar, a memória deve me permitir habitar outro tempo.

As horas mais felizes de minha vida passei deitado na grama, criando raízes na companhia de Clara. Como uma árvore que recebe luz e aguarda os frutos no devido tempo, sugava os nutrientes da terra e os impulsionava para o alto, na direção de nossos projetos. Festejávamos nossas conquistas – o casamento, a casa, seu consultório de atendimento clínico, minha aprovação no doutorado e a conquista do primeiro posto de trabalho em uma faculdade do Rio. Não havia sacrifícios que não pudéssemos enfrentar. Em nossos passeios e viagens, amávamos o sentimento de liberdade e imaginávamos se no futuro poderíamos viver mais perto da natureza, quem sabe no Alto da Boa Vista ou em Petrópolis.

Fossem passeios no Aterro do Flamengo, no Parque da Lagoa, no Bosque de Palermo, no Jardim de Luxemburgo, com uma torta de framboesa e uma garrafa de vinho na bolsa a tiracolo, em algum canto perdido do Jardim de Versalhes ou nos jardins dos castelos do Vale do Loire... Sempre a busca pelo pouso na grama verde, de preferência envolta de história e cultura. O clima temperado e o sol a aquecer nossa fronte e nosso sexo, em um acordo esplendoroso entre o prazer do corpo e a quietude da alma. O melhor da juventude foi amar no seio da natureza, por ela ser comandado sem saber do tempo a passar e da consciência a espreitar o momento de emergir.

Percebo a hora e que preciso correr para o trabalho. Enquanto atravesso a cidade, os estímulos da percepção prevalecem sobre as faculdades de escape. Em vez de gozar do privilégio de sonhar, minha vida agora se confunde com a das pessoas que passam por mim apressadas para encontrar suas obrigações. Penso se algum dia deixarei São Paulo e todos os outros grandes centros urbanos. Sei que o que distingue, na natureza, suas formas violentas das pacíficas é o espaço e os recursos à disposição. Por isso, a competição nas cidades parece mais brutal. Sugamos uns dos outros, como seiva escura, a força da vida interior. Sobre tudo o que quer nascer, alguém deve fazer sombra. Falta-nos um acordo republicano para mediar as relações com afetos saudáveis, com um consenso mínimo em torno de bens maiores do que nós. As paisagens poderiam ser recompensas da valorização do bem comum, mas refletem o interesse de posse exploratória que ergueu a cidade e perdura nas relações sociais.

Não por ser bela e pura, e sim por servir de umbral a uma civilização culta em conhecimento – não necessariamente nos modos –, invejo a areia às margens do Mediterrâneo. Sobre ela, desde gregos e romanos, constrói-se uma cultura de respeito à arte, à ciência e ao pensamento. Esperava que isso imediatamente se refletisse em uma cultura de solidariedade, até ver de perto como são tratados os imigrantes que chegam a penosas braçadas e entre os quais, apesar dos meus privilégios, pude, como um vago vislumbre, me reconhecer. Pela primeira vez, eu era qualificado fora das redes de pertencimento. Até mesmo quando me ofereciam uma generosa oportunidade de aprendizado, era um estrangeiro. Inexoravelmente contribuiria para perpetuar uma dívida em forma de reconhecimento com aqueles que, mesmo com menor formação, eram os verdadeiros herdeiros dos repertórios que eu buscava, porque bebiam tudo diretamente da fonte, da língua materna. Alice venceu as fronteiras que eu apenas avistei e apropriou-se desse horizonte ideal. Casou-se, então, com um francês.

*

Jorge interrompe aquela longa e amarga introspecção em meio ao tumulto da sala dos professores.

— Olá, Eduardo. Como vai? Conta aí alguma novidade pra gente matar o tempo antes da aula.

— Vou publicar um livro, que foi minha tese de doutorado. Já te falei?

— Se quer um conselho, não crie muita expectativa. No Brasil, pouco se lê, ainda mais filosofia. E, no fim das contas, tudo já foi escrito.

Não havia pedido conselho algum, porém respondo:

— Não tenho grandes expectativas mesmo, mas discordo disso. Ninguém escreve e publica pensando em tiragens de sucesso.

— Como não? A maioria pensa assim.

— Parece uma ideia platônica a de que existe um mundo contendo todas as coisas a serem ditas. Depois de esgotadas, os escritores passariam a ser repetir.

— Pelo menos essas são as que conquistam as maiores tiragens. Pensa bem, o amor, o ciúme, a justiça, a vingança... e o quanto já não esgotamos as possibilidades de abordar cada um desses temas.

— Como essências imutáveis? Nesse caso, não é que as criações acabaram. Elas nem sequer existiram. O que os artistas fizeram não foi mais que cópia de cópia, uma versão cada vez mais distante da original e, por isso, imperfeita.

— Agora estão fazendo a cópia da cópia da cópia.

— Não sabia que você é platonista.

— Não sou. Mas seu livro é de filosofia, certo? E a filosofia, como você sabe, são...

— Notas de pé de página na obra platônica, o comentário do comentário do comentário.

— Pois é, meu caro. Ninguém nos avisou que seria uma glosa sem fim. Eu faço questão de alertar meus alunos.

Percebo que ele me trata como um.

— Das repetições nascem as diferenças. Não importa a extensão das influências, mas que cada coisa importante encontre um lugar, que amplie nossas alternativas. A expectativa de ser original é que é um problema. Além do mais, já pressupõe uma avaliação comparativa. Será que existe a ideia de originalidade no mundo das ideias de Platão?

— O mundo das ideias existe para todos que pretendem esclarecer não apenas como as coisas são, mas como deveriam ser.

— E você diz isso em defesa dos céticos?

— Um pouco disso e um pouco daquilo, mas vou passar essa discussão, porque tenho outra complicada me esperando. Qualquer hora a gente retoma isso — disse ele com um ar de ironia cujo sentido pode ter me escapado. — Sucesso com seu livro e não se esqueça de me convidar para o lançamento!

Cumprimento Jorge com a cabeça em sinal de agradecimento e recolho minha pasta de trabalho dentre outras espalhadas sobre as grandes mesas distribuídas pela sala.

Do lado de fora, Clarice me aguarda. Eu imaginava que havíamos encerrado as conversas pessoais e não consigo adivinhar o que a levou a me procurar nas escadas nem o que agora a traz ali.

— Que surpresa! Como posso te ajudar?

— Eu e alguns colegas estamos preocupados com o que vai acontecer com o curso de filosofia. Temos medo de que algum professor seja mandado embora. Queremos saber como podemos ajudar.

— Foi por isso que me perguntou como eu estava? É gentil da sua parte.

— Tive a impressão de que você anda estranho e fiquei preocupada.

Continuo olhando para ela como se esperasse outra explicação, impressionado com o fato de ela se tornar mais bonita a cada dia, tão mais pela confiança que adquire em si mesma.

— Também é verdade que queremos ajudar a salvar o curso — insiste.

— Acho que podem fazer o que Nero fez com Roma. De uma forma ou de outra, é o que vai acontecer.

— Estou falando sério, Eduardo. E você?

— Desculpe, Clarice, mas não sei o que dizer que pessoas tão inteligentes já não saibam. Fico agradecido que se preocupem comigo e com o curso, que você se preocupe comigo. Conversem com o coordenador e o diretor. Se articulem com os estudantes de outros cursos. Vocês não são os únicos contrariados, mas devem saber que há grandes interesses em jogo. Não quero me envolver diretamente. Para ser sincero, estou cansado e pouco me importa. O melhor que vocês fariam seria pedir transferência para universidades públicas, se é que a maioria de vocês já não providenciou isso. De qualquer forma, filósofos nunca foram bons em mudar o rumo das coisas.

— Não acredito que você pense mesmo dessa maneira.

*

Entro na sala, cumprimento os alunos e abro meu caderno com anotações sobre a *Crítica do juízo*, de Kant. Escrevo no quadro o esquema da aula, eles interrompem a conversa, sentam-se e começam a anotar a matéria.

Percebo, pela concentração dos alunos, pela diligência ao caderno e pelo modo como providenciaram o texto, seja por meio digital ou xerox, seja pela edição adquirida, como o filósofo que trabalhamos inspira respeito e receios. O desafio de dominar o sistema de Kant desperta a atenção de todos, porque revela a aptidão para a investigação séria e profunda, ao mesmo tempo em que requer parcimônia nas ambições intelectuais e ensina humildade diante da grandiosidade de seu gênio filosófico.

— Muito bem. Em nosso estudo sobre a faculdade ou capacidade de julgar, vamos tratar dos juízos reflexivos. Ao contrário dos juízos determinantes, que relacionam o particular ao universal e são juízos de conhecimento, os reflexivos não possuem parâmetros gerais para julgar casos particulares. Eles são estritamente subjetivos ou, dito de outro modo, estéticos. Neles, a reflexão não se liga a um conceito, ou seja, a uma definição do objeto, mas ao prazer provocado por uma representação sensível.

Enquanto alguns olham em outra direção com expressão de desapontamento, outros mantêm sobre mim um olhar apreensivo, como se aguardassem uma chance de tomar o trem em movimento. Posso ver que a maioria está perdida e recomeço:

— Já se perguntaram por que algo nos provoca prazer?

— Há mesmo uma explicação, professor? — questiona Fernanda.

— Ora, veja aí o volume do livro. — Descubro a ironia da minha resposta pelo riso provocado em outros alunos.

— É verdade. Na vertical, até para em pé!

— Vamos pensar juntos. Vocês acham que todos os prazeres que sentimos são da mesma natureza?

— Prazeres físicos e prazeres intelectuais?

— É uma boa abordagem, Marcos. O prazer é físico, mas pode corresponder a uma ideia. Qual seria essa ideia capaz de explicar a origem do sentimento de prazer?

Aguardo o tempo de maturação de suas curiosidades.

— A faculdade do juízo de gosto produz uma expectativa para si própria quando reflete sobre a natureza, a de que nossa criação e a criação dela se deram numa conformidade mútua, como se tivessem sido feitas uma para a outra. Sempre que percebemos harmonia entre a natureza e nosso modo de ser, como estar em uma praia com ondas mansas, sol ameno e brisa fresca, sentimos prazer. Isso é diferente de um temporal de raios ou passar o dia sentado em uma mesa de trabalho burocrático que massacra a coluna e o espírito. Não é verdade? O prazer se relaciona à ideia de conformidade a fins da natureza.

Eles permanecem em silêncio e prossigo com a explicação:

— Kant analisa três formas de prazer, ou melhor, para ser preciso no uso dos seus termos, três modos de complacência: o bom, o agradável e o belo. Quando dizemos que algo é bom, o estimamos e aprovamos por sua adequação a um conceito. Entendemos que ele seja útil para algum fim. Por exemplo, o alicate está afiado; é um bom alicate. O que chamo agradável é aquilo que serve a meu interesse, que provoca um deleite particular, mas não há necessidade de um conceito que explique por que isto ou aquilo é agradável para mim. Por exemplo, sinto um perfume agradável; não sei explicar, mas gosto dele. E, quanto ao que afirmo ser belo, trata-se de um objeto que me apraz sem interesse e do qual não possuo um conceito. Ele não me é útil nem deleita particularmente. Explicações, assim como interesses práticos e imediatos, podem até mesmo atrapalhar a complacência do belo, de modo que se trata de um prazer subjetivo, meu, com algo cuja existência não anseio tomar para mim. Porém, em meu juízo de que algo é belo, como o pôr do sol, tenho a expectativa de que qualquer pessoa vai concordar comigo. O gosto é subjetivo, mas, por ser também desinteressado, ou seja, porque qualquer um pode se colocar em meu lugar, espero que todos estejam de acordo, como se meu juízo fosse de conhecimento em vez de puramente estético. É um prazer individual, mas, se não exijo o acordo unânime, não devo afirmar que se trata de algo belo.

— Professor, as pessoas não concordam sempre a respeito das coisas que acham bonitas — afirma Bruna, uma moça autoconfiante que faz excelentes provas, mas que em geral usa seus cadernos mais para fazer desenhos do que para anotar a aula. Parecia alheia às explicações, porém de repente descubro que estava atenta. — Isso significa que algumas estariam certas e outras erradas?

— Kant entende que o acordo em uma comunidade de gosto não é uma obrigação lógica, mas uma simples expectativa. Para entender isso melhor, precisamos avançar. O juízo sobre o belo se coloca em um livre jogo entre duas faculdades do sujeito: a imaginação, que compõe imagens colhidas da experiência, e o entendimento, que abstrai padrões da experiência e generaliza regras. Nesse jogo, a imaginação procura discernir uma regra como se fosse o entendimento. Para isso, ela extrai uma imagem intermediária de uma quantidade inumerável de casos, mas sem fugir ao plano sensível. Dessa média sensível, produz a ideia normal do belo em uma cultura ou sociedade. Assim, em uma sociedade em que muitas pessoas tenham pescoço grande, isso se torna um padrão de beleza.

— Nessa comunidade, você seria um rapaz esbelto — diz Bernardo a Daniel, um colega sempre calado, ao que ele responde:

— Fica quieto que tá me atrapalhando!

— São muitas variáveis, professor. — Lúcio me devolve a condução da aula.

— Nisso, sim, todos concordam! — Bernardo parece infatigável.

— A complexidade das investigações filosóficas torna as coisas mais interessantes.

— E a investigação filosófica contribui para o proveito da arte, professor? — intervém Bruna novamente. — De que forma isso ajuda a gente a compreender um romance, por exemplo?

— Para Kant, a filosofia é um conhecimento racional por conceitos e a arte não trata de definições. O que na sua época se entendia por arte não corresponde à arte produzida nos dias de hoje, quando a reflexão conceitual se tornou um elemento mais presente, então podemos dizer que as convergências aumentaram. Embora não se faça arte com argumentos filosóficos, nem se faça filosofia apenas com imagens e sentimentos, a tradição está cheia de exemplos de filósofos que lançaram mão de recursos estéticos para caracterizar afetos relacionados à nossa condição existencial, como o desespero ou a angústia, em Kierkegaard, o niilismo, em Nietzsche, e a náusea, em Sartre. Seja para definir um caráter ou como jornada de declínio e redenção, devemos entender tais afetos como mais do que estados passageiros de humor que aleatoriamente atravessam a vida de personagens. Da parte dos romancistas, como negar que Dostoiévski, Melville, Bataille e Camus apresentaram visões filosóficas sistemáticas da realidade e da vida às quais se ligam afetos profundos, como a lascívia dos Karamázov e de Marcela, a aparente indiferença de Mersault e a resistência passiva de Bartleby? A loucura de Erasmo e a obscenidade de Sade supõem visões de mundo que articulam uma compreensão da alma humana, uma perspectiva sobre a sociedade e sobre os mistérios do Universo. Em Voltaire e Diderot os romances possuem claramente teor filosófico. Embora se diga que os afetos são cegos, eles condensam o mundo em uma motivação ou visão característica dos personagens e fazem deles casos exemplares. O discurso pode ser ensaístico, romanesco ou poético, mas não se pode recusar a presença de uma coerência filosófica articulada a cada *páthos* fundamental. Entre nossos autores, a pena da galhofa e a tinta da melancolia, em Machado de Assis, ou a coragem que não luta contra a sensibilidade dos jagunços, em Guimarães Rosa, ultrapassam as situações de onde cada narrativa parte para encenar dramas universais, que evidentemente permitem interlocuções ricas com a filosofia. Embora não tenha proposto uma análise dos afetos, a perspectiva kantiana nos ajuda a entender que a arte não tem a ver com o que é útil nem com o que é agradável. Ela é algo que instiga nossa imaginação a encontrar sentido no plano sensível, para objetos únicos e originais, que são as obras.

— Não é também arriscado confundir uma com a outra?

— Concordo, Clarice. O que quis dizer é que pode ser mais difícil definir essa fronteira do que admitir a produção híbrida, mas nem por isso devemos esquecer suas diferenças. A filosofia trabalha predominantemente com a clareza sistemática de conceitos, privilegiando o conhecimento, e a arte parte da apresentação singular de percepções e afetos moduladores da existência. Deleuze, em quem estou me baseando para dizer boa parte dessas coisas, propõe critérios para fazer essa distinção, ao afirmar que a filosofia trata majoritariamente de conceitos, e a arte dos modos como percepções e afetos podem subsistir em si mesmos, sem a relatividade das impressões individuais dos leitores e espectadores, mas talvez ele não reconheça suficientemente que o pensamento é tão importante na arte quanto na filosofia, tornando-se, por exemplo, um severo crítico da arte conceitual. Seria a arte um pensamento mais imagético, particular, ao menos de início menos abstrato e geral? É possível, mas também a filosofia precisa dizer algo diretamente a nossas vidas, nossas percepções de mundo e nossos afetos. A questão da forma e do discurso as distingue, porque a filosofia seria predominantemente analítica, enquanto a arte procura ser direta por meio de sons e imagens. Cada uma a seu modo, privilegiando determinados aspectos, ambas contribuem para que a vida, que tende a se distrair de si mesma, hipnotizada pela regularidade e pela ordem, seja novamente tocada pela criação. Embora isso interesse à filosofia, me parece que a arte é o campo privilegiado para essa experiência.

Diante do silêncio atencioso da turma, procuro retomar o raciocínio que estava no plano da aula.

— Agora gostaria de falar do sublime. Se o belo diz respeito à forma do objeto, que consiste na sua limitação, o sublime se refere a objetos sem forma, que indicam falta de limitação. Como afirma Kant: "Sublime é aquilo em comparação ao que tudo o mais é pequeno". Nossa imaginação tenta apreender a forma e não consegue. Para a análise matemática, não há nenhum máximo, mas para a contemplação estética, sim. Por isso, podemos dizer que, se a complacência no belo está ligada à representação da qualidade, que sugere equilíbrio, simetria, proporcionalidade, enfim, a promoção da vida, no sublime deparamos com o poder e a grandeza, com a extraordinária ou aterradora quantidade de algo uno, o que a princípio provoca desprazer, porque faz com que nos sintamos pequenos e ameaçados. Se o sentimento de prazer no belo está relacionado à ideia de conformidade a fins, de que servimos aos mesmos propósitos da natureza, o sublime, ao contrário, aparece à faculdade do juízo como contrário a fins, ou seja, ele nega a harmonia entre nossa estrutura de contemplação e aquilo que confrontamos. Ele expressa a desproporção ou nosso desacordo com a realidade. Enfim, ele é violento para a contemplação e para a imaginação, que tentam abarcar sem sucesso o objeto, e, comparativamente, nos conduz ao desprazer com nossas próprias limitações.

— O sublime se refere a uma experiência ruim? Acho que não no uso mais comum dessa palavra.

— Você tem razão, Clarice, não é. Nosso ânimo pode se rebelar contra esse poder ameaçador e indicar a presença de uma faculdade de resistência que é prazerosa. O prazer no sublime é, portanto, indireto e não se baseia no objeto, mas em nosso próprio ânimo. Ele surge de uma momentânea inibição das forças vitais que, como diz Kant, "dá lugar à efusão imediatamente consecutiva e tanto mais forte das mesmas". As ideias que se relacionam ao infinito e os fenômenos naturais que sugerem o poder inefável da natureza provocam primeiro desconforto e medo, mas podem elevar o ânimo acima do seu nível médio. Somos lançados além de nós mesmos, quando nos tornamos conscientes da nossa superioridade com relação àquilo que nos ameaça com uma força contrária. Desse modo, o sublime eleva a fortaleza da alma e indica nossa destinação suprassensível, na forma de um sentimento moral.

— Mas você não disse que Kant não propôs uma análise dos afetos?

*

A neve batia no visor, e a luz do dia declinava. Tomei um desvio da rota principal, o que percebi ao sentir mais volume sob os esquis. Era tarde para voltar, não tinha como subir de volta. Surgiram mais declives, porém mantive a maior velocidade possível. Ao fazer uma curva, perdi o controle e rolei. Na queda, torci o joelho direito com um tranco tão forte que rasgou a calça de náilon. Não senti dor na hora, porque a adrenalina concentrava minha atenção no que era necessário fazer. Ao me recompor, notei que tinha perdido os esquis. Sem eles, precisaria descer afundando os pés na neve, que alcançava a altura de meu joelho, e não era possível saber quanto tempo levaria para chegar até a saída da estação, nem se teria reserva suficiente de energia para suportar o frio durante a noite. Enquanto procurava os esquis, tive medo de não encontrar o caminho e ficar sem forças. Gritei *"Ayuda! Ayuda!"*, mas não havia ninguém por perto. Contava somente com meu próprio esforço. Após remexer a neve, finalmente encontrei o primeiro e em seguida o segundo pé a alguns metros de distância. Calcei-os com dificuldade e retomei a descida em ziguezague.

Quando Clara e eu organizamos nossa primeira viagem para fora do Brasil, resolvemos passear em Buenos Aires e Bariloche. Nunca tínhamos esquiado e fomos para o Cerro Catedral. No fim da tarde, depois de uma coleção de pequenos tombos e já exausto, propus que fôssemos embora para o hotel. Logo escureceria e poderíamos evitar a fila da saída e aproveitar o restante do dia de maneira mais romântica. Nessas horas, ela sempre insistia em continuar o passeio com o argumento de ser uma experiência única, de não saber quando poderíamos voltar. Ansiava aproveitar as novidades até a última reserva de energia, a dela sempre maior do que a minha. Combinamos local e horário para nos encontrar, porém, logo que nos afastamos, a estação de esqui começou a encerrar as atividades. A maioria dos teleféricos foi desligada e os funcionários me orientaram a descer uma etapa, abandonando nosso ponto de encontro. Preocupado que ela demorasse a minha espera e ficasse sozinha, consegui me desvencilhar da vigilância e subir por um teleférico ainda operante para procurá-la. Começava a nevar intensamente, mas insisti. Dei a volta no platô até perceber que ela não estava em parte alguma do topo da montanha. Já havia descido, o que eu também precisava fazer, o mais rápido possível.

O movimento começava nos extremos superiores do corpo, a cabeça e os braços. Em seguida, eu girava os ombros, projetando-os para a frente, enquanto inclinava lateralmente o peito, a torção chegando à cintura. Colocava uma perna diante da outra e terminava na inversão de posição dos pés, até reiniciar, em compasso constante, todo o realinhamento na direção contrária. Descia no escuro sem perceber a velocidade real, porém com mais cautela para não provocar outra queda. O suor encharcava minha roupa; e o vento frio invadia as frestas abertas na gola do casaco e na fenda rasgada da calça. Procurava me concentrar no presente, mas era preciso também antecipar o movimento seguinte, tomar consciência de todos os gestos devidamente coordenados, como se aprendesse uma nova dança, para me deixar levar pelo ritmo ditado pela montanha. A meu lado, a neve jorrava no sentido oposto a meus movimentos e se acomodava em queda inerte. A cada mudança de direção, um sentimento de superação e de liberdade crescia em mim inversamente ao avanço da descida.

Ao alcançar a planície do vale, o último impulso cessou aos pés de uma pequena fila ainda formada na saída da estação. Tirei os esquis e caminhei à margem do agrupamento de pessoas até encontrar Clara, que chorava junto a alguns turistas e seguranças. Eles organizavam uma equipe de resgate para sair a minha procura. Abracei-a. Diante do signo universal que lhes ofereci, os desconhecidos à volta nos aplaudiram. Com o joelho nu sobre a neve, tirei a máscara, entreguei a aliança e fiz o pedido.

*

No dedo anelar esquerdo, sinto a ausência da aliança dourada. Esfrego nele os dedos da outra mão como se pudesse senti-la.

— Professor? — Bruna interrompe minha introspecção.

— Temos falado do sublime na natureza. E na arte?

— Primeiro, é importante lembrar que o belo na arte não se desconecta completamente da natureza. Kant entende que a arte bela é a arte do gênio e que, ao produzir, o gênio não tem um domínio completo daquilo que faz. A diferença é que, se as coisas da natureza são ordenadas, cíclicas, a arte sempre revela algo novo. O gênio é o meio pelo qual a natureza traz à realidade algo novo. Isso explica por que uma grande obra nos parece algo natural, como se sempre tivesse existido ou precisasse existir. A originalidade é a primeira característica da arte do gênio, mas ele mesmo não a explica; se procura explicá-la, ele não a esgota. Além disso, o belo na natureza é o belo de uma coisa natural, e o belo na arte é o belo da representação de uma coisa que, em si mesma, não é necessariamente natural nem bela, como, por exemplo, a guerra.

— Há pouco você falou da relação entre o belo e o costume. Agora acaba de dizer que a natureza produz, por meio do gênio, o novo, sem que ele sequer tenha domínio sobre sua criação. Não entendo como essas coisas se relacionam. — Bruna se mostra mesmo atenta.

— O trabalho do gênio é um exemplo para a sucessão de outro gênio que, ao se relacionar com o trabalho do primeiro, tem despertada sua genialidade. Além disso, ao tratar não do criador, mas da recepção da obra, Kant afirma que há uma relação entre o belo e o bem. A sensibilidade, ou melhor, o gosto para o que é belo reflete uma propensão à moralidade e, quanto mais progride a moralidade de uma sociedade, mais tende a crescer também o prazer com o belo, o gosto.

— Se uma pessoa gosta de arte isso é sinal de que ela é uma boa pessoa?

— Kant sugere isso.

— E o sublime na arte? Desculpe insistir, mas estou curiosa com isso.

— Em primeiro lugar, Bruna, a não ser que estejamos falando das pirâmides do Egito, da Basílica de São Pedro ou de grandes instalações de arte contemporânea, como as obras de Richard Serra, não é o suporte material do objeto artístico que assumimos como sublime, mas aquilo que ele representa. Se a guerra, que é uma experiência terrível, pode ser representada de uma forma bela, também algo sublime pode ser representado, como podemos pensar no caso da pintura de Turner. De todo modo, em vez da mera complacência, o sublime na arte deve produzir um abalo com simultâneas repulsão e atração que provoquem o ânimo. A arte do sublime deve ter esse aspecto moral de provocar nosso ânimo a se elevar acima do nível médio, a se superar. A arte que for capaz de estimulá-lo poderá ser considerada sublime. Mas isso depende também do ânimo de cada um. Já ouviram falar da síndrome de Stendhal? Parece que muitas pessoas em Florença sofrem crises nervosas diante da quantidade de tantas obras de arte magníficas reunidas naquela cidade.

— Um objeto não pode ser ao mesmo tempo belo e sublime? — O interesse de Bruna parece insaciável, o que me leva a responder com entusiasmo.

— Deixa eu pensar. Aristóteles, na verdade, já considerava os elementos que estão presentes na análise kantiana ao dizer que belo é a ordem na magnitude. Para ele, um objeto pequeno não pode ser belo, porque não desafia o espírito a encontrar ordem. Quanto maior for aquilo que se queira retratar, mais desafiador é para o artista produzir ordem. Bruna, você, que gosta de desenhar, ou talvez haja aqui algum escritor entre vocês... Todo artista já deve ter notado que, quanto maior a estrutura que cria, mais difícil é dar a ela coesão, unidade. Aristóteles não fala do sublime, mas ele oferece a Kant os meios para pensar o sublime como a magnitude sem ordem que desafia o espírito a impor sua própria ordem.

— Professor, ainda não entendo como uma obra pode ser bela e sublime ao mesmo tempo. Essas coisas não parecem se contradizer? — Sua insistência me deixa desconcertado. Diante de uma resposta melhor, ocorre-me resgatar um exemplo.

— Esperem um minuto que eu vou mostrar a vocês! Vejam aqui no meu celular a foto deste pequeno bordado... Desta mulher voando no espaço infinito... Não é extraordinário?

Vou passando de fila em fila, estendendo o telefone para mostrar a todos o trabalho de Alice. No entanto, logo vejo que aquilo não surtiu o efeito que eu esperava. A turma me olha

118 TOMÁS PRADO

incrédula, como se meu comportamento fosse mais significativo do que a foto exibida.

— Professor, essa bunda no centro da figura não torna nossa contemplação interessada? — pergunta Bernardo, para ampliar meu constrangimento.

Sem demora, encerro a aula, me despeço e saio pela porta para não estender aquele embaraço. Ao deixar a sala, vejo no aparelho celular que recebi uma resposta de Alice aos elogios contidos que fiz a sua gravação de *Green grass*: "Obrigada, Edu. Fico feliz que tenha gostado". Sem outra brecha por onde seguir, tomo o caminho de casa.

No carro, lembro-me da conversa que tive antes da aula com Clarice e penso que fui injusto. Ao tentar conter minhas expectativas, desprezei um gesto de solidariedade. Não foi cordial dizer a ela que seus colegas provavelmente pedem transferência do curso, mesmo que seja possível nos próximos meses ver muitos desses abandonos. A essa altura, todos já devem saber que nossa disciplina foi novamente subtraída do currículo das escolas, tornando mais escassas as oportunidades de emprego e desenvolvimento de pesquisas.

A conversa com Clarice me deixou impaciente e com vontade de mandar tudo para o quinto dos infernos. Se ao menos houvesse um jeito de inverter essa posição e transformar a perda em ganho...

Ocorre-me resolver meus problemas com um telefonema.

— Lucas, você tem razão. Vou fazer uma transferência e você investe essa grana para mim. Não é muita coisa, mas, de uma forma ou de outra, essa universidade precisa remunerar melhor meu trabalho.

8. O Beco do Batman

Grandes transformações requerem um esforço coletivo, mas recebem sua direção da experiência individual. Os movimentos das nuvens de pássaros resultam da percepção que cada um possui da corrente de vento, da disponibilidade de recursos ou da ameaça de predadores, e a maioria do bando segue os mais confiantes de suas coordenadas e seus movimentos no espaço. Quanto maior é a capacidade de um organismo de incorporar impressões que recebe do meio e reagir, mais alternativas se abrem a ele, mais ele desenvolve liberdade de escolha e, com ela, graus superiores de consciência. Ao se diferenciar dos demais, cada indivíduo contribui tanto para a diversidade da natureza como para a perpetuidade de sua espécie. As mais transgressoras escolhas, quando resultam em ganhos, oferecem um modelo à ação de outros membros do grupo. As decisões tomadas livremente atuam em favor da evolução de todos.

O artista, que é o ser mais sensível, livre e dotado de consciência, não se compraz de servir às leis e regularidades que supõe definir a natureza. Ao crer que se divorcia dela, pretende escapar da ordem aparente e se aliar de modo mais profundo a uma vontade que o antecede e que a tudo governa de trazer

A CHAMA REMOTA 121

à luz o novo. As regularidades que encontramos na natureza, assim como os hábitos que construímos, são miragens que nos impedem de ver os saltos do grande movimento de expansão e evolução do Universo. Desde que passaram a imprimir ao mundo novas formas, que nada deviam à subsistência e à utilidade, os artistas trabalham para que nossas experiências escapem aos movimentos de baixa intensidade que tendem à repetição e se integrem às forças predominantes, que só vemos em largas escalas de tempo ou em grandes impulsos da vontade e se movem para a diferença.

A paixão, a maior entre as forças reunidoras da natureza, faz com que os amantes sobreponham à realidade um mundo em que gostariam de viver. O artista, porém, concede aos encantados pelo mundo que criou a generosidade de quem se salvou do amor de si. A arte é superior à paixão porque nela há uma verdadeira entrega à criação de algo que viva além de seu criador. Assemelha-se ao amor parental, embora mais preciso seja inverter a ordem das coisas: pais responsáveis se comportam como verdadeiros artistas.

Procuro seguir Alice como um pássaro atento aos movimentos do mais sensível, do mais dotado de consciência e liberdade. Tento copiá-la, interpretar seus sinais e me tornar um artista como ela.

Gostaria de escrever um romance. A descrição do bordado de Alice seria meu ponto de partida, e o texto distenderia, sobre o espaço da folha em branco, fios invisíveis presos a seu tecido. No entanto, a inspiração, se existe, me escapa, sob pressão de outras referências com a qual concorre. Gostaria de insistir no caminho da liberdade, ao menos da liberdade dela, mas poderei fazer de sua representação do mundo outro mundo que a duplique? Não fac-símile, percepção fotomecânica, tipografia de um aparato funcional severo, e sim corpo que desafia a lei de Carnot e em calor irradia mais energia do que recebe. É este composto de impressões fragilmente retidas, entre outras que bruscamente escapam, inesperado espaço criador, projeção para além de mim?

O bordado do espaço inane, da mulher vitruviana contida em círculos elevados acima da Terra, não deixa brecha para acrescentar ou aresta para tirar nada. Tudo é como deve ser. Se invado sua trama, as palavras que me ocorrem parecem interrupções do movimento que me chega, como se o obstruísse em vez de impulsioná-lo. Quando alguma palavra se avizinha solidária, igualmente potente e necessária, descubro que a tomei de empréstimo. Sou um curador que explicita relações, mas não as cria. Assim faço também do poema de Clarice. Quero acreditar que, ao me confiá-lo, devolveu-me o que já me pertencia e que posso reconduzi-lo a minha maneira em outra direção. Sobreporei às versões de nosso encontro associações da imaginação. Escrevo centralizado no topo da tela em branco: "A chama remota". Pulo linhas e, na base da página, digito meu nome.

Um curto segmento de reta vertical na página seguinte pisca à espera do primeiro comando, de minha autoria. Quero tratar da distância entre as estrelas que conectam o poema de Clarice ao bordado de Alice. Devo começar pela descrição do torpor de onde fui arrancado. É aí que eu entro. Meu personagem, o narrador, será um professor como eu. Descreverei a apatia no ambiente da sala de aula para contrastar com a paixão despertada ao ver a fotografia do bordado. Uma fotografia? Por que não a coisa mesma?

Ele vê sobre a mesa de uma aluna uma fazenda na qual ela costura durante a aula a cena vista pelo telescópio de Galileu.

Essa personagem representará Alice e Clarice, condensadas em uma só, a quem chamarei Nice, como a cidade francesa. Não é Cannes, não atrai a atenção do mundo, mas é charmosa e foi a morada de artistas como Chagal e Matisse. Embora esteja a seu lado, o narrador observa intrigado aquele outro universo, nascido, sem que percebesse, de sua explanação professoral. Contudo, entre uma coisa e outra há um salto de liberdade, uma longa distância. O bordado revela mais do que as luas de Júpiter, os anéis de Saturno e as crateras da Lua. Prova mais do que o fato de sermos corpos que habitam um mesmo corpo em torno de um centro magnânimo, de um universo repleto de mundos.

Nice aprendeu a bordar com sua avó. Ligava-se a ela e às outras mulheres de sua família, tantas delas desconhecidas e irreconhecíveis na distância das gerações, por meio daquela técnica transmitida de uma a outra. Um gesto, mais do que uma técnica, desenha entre elas um espírito compartilhado, que atravessa diferentes hábitos e valores de cada tempo. Como um fio entre elas, sim. O fio é o início do volume de um mundo próprio, que tende a desaparecer sobrepujado pela realidade em tela plana de duas polegadas que reeducou os dedos.

Um dia, Nice descobrirá que Inês, sua avó, provocou a ignição do pavio entre as gerações de mulheres, chegando até ela para que sua vida brilhe por todas a um só tempo, como a explosão de uma supernova que extingue sua linhagem enquanto lança por toda parte matéria fértil para novas histórias.

Pego as chaves para sair de casa. Sob "A chama remota", deixo a página em branco, decidido a abandonar a ficção e me ater a meu relato.

*

Atravesso a feira e contorno o Cemitério São Paulo. De longe percebo o bochicho da Vila Madalena. A proximidade do lazer com o cemitério me lembra as impressões que tive da Recoleta, em Buenos Aires, na viagem que Clara e eu fizemos à Argentina. Enquanto sentíamos o cheiro das *parrillas* e *asados de cordero*, como se presenciássemos um ritual de convocação de antigos deuses, tão atavicamente sedutor era aquele aroma, o comércio lutava para capturar a atenção dos turistas. Se um bom músico toca *Adiós Nonino* no acordeom e quer alguns pesos, é preciso que nos deixem ouvi-lo. Hoje vemos mais o movimento da plateia do que as tradições culturais, cada vez mais enterradas. Na França, até mesmo os cemitérios de Montparnasse e Pére-Lachaise, onde repousam restos mortais de grandes gênios da arte, são pontos turísticos. No entanto, qual canto de Paris não é? Não escapam nem mesmo as catacumbas sob a Notre-Dame. Vendem-se tíquetes em casas de turismo e até excursões para fetichizar os esqueletos e as caveiras, como se tivessem a formosura da Vênus de Milo e o sorriso da Monalisa.

Dobro o quarteirão do cemitério pensando que, quando morrer, quero ser cremado. Como dizia Schopenhauer, "o calor é para a vontade o que a luz é para o conhecimento". Interpelo as caveiras nas sepulturas ao lado com a questão que puseram a Anaxágoras – "Por que ter nascido é melhor do que não ter nascido?" –, e elas se calam sem interesse em mim. O filósofo, há 2.500 anos, não vacilou: "Para olhar o céu e as coisas que lá estão, as estrelas, a Lua e o Sol, como se nada além disso valesse a pena."

Caminho pelo Beco do Batman e fico admirado com as formas e o colorido dos desenhos nos muros. Minha memória de menino corre pelo beco como por um labirinto à procura do Batman. Sem sinal dele, encontro apenas o desenho de um esqueleto; pois que o chamassem, em vez de beco, Cemitério do Batman.

Não vejo Lucas há cinco anos, desde um encontro rápido no Carnaval do Rio, já na volta da França, quando cheguei atrasado ao Bloco Barbas, em Botafogo. Queria reencontrar alguns amigos da escola, mas evitar o tumulto excessivo. Logo vi caminharem em sentido oposto dois casais que deixavam o bloco: Lucas e Milena e, ao lado deles, Clara de mãos dadas com um gringo de 2 metros de altura. Pensei: "Ela não foi comigo para a França, mas talvez vá para a Europa com esse gringo. Pois que vá...!".

Quando me viu, largou a mão dele, correu em minha direção e pulou em meu pescoço com um sorriso embriagado, passando as pernas em torno de minha cintura como se tivesse ido me buscar no aeroporto. Surpreendeu-me com um estalinho na boca, esquecendo-se de seu acompanhante e, mesmo sem eu lhe corresponder o gesto, perguntou por que eu não tinha ligado para ela.

Respondi que estava ocupado com a conclusão da tese e me recusei a dar maiores explicações, estendendo o constrangimento da situação. Cumprimentei todos rapidamente e segui por uma rua lateral, o caminho mais curto para a bebedeira com os camaradas.

Naquele dia, Lucas vestia um collant rosa e uma saia tutu com lantejoulas coloridas, com uma barba eriçada para contrastar com a fantasia de bailarina. Agora, ao encontrá-lo na porta do restaurante Lá da Venda, ele tem a cara limpa e o cabelo bem cortado. Veste uma camisa polo sob um suéter alinhado, que dá a impressão de que o dinheiro lhe faz bem. A fila do restaurante desanima e resolvemos caminhar pelo bairro até chegar ao Genésio. Dou um gole em minha tulipa cheia, com agradável textura de espuma e saboreio o momento de tranquilidade, quando ele puxa seu assunto predileto para me fazer uma estranha queixa.

— Edu, vou ser direto. O fundo estava alavancado. Depois que saiu a delação do Douglas Barbosa sobre os conchavos com o governo para a liberação de recursos para o Fies e para os empréstimos do BNDES, o mercado abriu em *gap* de queda. Isso não pode ficar assim. Ele ainda vai ser preso, se isso aqui é um país sério. O *trade* estava bem montado. Fiz a seleção da empresa estudando patrimônio, caixa, dívida e rentabilidade. Vinha de uma queda exagerada e seria uma boa oportunidade, mas não dá pra prever uma coisa dessas. Que puto! Agora chamou venda. Tão "shorteando" a ação.

— Não entendi nada. É muito preocupante?

— Sigo confiante. Na sua faculdade, algum comentário? Como estão recebendo essa notícia?

Eu não tenho informações que possam ajudar. Enquanto ele continua o desabafo, lembro que no início do ano assisti a uma fala de Douglas Barbosa na faculdade, quando apresentou os planos de expansão em novas unidades. Para mim, não há coisa mais lamentável do que a demagogia no discurso de um educador fajuto, talvez apenas as mutretas que ele é capaz de tramar com o governo.

— O cara abre venda nas ações em segredo, compra dólar para ganhar na outra ponta, faz uma delação que pega todo mundo no contrapé.

O fato de Lucas se preocupar mais em desabafar e solicitar informações em vez de me apresentar explicações e perspectivas me irrita.

— O mercado chia porque sentiu no bolso. Só por isso, Lucas. Vocês não se importam com mais nada.

— Ah, não seja ingênuo, meu caro! Você acha que essa turma que está aí se perpetua no poder como? Com que dinheiro fazem campanha para reeleição?

— Escolhidos pela população que não investe na bolsa e percebe melhorias substanciais na vida dos familiares. Para começo de conversa, não fosse o financiamento público para as mensalidades dos estudantes, as faculdades particulares nem seriam o que são hoje. Disso você sabia.

— São migalhas em comparação aos grandes esquemas. E esses que estão aí não têm precedentes! — ele me interrompe, desviando de uma argumentação a outra, como se não estivesse diante de alguém capaz de discerni-las.

— Têm mais de 500 anos de precedentes! Vocês deviam é agradecer que o povo suporte gente como vocês em um país tão desigual. Deviam dar graças a Deus que um governo implementou mudanças sensíveis ao povo mais necessitado sem cortar a cabeça de vocês. Foda-se o mercado!

— Uma revolução é sempre uma opção pra quem gosta de apanhar. Você sabe.

— Não é o que mostraram as revoluções Francesa e Russa.

— As estatísticas não são favoráveis aqui na América Latina. No fundo, nada realmente se transforma se não favorecer meios de gerar mais riqueza. Podem atender mais uma minoria, admito, mas essa minoria distribui boa parte da riqueza que gera. A alternativa é todos perderem, como demonstraram as experiências socialistas do século passado. Meu ponto é o seguinte: tudo o que você descreve é pura cortina de fumaça. Os políticos, de todos, são os mais conformados com a realidade. Eles são todos iguais.

— Me diz uma coisa. Tenho uma curiosidade sincera. Você pelo menos tem consciência do seu cinismo?

— Tenho consciência do meu realismo. E você? Tem consciência do seu idealismo ingênuo?

— Qualquer estudo ou movimento político em favor da vida das pessoas, das suas dificuldades reais e da reivindicação dos seus direitos faz mais diferença do que os seus bilhões em *trades*, Lucas. O que você gera comprando e vendendo papéis o dia todo? Aonde isso leva? Alguma descoberta, alguma ideia nova, algum benefício que não seja para você mesmo e os seus sócios?

— Pra começar, liquidez.

— Liquidez?

— Liquidez gera confiança nos investimentos. Investimentos geram empregos, bens de serviço, bens materiais, fazem girar e crescer a economia, que é o que todo mundo precisa.

— Você mesmo acabou de insinuar que o capital que toma decisões está concentrado nas mãos de poucos. Eles montam seus esquemas para tirar dinheiro de caras como eu e você, então não adianta você culpar o governo. O problema pra você é que não está nas suas mãos.

— Como você pode defender esses caras depois do que fizeram?

— Não estou defendendo ninguém. Aliás, foi você que me convenceu a botar dinheiro nisso!

— Conforme as regras do livre mercado. E se mais pessoas fizessem como você fez, se investissem o dinheiro que possuem nas empresas em vez de dar aos bancos, não apenas haveria mais investimentos para gerar riqueza no país, como também essa riqueza estaria menos concentrada nas mãos de poucos.

— Falou o gestor! Tudo o que você fala se resume a dinheiro no seu bolso. Pra que argumentar?

— No meu bolso e também no seu e no de todos os clientes. Apenas sou remunerado pelo serviço que presto. É o meu trabalho, como qualquer outro. Como nos países ricos, mais pessoas deveriam ser investidores. Mas, no nosso caso, quem investiu nas ações da empresa vai ter que esperar pra se recuperar. O fundo bloqueou os saques. Pelo menos não exigirão novos aportes. Mas fique tranquilo. Vamos nos recuperar. É só ter paciência.

— É difícil ter paciência. Quanto eu perdi?

— Não sei de cabeça. Menos do que eu. Mas você não perde enquanto não retirar os recursos.

Na hora de pedir a comida, digo que prefiro pagar a conta do chope e descer a Rua Girassol para almoçar na Peixaria. Na verdade, procuro uma desculpa para ir embora.

— Mais ânimo, Edu! Isso faz parte do jogo. Vai passar.

No caminho, ele se mostra incomodado com a pressão que faço sobre ele. Pergunta-me, com um sorriso dissimulado, o que eu acho de duas moças em uma mesa na calçada à porta de nosso restaurante. Sem desconfiar do que está tramando, respondo que são bonitas. Ele se aproxima e interrompe a conversa:

— Tá vendo aquele meu amigo? — diz para uma delas, apontando para mim. — Ele gostou de você!

— Ah, vai! Sai daqui! — a outra defende a amiga.

— Por que ele não veio falar comigo?

— É tímido.

— Quantos anos ele tem?

— Com licença! — interrompo. — Posso ouvir vocês. A contragosto! A contragosto!

Dou as costas e vou embora com o orgulho ferido. Lucas me segue triunfante sem que eu faça questão de estender aquela prosa, mas pede desculpas, diz que não nos víamos há muito tempo e que é importante conservar as antigas amizades, o que me lembra que não tenho muitas opções e me convence a voltar ao restaurante. A essa altura, a fome já apertou e estou cansado de lidar sozinho com meus pensamentos. A pior companhia parece um bálsamo contra um monólogo enlouquecedor.

Encontramos lugar no mezanino e pedimos mais uma rodada de cerveja. Tento superar as más impressões e aprecio o movimento de lazer dos paulistanos.

— Cara, acho que estou apaixonado — digo, como se mudar de assunto fosse uma forma de esquecer o que ele fez e porque falar disso era o que desde o início eu precisava.

— Apareceu uma paulistana, Edu?

— É, mas ela mora em Paris.

— Na Praça Paris ou em Paris? Meu Deus. Você e Milena não viram a página.

— A gente se conheceu há cinco anos e às vezes fico imaginando todas as conversas que teríamos por horas. Sabe? Eu só precisava disso. Ela é tão inteligente, articulada, cheia de referências culturais que me enriquecem. Casaria com ela, fácil.

— Vai atrás, então.

— Ela já é casada.

— Já é casada? Não me surpreende. Você é doido, cara.

— Até onde sei, tem um relacionamento aberto. Na verdade, acho que não devia ter te contado isso. Não sei como está a situação dela no momento.

A CHAMA REMOTA 131

— Você encontrou espaço para casar dentro do relacionamento aberto dela? Só você, Edu! — e cai na gargalhada.

— É só uma forma de dizer que acho que ela é incrível — continuo, como se falasse comigo mesmo. É bom botar isso para fora.

— Por que não devia ter me contado?

— Você sabe quem é. A Alice, que a Milena me apresentou naquele forró de aniversário dela.

— Sei, claro! Estive no casamento dela. Sabia? Com um francês gente boa. Mas o que passou pela sua cabeça de vento?

— Nada demais. Se eu voltasse a Paris ou ela viesse a São Paulo, seria legal encontrar com ela. Tomar um café. Seria demais. Só isso mesmo. Juro pra você.

— Não sabia que ela era desse tipo — ele insiste nas provocações.

— Ela não é de nenhum tipo. Só trocamos uma ideia. Vamos mudar de assunto. Será que a gente consegue se entender em algum?

— A gente nunca escolhe como vai se apaixonar, não é? Também nunca sabe quando uma pessoa que acreditamos conhecer pode mudar. Você vê a Milena. Casamos e agora vamos nos separar. Ela mudou muito desde o que aconteceu com a Clara. Aquilo mexeu com ela, trouxe uma urgência de viver coisas diferentes, que afastaram a gente. Você também sentiu isso quando veio pra São Paulo?

— Prefiro não falar sobre isso.

— Ninguém podia imaginar que pudesse acontecer uma coisa tão estúpida, tão de repente. É claro que isso mexe com todo mundo em volta, mas não consigo entender se a descoberta que fazem, essa sede de viver, é uma coisa boa ou ruim.

— Uma coisa boa?

— Não quero dizer que desejassem o que ocorreu, é claro que não, mas, quando algo assim acontece, produz nas outras pessoas em volta uma forma de impulso, uma mobilização, uma urgência de recomeçar. Percebi na Milena essa busca desesperada por alguma coisa que eu não poderia dar a ela, acho que ninguém pode, como se ela vivesse uma mentira e precisasse fugir para qualquer outra, contanto que fosse algo diferente.

— Escuta, você não sabe do que está falando. Não quero falar da Clara.

— Edu, quando percebemos sua reação de se isolar, a gente queria ter ajudado, mas não tivemos chance. Foi uma fatalidade.

*

Depois do episódio de desmaio no show dos Los Hermanos, Clara fez exames e consultou um médico. Nenhuma suspeita surgiu de que fosse um primeiro aviso: por má formação congênita no coração, trombos provocados pela pílula contraceptiva podiam se espalhar pelo corpo dela.

Eu já tinha voltado da França e estava refugiado na casa de campo de um tio, preparando minha defesa de tese, o passo final antes de procurá-la e tentar retomar nossa vida juntos, quando um segundo coágulo se alojou em uma artéria de seu cérebro. O acidente foi rápido. Imagino todas as luzes do mundo se apagarem de uma vez. De acordo com os médicos, não havia meios de trazê-la de volta. No entanto, fui levado a pensar que talvez isso não tivesse acontecido se tivéssemos ido juntos para Paris. Quem sabe outro clima, outra alimentação, um segundo aviso menos grave que nos desse a chance de descobrir o problema e encontrar um tratamento? Quem sabe se, ao retornar, eu tivesse procurado por ela sem receio de dar o primeiro passo? E se eu não tivesse ido embora e estivesse a seu lado no momento do acidente para contar aos médicos o que sabia? Eles poderiam ter tido mais tempo para reagir.

Desci a serra de Petrópolis e cheguei a tempo de velar seu corpo em uma das salas do Cemitério São João Batista. Ao vê-la sob o véu translúcido, mal pude reconhecê-la, e eu, que supunha ter intimidade com a morte, descobri quão distantes os filósofos estão da realidade. Entre meus dois amores, tanto quanto me cabia escolher, havia feito a escolha errada.

Depois de um ano fantasiando a retomada de nosso dia a dia, conversas que teríamos em que contaria a ela o que vivi na França e os novos planos que fiz para vivermos juntos, tudo se reduziu a dois breves e irremediáveis desencontros. Diante do caixão, tentei encontrar algo que atenuasse a dor – tocá-la, abraçá-la, beijá-la e segurar sua mão –, mas a presença das pessoas me intimidou. Enquanto tentava conter o choro, a emoção vinha em ondas que roubavam meu fôlego. Era tudo insuportável, e fui embora sem acompanhar o enterro. Ao cruzar o portão do cemitério me arrependi, porém entendi que não havia caminho de volta. O único passo possível era ir para longe.

Foi também a última ocasião em que encontrei Milena pessoalmente. Não trocamos uma palavra. Quando ela e Lucas depois me ligaram, não atendi. Não queria que ninguém me dissesse o que pensar e o que sentir. Não queria ficar em casa nem sair e passar pelos lugares que me traziam lembranças de Clara. O futuro me parecia sombrio, na descoberta de que a solidão ainda poderia ser pior do que a que sentia e que nada, nem a filosofia, seria capaz de me consolar e me distrair. Pela ausência de alternativas, cogitei o suicídio, mas considerações de ordem psicológica, metafísica e moral me impediram. Teria a filosofia vindo mais uma vez em meu socorro, mesmo que eu não procurasse por ela? A ideia consistia no seguinte: me matar seria matar alguém. Outro, que ainda não era eu, mas sobre quem eu tinha a responsabilidade de permitir que nascesse. Não me importava morrer, se não fosse eu mesmo o responsável por isso, mas eu não queria ser o assassino de alguém com um trabalho a fazer.

A primeira oportunidade que surgiu para desaparecer me trouxe a São Paulo.

*

— Acho que Milena fez bem em se mandar. Aliás, se eu tivesse seu emprego, eu também me mandava — devolvo a provocação de Lucas. — Com as eleições que vêm por aí, e esse fascista como vencedor, vai ser o fundo do poço. Aliás, qualquer um pode fazer essa porcaria que você faz, não é, Lucras? E, no fim das contas, você jamais vai encontrar no aplicativo de celular alguém como ela.

Ele me examina para medir o tamanho de minha provocação, se eu pretendo cercá-lo tão a sério.

— A gente ganha dinheiro porque muito trouxa acha que vai ficar rico, mas, em geral, quando acorda para a bolsa, é sinal de que os preços subiram demais e que estamos próximos da inversão de tendência.

— Graças a você, sou esse trouxa.

— Você não. Não foi esse o caso, porque sou eu que cuido do nosso fundo de investimentos. Só não pode mexer agora para não assumir a perda.

— Foda-se. Quer saber? Quero meu dinheiro de volta e, depois disso, não tenho mais nada para tratar com você. Não me procura mais. — Tento sinalizar ao garçom que gostaria de fechar a conta.

— Não escutou? O fundo está trancado para saques.

— Porra, não foi você mesmo quem disse que é o gestor fodão? De que isso serve agora?

— Fiz as regras para todo mundo seguir, até mesmo eu. — Ele não consegue esconder uma risadinha.

— Inacreditável. Olha, estou falando sério, Lucas! Para de bancar o engraçadinho!

— Calma, cara. Confia em mim. Sei que vamos nos recuperar.

— Quando me serviu de alguma coisa confiar em você?

— Nenhum filósofo te ensinou a não culpar os outros pelas escolhas que faz? Ah, esqueci que são todos infelizes, sem amigos, sem mulher e acostumados a viver à custa do Estado, quer dizer, do contribuinte. Até que você está se saindo muito bem, Eduardo, construindo uma bela carreira. Você chega lá!

— Quero meu dinheiro até amanhã, senão vou arrebentar essa sua cara de engraçadinho.

— Por que até amanhã? Vai em frente, filósofo! Faça sua revolução!

Essa afronta vem de muitos anos, e eu já não tenho mais nada a perder. Vejo Milena entre nós dois, o ciúme que ele sentia de minha amizade com ela. Lembro a ridicularização da falta que Clara me fez na França, como se sua preocupação comigo servisse de pretexto à satisfação em me atingir, e o histórico das longas discussões políticas que ele sempre levantou pelo prazer de me provocar. Devo estar vermelho de ódio quando, em um ato sem controle, pulo no pescoço dele por cima da mesa, derrubando copos, garrafas e utensílios, e acerto um golpe lateral de punho fechado em sua orelha. O prato principal ainda não tinha chegou, mas o último bolinho de bacalhau rola para o chão. Percebo em seus olhos assustados que, depois de ter me desafiado por anos, não esperava que justamente agora eu respondesse. Talvez haja em sua expressão algum arrependimento por chegarmos a esse ponto em uma altura da vida em que nossa disputa não faz mais sentido. Com o tempo, até começou a me suportar e hoje sou parte de sua história, mas, depois que acertei o primeiro golpe, ele não vai deixar barato. Ainda atordoado pelo estrondo no ouvido, abre os braços, bloqueando na altura de meu cotovelo o segundo golpe da série que se forma em sua direção, e é quando percebo nossa diferença de forças, da qual eu suspeitava de modo bastante vago. Ele rola facilmente por cima de mim, segurando meus braços e me põe de costas para o chão. De cima, como se puxasse um raio de uma nuvem escura, traz um soco em cheio em meu nariz que parte meus óculos ao meio e abre um corte ao lado de meu olho esquerdo rente à sobrancelha. Cego de adrenalina, está pronto para continuar sua lição, quando um homem da mesa ao lado voa sobre ele como se fosse o Batman, e toma, em meu lugar, o golpe já armado, desfalecendo nocauteado no chão. Nesse momento, dois garçons também o alcançam para conter sua fúria, que revela de onde veio a fama de durão que ele tinha na escola.

Levanto-me sereno depois de cumprir burocraticamente um ato preparado pelo destino.

— Lucas, você nunca se importou comigo nem foi meu amigo.

— Como poderia? Você é maluco!

— Eu não devia ter confiado em você.

9. *Train song*

Deixo o restaurante sem me ocupar da conta e reflito sobre a dimensão do estrago que causamos. Ao me verem, as duas moças da mesa na calçada ficam espantadas, mas podem me reconhecer.

— Você está bem? — pergunta a da esquerda, a quem Lucas tinha se dirigido insinuando meu interesse. Procuro entender se faz um convite para que me junte a elas.

— Estou. E você? — percebo que elas se referiam à ferida em meu rosto. — Ah, isso aqui?

— Precisa de ajuda? — completa a outra.

— Não. Obrigado. Bom almoço! E me desculpem pelo meu amigo ter incomodado vocês. Ele é sem noção.

Deixo-as com uma expressão confusa e sigo o caminho de casa. A última vez que o percorri foi com Clarice. Nossa alegria, ou ao menos a minha, avançava sobre o desconhecido e incitava a procura de um prazer esplendoroso, sentimento oposto ao que sinto agora. Tudo parece caótico e pressinto que o problema esteja comigo.

Por um momento, Clarice quis deixar sua marca em mim, fincar uma bandeira no terreno de minhas confusões depois

A CHAMA REMOTA 139

de eu ter fincado a minha no de suas clarezas. Sem saber, ela conseguiu. Em muito tempo, ela foi a única pessoa que se aproximou. Por que um envolvimento com uma aluna, uma mulher mais nova, seria mais confuso do que alimentar expectativas improváveis com Alice? Questão que adquire todo o sentido depois que o trem já partiu. Algumas possibilidades existem para colorir o imaginário, não para decidir a prima artéria que irriga a realidade. Construo fantasias sobre amizades para compensar o fato de não as ter, e agora percebo que me parecem mais estranhas que as relações amorosas, embora estas eu também não tenha.

Lembranças de Clarice me fazem pensar no dia em que a conheci e em como, naquela fase, tinha certeza de que a filosofia me mostraria uma forma de viver com os outros. Sem ela, provavelmente eu só acumularia ressentimentos. Com ela, poderia dividir minhas consternações.

Já na primeira aula, Clarice chamou imediatamente minha atenção pelos cabelos cor escarlate e piercing na sobrancelha que, ao longo de todo o primeiro ano, exprimiam um modo excessivamente juvenil de se apresentar. Parecia querer expressar, pela maneira de se pintar, se pentear e se vestir, uma insatisfação com um mundo que para ela ainda se descortinava. Talvez nem sequer ela imaginasse que, a fim de chamar a atenção dos outros, para receber sinais que depois pudesse selecionar e incorporar à sua personalidade, encobria uma beleza natural. Os jovens querem se destacar para ter uma gama de experiências de troca, que possam elaborar para amadurecer. E isso é muito diferente desta outra fase da vida em que estou, que se trata de recolher os sinais cada vez mais dispersos de quem um dia escolhi ser.

*

— Boa noite. É um prazer conhecer vocês. Sou o professor Eduardo. Estudaremos os filósofos da natureza, chamados também físicos e...

— Pré-socráticos? — um estudante me interrompeu.

— Isso mesmo. Como você se chama?

— Bernardo.

— Muito bem. A filosofia ocidental teve início na Jônia, região da Grécia Antiga onde fica a atual Turquia. Antes de florescer em Atenas, essa foi a origem de várias gerações de grandes filósofos, nos séculos 6º e 5º antes de Cristo. Primeiramente, com Tales, Anaximandro e Anaxímenes em Mileto. Depois, com Heráclito...

— ... em Éfeso.

— Certo, Bernardo.

Coloquei no quadro os nomes, as referências geográficas, os séculos.

— Embora não tenhamos registros escritos do próprio Tales — continuei a exposição —, a doxografia clássica indica que foi ele o autor da primeira sentença filosófica: "Tudo é água". O diferencial da sentença de Tales é que o sentido do Universo já não é dado pela projeção ou espelhamento da vida humana nos fenômenos naturais, e sim buscado pelo esforço de distinguir o que entre eles pode ser observado de determinante. Nessa sentença, a *physis*, como origem e desenvolvimento ordenado de todas as coisas, é reunida em um elemento primordial que as governa. Por muito tempo, a filosofia reproduziu essa estrutura de pensamento, que trata da busca pela origem ou causa geral da realidade, pelo elemento que unifica todas as coisas, que é o ser de todas as

A CHAMA REMOTA 141

coisas. A observação levou Tales a compreender a água como esse princípio superior. Afinal, nascemos na água presente no útero, e ovos também contêm água. Precisamos da água para sobreviver, e todo corpo que morre resseca. Mesmo a terra sem água, quando desertificada, não é capaz de abrigar a vegetação. Para Tales, fazia sentido concluir que é a água que dota a terra de vida

Os alunos, ávidos por mais conhecimentos, mantiveram-se concentrados, enquanto procurei decifrar a expressão daquela garota que me encarava sentada junto à parede da sala. Seria desconfiança quanto a minha competência? Percebi que não estava impressionada.

— A segunda sentença que nos chegou desse filósofo é "*Kósmos émpsykhos*", o mundo é animado, a alma circula no Universo. Sabemos que a separação entre matéria e espírito é muito presente no pensamento ocidental, porém em Tales a matéria se move porque é dotada de espírito e, portanto, eles estão ligados. Essa associação se dá pela água, porque ela é um elemento ao mesmo tempo material e espiritual. Ela é o que anima, o que dota a matéria inanimada de movimento, ou seja, de espírito. Encontramos uma primeira formulação da doutrina hilozoísta, segundo a qual não apenas os seres humanos, os animais e os deuses, mas todo o Universo material, na medida em que é dotado de movimentos ordenados, possui alma. A água é o elemento que reúne, em uma sentença, a física, a metafísica, a biologia e a psicologia. É dessa forma integrada que os sábios pré-socráticos pensavam.

A garota dos cabelos cor vermelho néon ergueu o corpo para a frente e apoiou o queixo sobre o pulso dobrado, como sinal de receptividade ao que eu tinha a dizer, mas, na verdade, queria propor uma pergunta:

— Todos os filósofos jônicos entenderam que a realidade está sempre em movimento?

— Como você se chama?

— Clarice. — Sua semelhança física com Clarice Lispector, apesar do piercing e da cor do seu cabelo, era notável.

— Isso mesmo! Heráclito, para dar outro exemplo, diz que o mundo é feito do fogo "sempre vivo", que arde e arrefece em diferentes medidas, sem nunca se extinguir. Seu pensamento satisfaz a intuição de Tales quanto à necessidade de haver um elemento primordial dado à nossa experiência sensível, com o diferencial de que o fogo seria não apenas a energia que move tudo, mas também o que as consome e destrói.

Fiquei seguro ter prendido a atenção de Clarice e continuei:

— A reflexão de Heráclito não é apenas cosmológica, mas também antropológica: "Transmudando repousa o fogo etéreo no corpo humano". Tal como há uma física do fogo, ele propõe também uma psicologia do fogo. Por exemplo, na sentença: "Mais do que o incêndio, é preciso apagar a *hybris*", ele sugere que, em detrimento dos excessos, da desmedida, do orgulho, é preciso buscar o equilíbrio, a serenidade. E o que gera a *hybris* é justamente o excesso de orgulho, a soberba. Por isso, afirma que, "para homens, suceder tudo o que querem não é o melhor". Afinal, começam a crer que essa é a ordem das coisas, que a natureza está a seu serviço, o que incendeia a alma. Ela deve ser apenas seca, o que significa sábia e comedida. O oposto disso é ter uma alma úmida. "Um homem quando se embriaga é levado por criança impúbere, cambaleante, não sabendo por onde vai, porque úmida tem a alma." Nessa condição, a alma não governa a si mesma, não tem autarquia. Ela se deixa levar pelas emoções. Por isso, Heráclito afirma:

A CHAMA REMOTA 143

"Procurei-me a mim mesmo", que é o caminho para conquistar a alma seca e sábia.

— Mas o que seria o oposto disso? O que seria se perder? — insistiu Clarice.

— "Lutar contra o coração é difícil, pois o que ele quer compra-se a preço de alma." O que o coração quer, quando comanda, torna a alma úmida e custa a sabedoria. Mas nem tudo é dicotômico. Há nessas ideias também uma complementaridade ou circularidade, a exemplo do que sugere este belíssimo fragmento: "para almas, é morte tornar-se água, e para água é morte tornar-se terra, e de terra nasce água, e de água, alma". Se o movimento em Heráclito é ordenado e de duas direções, para a alma, que é fogo, seca e sábia, é morte tornar-se úmida, emotiva, embriagada, desgovernada. Para a umidade, que é a emoção da alma, é morte tornar-se terra, quer dizer, rígida, inflexível. Porém, como toda morte é passagem para outra forma de existência, e não fim, de terra nasce água, como se a própria concretude da realidade inspirasse emoções, e de água nasce alma, ou seja, da intensidade das emoções com a experiência nasce a sabedoria, que é o iluminar, o flamejar, o incandescer, mas que deve estar contido em moderada medida, pois pode se tornar também o consumir, o destruir e o extinguir.

— Professor, estou confuso. Sei que isso pode parecer dar um passo atrás, mas o que era a alma para os filósofos gregos? — interveio Lúcio, pela primeira vez transparecendo um espírito fervoroso.

— Há grande divergência entre os filósofos. Certamente, não uma alma que paga sua entrada no paraíso ao seguir dogmas morais de uma tábua de condutas ou, como pensavam os poetas, que fica presa no Hades vagando sem entusiasmo e remoendo seus tempos de ser vivo. Para a maioria dos pensadores gregos dessa época, a alma é como um sopro, o ar que se move e dota todas as coisas materiais de movimento, mas isso varia. Platão a compreendeu como una e simples, incapaz de se dissolver e, portanto, imortal. Aristóteles deu à questão, a meu ver, a expressão mais depurada daquilo que representava o consenso. Para ele, a alma é parte da natureza e apenas se individualiza quando unida a um corpo, de modo que devemos viver unidos pelo pensamento à alma do mundo, e não apegados às exigências do corpo particular. Antes dele, em Heráclito, a alma é feita do mesmo fogo que governa todas as coisas. Podemos nos lembrar também de Demócrito, o atomista, para quem a alma é matéria, feita de átomos de fogo, ou seja, elementos primordiais, invisíveis e indivisíveis. Os átomos de fogo são os menores, mais leves e uniformes, preenchendo os espaços vagos do corpo. Eles se perdem com nossos movimentos e são renovados pela respiração. Em todas essas concepções, a alma é algo que originalmente está fora e que faz com que precisemos nos voltar para fora.

— Essa relação com o fogo em Demócrito não parece tão distante da realidade como hoje a compreendemos, Eduardo, quando lembramos que o oxigênio que respiramos é necessário tanto à vida quanto à combustão — Clarice tomou novamente a palavra.

— Bem observado! Além disso, para sobreviver, também o fogo precisa ser alimentado, precisa ter o que queimar, caso contrário dizemos que ele morre.

Ao deixar a sala, notei Clarice reflexiva, atenta a meus movimentos. Havia umidade no ar, uma garoinha que caía do céu e invadia o edifício.

*

Em casa, examino no espelho do banheiro o estrago da briga com Lucas e fico admirado com a revelação de meu verdadeiro estado. Dizem que para isso servem os amigos. A atenção agora dada ao machucado revela outras marcas que o tempo deixou em um rosto no qual mal me reconheço. A testa desse homem austero cresceu. Sobre as pequenas orelhas, despontam alguns fios brancos. Entre as sobrancelhas desgrenhadas, há duas rugas verticais, como linhas que prolongam o desenho do nariz fino e que não exigem esforço para acentuarem circunspeção. A pele do rosto parece uma folha de papel sanfonada que se decalca dos músculos e do esqueleto como se uma máscara escorregasse. O que há por baixo pode assustar meus alunos.

No banho, onde minha criatividade aflora, procuro não reviver a cena da briga. Ao sair, busco refúgio no presente e me sinto revigorado. Estou em casa, limpo, feliz de estar sozinho. Deito-me no sofá, olho as horas no celular e descubro uma publicação de Alice. Na imagem da capa de um álbum em preto e branco, a cantora inglesa Vashti Bunyan, ainda jovem, de sobretudo branco, está parada em uma esquina com uma posição despretensiosa. Após ouvir a canção diversas vezes, abro a janela para encher meus pulmões de ar e contemplar a pracinha. As copas das árvores se assemelham a fogos de artifício que lançam ao vento folhas verdes como uma lenta e silenciosa explosão de formas vivas.

A canção é triste, mas talvez de maneira favorável para mim.

Winter is blue
Living is gone

Some are just sleeping
In spring they'll go on
Our love is dead
Nothing but crying
Love will not find even
One more new morning[7]

Alice está *online* e, ainda débil pelos últimos acontecimentos, quero descobrir se minha intuição está correta a respeito de nosso interesse mútuo, mas sem me intrometer diretamente.

— *Alice, que linda música! Não conhecia essa cantora. Ela me lembra a Joan Baez pelo estilo meio folk.*

— *Oi, Edu! Tudo bem? Adoro as duas! A Vashti Bunyan tem uma história interessante. Fez muito sucesso quando era jovem. Largou a carreira no auge, teve filhos e, depois que eles cresceram, retomou. Faz a gente pensar que a vida pode comportar muitos ciclos e que alguns que parecem concluídos podem se abrir de novo. Em geral não dá tempo para fazer tanta coisa, mas é gostoso pensar que sim.*

— *Isso faz todo o sentido para mim.*

— *Fui a um show dela no ano passado e achei incrível!*

— *Que bacana! Você já considerou retomar também sua carreira de cantora?*

— *Adoro cantar, mas está muito longe da realidade.*

— *E voltar para o Brasil? Quero dizer, desculpe esse interrogatório!*

---

7 O inverno é azul / Viver se foi / Alguns estão apenas dormindo / Na primavera eles seguirão em frente / Nosso amor está morto / Não há nada senão choro / O amor não encontrará nem / Mais uma nova manhã.

— *Hahaha! Não dá para dizer nunca, mas isso não está no horizonte agora que as coisas estão dando certo profissionalmente aqui. Sabe? Foi difícil conquistar este lugar. Estou coordenando projetos, gerenciando uma equipe. Como brasileira, é uma grande conquista ter esse reconhecimento.*

— *Que máximo! Parabéns!*

— *Obrigada.*

— *Você tem outras músicas dela pra me indicar? Fiquei muito interessado. Aliás, acho que há semelhança entre as vozes de vocês. Já gravou alguma coisa dela? Não comentei direito o quanto gostei da sua versão de* Green grass. *Ouvi tantas vezes que perdi a conta!*

— *Fico feliz! Vou ver, tá bem?*

— *Adoro essa solidariedade asmática.*

— *Ah, é? Prepara a bombinha!*

*

Para levantar o astral e engatar um ciclo positivo, é preciso cuidar do ambiente. Faço faxina e arrumo a bagunça. A cada etapa, verifico se chegou uma nova mensagem ou se ela reaparece online. Será que vai me enviar outro vídeo, como fez com *Green grass*? O cansaço briga com a curiosidade até vencer.

No dia seguinte, ao verificar a caixa de e-mails, encontro uma mensagem da editora agendando as datas de lançamento de meu livro de filosofia em São Paulo e no Rio. Envio a quase todos os meus conhecidos – amigos, familiares, ex-professores e ex-colegas de formação – um convite com as informações: o lançamento em São Paulo será na Livraria da Vila da Alameda Lorena; e no Rio, na Livraria Timbre do Shopping da Gávea.

Para minha surpresa, descubro também um e-mail de Lucas. Nele está anexado o comprovante de transferência com o valor que sobrou do investimento que eu havia feito. No corpo do e-mail, escreveu apenas: "Amigos?". "Por que não?", respondo, junto com o convite. "Te espero no lançamento em São Paulo ou no Rio."

Resolvo fazer uma caminhada para conter a ansiedade de ter nas mãos meu livrinho. Subo a Rua Teodoro Sampaio, pego a Avenida Dr. Arnaldo e, em menos de uma hora, chego ao vão do Masp. Do alto, vejo a Nove de Julho como um cânion de edifícios, cujo vale tem um corredor verde. Por algum tempo, imagino se o túnel subterrâneo foi construído antes ou depois do museu, sem encontrar indícios que me levem a uma conclusão sozinho. Resolvo conhecer o acervo e almoçar lá dentro. Ao chegar ao segundo andar, onde fica a coleção doada por Assis Chateaubriand, surpreendo-me com o tamanho da magnífica coleção: Rafael, Cézanne, Renoir, Monet, Picasso, entre muitos outros, em nada devendo às que vi pela Europa. Ter ignorado sua existência me revela algo importante sobre minha relação com a cidade, o que espero logo poder comentar com Alice.

A última vez em que estive no Museu d'Orsay e vi diversos daqueles traços facilmente identificáveis foi com Renato. Aquela não foi minha primeira visita ao grande museu construído em uma antiga estação de trem, mas transformou minha relação com a pintura.

No dia seguinte ao forró de aniversário de Milena, busquei meu amigo na Gare de l'Est. Eu estava cansado, mas feliz de encontrá-lo e ansioso pelas conversas que teríamos. Para abordar alguns assuntos com ele, até me preparei com a leitura de textos, só não suspeitava que nossas conversas recairiam sobre a arte. Havia mais de dois anos não o via, desde que ele se mudara para a Alemanha. Minha experiência seria passageira, de um ano, porém Renato teve sempre os dois pés na filosofia e desde muito cedo decidira pelo doutorado integral no país de Kant, Hegel e Nietzsche.

Quando o vi na plataforma e nos cumprimentamos, ele me pareceu mudado, mas não diferente. Era como se os traços, que na infância deviam ter parecido delicados, tivessem se acentuado a ponto de inverterem o aspecto pueril preservado na juventude. As propensões à racionalização agora se anunciavam, e assim pude reparar como seu rosto era assimétrico. O nariz entortava para a esquerda. Com o cabelo mais curto, era possível ver que a orelha direita era de abano e mais baixa que a esquerda. A entrada da calvície na têmpora direita era maior e, embora o visse de frente, ele parecia se apresentar um pouco de perfil. Isso fortalecia um ar de que apenas lateralmente possuía um interlocutor, já que sua atenção se voltava a algo que ele podia enxergar mais longe e antecipar. No entanto, era sobretudo seu modo de falar que lhe dava um aspecto desconhecido. Não sei se era um hábito adquirido na prática do alemão, mas notei que o lado direito da boca levantava e o outro parecia adormecido, o que lhe dava um semblante a mais de uma precoce severidade. Seria porque a contenção de sua expressão na metade do rosto fosse como a contenção da metade de sua existência, aquela mais afeita às emoções? Não que os alemães não as conhecessem, porém talvez ele se filiasse à parcela de autores mais decidida a vencê-las. Pareceu-me que as emoções que devia se esforçar em conter desfiguravam um rosto que já havia me parecido mais fraternal. Entretanto, se ele as ocultava, eu estava prestes a descobrir que elas não tinham desaparecido.

Renato nunca tinha estado em Paris. Deixamos sua mochila no pequeno apartamento de duas peças que eu alugava em uma pequena travessa da Rue Mouffetard, no *5ème arrondissement*, ótima localização, de um tempo, aliás, a euro dois reais para um. Caminhamos pelo bairro e mostrei a ele onde viveram Hemingway e Descartes. Ao cruzarmos o Jardin de Plantes, chegamos à margem esquerda do Sena e de lá caminhamos até o museu. Era ótimo ter companhia em Paris, e filosoficamente qualificada. Quando passamos pelo Louvre, admiramos as estátuas de pensadores projetadas na fachada do jardim interno, ao redor da pirâmide de vidro. Após uma breve visita ao Café de Fleur, onde se reuniam os existencialistas, chegamos ao D'Orsay. Enquanto enfrentávamos uma longa fila na porta, comparamos nossa rotina universitária, ainda sem nos aprofundarmos em conceito algum. Ao entrarmos no grande salão das estátuas, nos afastamos um do outro para cada um observar a seu tempo as obras de perto. Eu me reaproximei quando ele passou à primeira sala de quadros à esquerda e notei que estava quase contorcido em si mesmo, com braços cruzados e uma das mãos sobre a boca, segurando o queixo. Seu rosto estava transfigurado, iluminado diante da *Noite estrelada sobre o Ródano*, de Van Gogh, e lágrimas escorriam de seus olhos, sem que se importasse em escondê-las.

— Você tá bem? — perguntei.

— É extraordinário como os elementos da paisagem, o cais de porto escuro, o céu estrelado com a constelação em destaque e o mar curvo, mesmo sem vermos as feições dessas duas personagens na base do quadro, expressam um sentimento intenso, difícil de nomear. Apesar de uma cena calma, é como a calmaria que precede a tempestade. Como pode ser tão intenso e saltar do quadro algo que apenas se anuncia? O quadro não tem a frieza perceptiva dos impressionistas, o mero jogo técnico das luzes e da distância à tela. Ele não procura ser fiel à exterioridade. O que vemos nas cores, nos traços e na composição das formas é o sentimento de Van Gogh todo absorvido nessa cena, que não revela nenhum acontecimento em particular, mas um mundo que parece vibrar em consonância com ele, desde as cores do céu até os reflexos na água, que não sabemos se são das luzes artificiais da orla ou das estrelas.

— Sentimento? Qual sentimento?

— Talvez Schopenhauer dissesse que o quadro não é representativo. Ele é a própria expressão da vontade presente em todas as coisas. Acho que posso compreender melhor essa ideia na pintura. É o sentimento de apreender uma perspectiva ampla do mundo, de entrar em sincronia com seu movimento, de pertencer a ele ao mesmo tempo que se é surpreendido com uma experiência verdadeiramente única, que apenas um artista tão genial é capaz de acolher e compartilhar. É o sentimento de que o mundo, mesmo nessa calmaria da noite, e talvez sobretudo nela, está vivo.

— Você acha que Van Gogh chegou a ler Schopenhauer ou teve acesso ao seu pensamento de alguma maneira?

— Schopenhauer apenas me ajuda a te dizer algo que consigo perceber, que já havia compreendido na música, mas tenho dificuldade de explicar. Acho que isso não faz diferença. Estranhas sincronicidades irmanam grandes gênios de uma época. Schopenhauer tinha especial apreço pela música e talvez não tenha imaginado que algo semelhante poderia se manifestar na pintura. Será que, como Theo, ele teria reconhecido o gênio de Van Gogh? O que quero dizer é que ambos recusam a ideia de que a arte se limita a um jogo entre a percepção e o intelecto.

— Será que ele é um expressionista, como Munch?

— É muito mais interessante, porque não é necessário desenhar nenhum grito no centro da tela, nenhuma representação literal que atrapalhe a comunicação do sentimento profundo, que é essa conexão com o mundo de uma maneira que ninguém controla, que beira mesmo a loucura, e é extraordinário deparar com a produção de pessoas especialmente sensíveis, que a possuem e conseguem comunicá-la aos outros, mesmo com tamanha sutileza, exigindo de nós a máxima abertura. Imagino que algo assim aconteça à revelia de uma procura. O que importa é ver a paisagem expressar o íntimo imediatamente aberto ao exterior! Vemos no quadro o que nossos sentidos sozinhos não podem oferecer, quero dizer, essa união! Esse íntimo e a cena convergem em uma coisa só. Veja ali: *A igreja de Auvers*. Parece que ela pulsa. Não, ela dança, embora com alguma timidez, não é verdade?! — Renato timidamente sorri orgulhoso de si. — Nesse caso, se pode notar que a consciência de Van Gogh está mais perturbada do que no outro quadro. Claramente, é um trabalho posterior. Mas o que seria essa perturbação senão a intensificação da fratura desses limites?

— Posso acompanhar o que diz — procurei mostrar que estava atento sem interrompê-lo.

— A percepção não é desinteressada, fria, mas transfigurada pelos seus afetos tumultuados. Veja como ela balança sob efeito da mesma fluidez que... que desce do céu. E veja ali, no *Autorretrato* — Renato apontou para outro quadro de Van Gogh —, como a expressão facial é tão mais contida do que o turbilhão em seu entorno. Um turbilhão do próprio espaço que reage à sua presença? Um rosto que se contrai pela dificuldade de saber se consegue comunicar o que seu coração recebe do mundo. Não porque não consiga. Mas poderão os outros compreendê-lo? Quem possui sensibilidade o bastante para encontrar nessas cores vibrantes um convite ao encontro, à comunicação pela sensibilidade, e seguir o caminho desses contínuos traços curvos, que dão vida à matéria bruta? Ele jamais experimentará como é ser reconhecido, como é ter uma relação humana, com exceção daquela que tem com seu irmão, tão viva quanto vivo é para ele o mundo?

Ao me lembrar dessas palavras, sinto falta de meu amigo que, para mim, foi como um irmão espiritual. Queria que ele me visitasse mais uma vez para conversarmos sobre a coleção dos mestres brasileiros, como Portinari, Di Cavalcanti, Tarsila do Amaral e Volpi. Queria também perguntar a ele se pensa que é possível encontrar semelhante expressionismo em um texto.

As verdadeiras interlocuções não se limitam ao primeiro instante em que acontecem; elas nos acompanham por toda a vida. Eu diria a ele que esse expressionismo do espaço é o que eu gostaria de realizar, se conseguisse concretizar o plano de escrever um romance. Como fazem os pintores seus autorretratos, submeteria as cenas em meu entorno, de locais que assistem imóveis nosso tumulto constante, às emergências de sentimentos imprevisíveis, que querem ganhar vida própria e se apossam de nós.

Lamentavelmente, Renato e eu nos afastamos. Lamento também não conseguir levar meu plano adiante.

*

Depois do almoço, passo na Livraria Cultura, do Conjunto Nacional, e já descubro meu livrinho de filosofia na estante fazendo companhia a obras de grandes mestres. Causa-me satisfação imaginar que estará disponível em bibliotecas públicas e particulares. Exemplares estarão nas mãos de estudantes, pesquisadores, professores de diversas áreas e também alguns curiosos atraídos pelo título ou pela proximidade com Foucault. Folheio e o conteúdo me diz menos que a capa. Reconheço vagamente minhas palavras, como quem revolve uma pilha de arquivos pessoais em busca da fotografia de um velho amigo.

Compro os dois livros de Henri Bergson que faltam para eu completar a leitura de sua bibliografia: *A energia espiritual* e *As duas fontes da moral e da religião*. Pretendo em breve utilizá-los em meu curso. Ao chegar em casa, passo algumas horas na companhia das obras, alheio ao tempo. Durante uma pausa para preparar meu jantar, noto que recebi uma nova gravação de Alice, dessa vez um arquivo de áudio, sem imagem, com o título *Train song*.

> *Traveling north, traveling north to find you*
> *Train wheels beating, the wind in my eyes*
> *Don't even know what I'll find when I get to you*
> *Call out your name love, don't be surprised*
>
> *It's so many miles and so long since I met you*
> *Don't even know what I'll find when I get to you*
> *But suddenly now, I know where I belong*
> *It's many hundred miles but it won't be long*
> *It won't be long, it won't be long, it won't be long*[8]

---

8 "Viajando ao norte, viajando ao norte para encontrar você / As rodas do trem batendo, o vento nos meus olhos / Nem mesmo sei o que vou encontrar

Alice gravou uma canção de Vashti Bunyan com voz e violão para mim. Estou seguro o bastante para lhe escrever com mais ousadia. Porém, ao mesmo tempo que a imagino mais próxima, pergunto-me o que é possível fazer dessa troca. Será que ela virá ao Brasil? Será que espera mais de mim do que uma amizade? Como saber o que ela pretende e abordar essas dúvidas? Há espaço para uma conversa franca? Talvez nada precise ser decidido quando duas pessoas se gostam e estão dispostas a que isso seja suficiente, como ter a alma seca e evitar que ela se incendeie perto do fogo.

— *Incrível, Alice! Parabéns! Você é mesmo talentosa.*

— *Obrigada, querido. Só, por favor, não mostre a ninguém.*

Justamente porque ela está distante, atrai-me a ideia de que é possível revelar a verdadeira natureza de nossa troca sem que ninguém se machuque, e de que essa verdade assumida e partilhada já seria muito ou já seria o bastante. Resolvo pôr à prova o sentido de nosso encontro e teço comentários sobre sua produção considerando que um trabalho como o seu necessita de uma recepção como a minha. Para isso, não precisamos esperar.

— *Claro! Confie em mim.*

— *Confio.*

— *Reparei algo muito interessante que gostaria de dividir, se você permitir que eu me aproprie um pouco dos seus signos. Acho que seu bordado e as duas gravações que me enviou fazem jogo. Parece que formam uma só trama.*

quando eu chegar até você / Se eu te chamar de amor, não se fique surpreso / São tantas milhas e tanto tempo desde que te conheci / Nem mesmo sei o que vou encontrar quando chegar até você / Mas de repente agora eu sei a que lugar pertenço / São muitas centenas de milhas mas não vai demorar / Não vai demorar, não vai demorar, não vai demorar.

— *Como assim? Me explica.*

— *Encontrei recorrências e possivelmente um desvio, uma direção. Três signos em translação, em torno de você: a Terra, a bolha e o trem. O bordado apresenta uma aparente fuga da Terra por "mais espaço", mais independência e liberdade. Em Green grass, ao contrário, surge um movimento em direção à terra com um apego enlutado. No primeiro, fechada em sua bolha, aquela mulher parece escapar. Na música, o símbolo da bolha é resgatado nos versos: "Agora há uma bolha de mim / E ela está flutuando em você." A bolha relaciona o bordado à música. Mas como? Se foi ela quem "partiu", o outro que ficou já não a procura olhando entre as estrelas, mas sob a terra. São diferentes imagens do fim. A mulher deixa para trás apenas sua bolha. Que fatalidade! É uma imagem terrível. Faz sentido?*

— *Tenho que pensar.*

Ela não parece impressionada.

— *Quanto ao símbolo do trem, ele aparece no verso de Green grass "Think of me as a train goes by". Isso me lembrou uma coisa que Freud dizia, em A interpretação dos sonhos: sonhar com um trem que parte é uma forma de trabalhar o luto ou elaborar a morte. As três imagens se reúnem nessa significação comum, de partida, desencontro, fim. Mas o que mais me surpreendeu foi que agora outro trem apareceu, na direção inversa, de um encontro, de algo que aconteceu no passado e que ressurge. A morte dá lugar a um norte. O trem viaja para encontrar outra pessoa. Esses signos, que giram em círculo e formam uma trama poética, encontram um desvio.*

Ao expor minha interpretação sobre os sentimentos dela, sei que poderiam ser atribuídos a mim mesmo, dirigidos a ela, e que talvez só os tivesse reconhecido nela na medida em que posso reconhecê-los em mim. Meu desejo de decifrá-la se confunde com querer falar dos meus e de como crescem na direção dela.

— *Não estou entendendo muito bem que narrativa é essa.*

— *Nem eu, mas estou muito curioso com essas semelhanças e coincidências.*

É, mais do que uma curiosidade, a expectativa de que ela possa compreender o que vivi e ser capaz de me indicar alguma saída, ou simplesmente abraçar comigo aquela lacuna de sentidos para construirmos uma. Juntos poderíamos vencer a esfinge que interdita a travessia para uma nova vida, pela amizade, pelo amor e pela arte.

— *Não sei, Edu. Você parece buscar algo complicado.*

— *Nenhuma dessas músicas, nem seu bordado, revelam nada sobre você? Não é seu alter ego, um eu lírico, que aparece em cada uma dessas personagens? Você não pretendeu nada com tudo isso?*

— *Acho que sim, mas não nesse domínio de clareza que você procura. Você quer uma explicação para tudo e, embora impressionem as relações que encontra e que cria, alguma coisa também se perde assim. Se tem razão, não sei dizer, mas é certo que você pensa demais!*

— *É que, quando uma obra é tão bonita, é difícil resistir à ideia de que ela fala diretamente com a gente.*

— *Você tem razão de que tudo está aberto a interpretações, e cada um encontra o que procura, como Dom Quixote. Lembra? Deve existir alguma dose de sandice nisso tudo, né? Nessas conversas.*

— *Não me entenda mal. Acho que, no jogo dos símbolos, as motivações se revelam depois. Não há causas primeiras. Há apenas a rara possibilidade do encontro, as afinidades que podemos ter a sorte de descobrir se estivermos dispostos e atentos. Símbolos são disparadores, e podemos ou não apostar neles, para ir em fren-*

te, sem definições. Sempre haverá também diferenças. Eu posso aceitar esses limites, se me permitir falar de intertextualidades, da construção conjunta de uma rede de inspiração. Tudo bem que eu tenha me equivocado. Tudo bem que você não tenha tido essas intenções. Mas importa tanto assim? Apenas procuro ouvir, atender, seguir as coincidências que apontam algo novo a ser descoberto ou criado.

— Você está me deixando confusa.

— Gosto de conversar com você. Essas referências que traz são importantes pra mim, como uma nutrição. Entre amigos. Não há nada demais nisso.

— É que isso está deixando de ser uma conversa qualquer. Para tudo há limites, sobretudo na amizade.

— Como eu disse de início, o que mais me importa é que isso me inspire a fazer coisas produtivas, como escrever com esta rara franqueza. Algo verdadeiro acontece sem previsões e controles. É como estar apaixonado mesmo e sofrer a atração de outro mundo, mas isso basta e o resto não importa, porque a possibilidade de se comover, de sentir junto é algo muito especial.

— Não entendo aonde quer chegar. Você mistura tantas coisas! É legal que esteja cheio de ideias, e eu gosto de trocar ideias fora da caixinha. Mas não sei se quero esse olhar tão perto de mim.

— Por quê?

— Não sei se está falando da vida em geral ou de mim, se está insinuando algum vínculo entre a gente. Parece que você confunde uma confraria de artistas com um caso virtual, uma súbita intimidade que pode se tornar excessiva. A pretexto de criar, você se torna invasivo. E parece não perceber, ou não quer perceber, não quer se convencer de que a vida é diferente de qualquer coisa que se escreva na ficção ou na teoria.

— Pode me explicar melhor?

— Não quero teorizar sobre isso. Simplesmente é. A minha
é. Tá bem?

— Você fala da vida, e é uma artista que está falando. De
onde você tira a inspiração para os seus bordados, as suas gravações, as suas fotografias, senão das emoções que realmente vive? Estou errado? E se com elas faz coisas tão bonitas, por que contê-las?
Será que elas nasceriam se você não se arriscasse e não estivesse
aberta a explorar outras possibilidades, pelo menos nas coisas que
imagina e que sente? É o que estou tentando descobrir também,
se esse encontro com você, não importa de que natureza, pode me
inspirar a produzir alguma coisa.

— Veja. Às vezes, é exatamente por contê-las que elas podem
nascer. Por acaso seu texto, sua imortalidade poética. Já nasceu?
Está progredindo?

— O que você acha? Ainda não sei. Por enquanto estou escrevendo sem ter um plano. Não está vendo minha honestidade?
Estou fazendo uma aposta de que a única solução é ser honesto e
aceitar o resultado. Porque esse é o problema: não poder simplesmente dizer a verdade, ter que inventar e, sem ter algo melhor que
a verdade para inventar, não poder fazer literatura. Tenho apenas
a verdade e, embora ela seja insuficiente para a literatura, é uma
verdade maior do que a que encontro na filosofia. Estou perdido
e desorientado nesse intervalo.

— Mas você deu prosseguimento ao texto?

— Estou trabalhando nele agora mesmo.

— Agora mesmo? Falando comigo?

— Por que não?

— Agora entendo por que tudo isso soa estranho. Não sou sua
tela de bordado nem um personagem da sua trama. É disso que
estou falando. Não quero ter minha vida e minhas ideias expostas
ao seu público.

— *Calma, calma! Não vamos simplificar tanto as coisas. Isso é um disparador, não um produto. Apenas expressei como sua produção e sua voz me encantam. Fui tocado dessas maneiras e descobri que o sentimento é a base da rede de semelhanças e significações. Não só o que vemos. Não só as percepções. Elas não são nada sem sentimentos que as conduzam, que as associem, e a anterioridade deles não é no tempo. O sentido que os sentimentos dão se revela depois. Depois das associações. Cada vez mais olho para a vida como a intensificação de coisas que já se insinuaram. Por isso, tento insistir mesmo sem saber onde tudo isso vai dar e aceito os descaminhos. Fazer algo a respeito é uma aposta que não pode focar o resultado. Isso eu já sei. E talvez uma produção apareça. De antemão, nunca sabemos direito o quê, mas por esse caminho haverá algo para ser descoberto que dará sentido às coisas que não parecem ter sentido.*

— *Desculpe, Edu. Não estou acompanhando nem te entendendo. Mas você sabe. Não estou disponível. Para nada disso. Não estou espacialmente, nem temporalmente, nem afetivamente disponível.*

Uma coisa é reconhecer a atração feminina pelo simbólico; outra, saber empreender sua semiótica.

— *Lembro que você falou de não esperar nada cair no colo. Foi o que entendi, e foi minha maneira de agir. Tentei me inspirar na coragem com que vi você se expressar.*

— *O tempo todo você está filosofando, até mesmo quando se coloca como artista ou como homem. Você mistura muitas coisas e se apressa em tornar o que não era impossível algo factível.*

— *Não é assim que criamos alguma coisa?*

— *Bem, então crie, mas não conte comigo. É a única coisa que posso te dizer.*

— *Acho que agora já não falo como filósofo.*

— *Estou cansada disso. Boa noite e fique bem.*

Passo o restante do domingo respirando curto e pensando em voltar para a ioga. Ouço novamente as gravações de Alice enquanto observo seu bordado e suas fotografias no deserto, sem conseguir recuperar minha motivação. De repente tudo me parece um erro, sobretudo a ambição de escrever. Algo que, pela condução certa, poderia ser real se perde, por um método de sobreposição, em uma exasperação difusa.

Alterno-as com as *Gymnopédies*, de Erik Satie, e algumas canções de Mayra Andrade em crioulo cabo-verdiano, mas sem o mesmo cosmopolitismo à la française, como se tivesse sido expulso de um sonho, de um país que nunca me pertenceu. Paris é muito longe e a grana minguou. Melhor seguir periférico e sem dívidas. Afinal, não há nada para essa história render que eu já não conheça. Só não consigo entender de onde tirei que *"I need more space"* significa "Eu preciso de menos espaço".

Encontrei em nós invertidos daquele bordado um hieróglifo decifrável conforme minha conveniência. Sempre o mais difícil é saber quando mais é menos e menos é mais. Se menos é mais e mais é menos, nada é mais e tudo é menos.

10. Cajuína

Não era possível andar com remendos de esparadrapos nos óculos. Para adquirir novos, precisava ir ao oftalmologista, o que me levou a uma descoberta inusitada: as lentes que eu usava havia anos tinham 0,75 grau de miopia a menos do que a acuidade de minha visão, não o suficiente para comprometer meu senso de direção. Contudo, quando busquei os novos óculos, detalhes surgiram nos lugares por onde eu passava que fizeram com que me perguntasse: "Quantos deles terei perdido? Que diferença farão agora?".

Por coincidência ou não, as interações em sala de aula pareceram mais vivas, e comecei a prestar mais atenção à expressão dos alunos. Estranhamente, o que saltou à vista foi a capacidade que tinham de eliminar do campo de visão a sala de aula, a presença dos outros, também a minha, até a consciência de si mesmos. Eles se concentravam em uma realidade sem matéria, sem cor, textura ou temperatura, também sem número e figura. Simples relações entre definições: o ser, a substância, o sujeito, o tempo, o espaço, a sociedade, o sistema, a razão, a liberdade, o belo, a justiça, o bem, o mal, entre outras entidades abstratas que discernimos, analisamos, classificamos, hierarquizamos. E, enquanto isso, seus rostos refletiam, em movimento contínuo, diferentes estados de assentimento, recusa, dúvida, descoberta, angústia, iluminação e a alegria da conquista de novos entendimentos do mundo em que vivemos, mesmo distantes dele. Sorrisos nos lábios combinavam com diferentes tensões e suspensões nas sobrancelhas, torções no pescoço e no corpo todo, gestos com as mãos, aberturas dos olhos e da pupila, podendo revelar tantas significações distintas que constituíam uma linguagem ainda mais misteriosa para mim.

Talvez os alunos procurassem se conectar comigo de uma forma pela qual não eram atendidos por causa da miopia. Seria a falta de conexão pelo olhar a razão de meus desencontros? Contudo, agora que preciso lidar com cada reação, e me sinto convocado a responder a todas elas, torna-se mais difícil resgatar a familiaridade com os conceitos, e meus próprios pensamentos se mostram mais confusos. Que cada uma daquelas expressões transitórias fosse uma reação ao que eu pudesse propor com minhas palavras me pareceu ao mesmo tempo revigorante e assustador.

*

Chego cedo ao trabalho para uma reunião pedagógica. Guilherme, o coordenador de uma área que agora abrange os cursos de humanas, começa a conversa com palavras que deveriam ser de incentivo:

— A primeira boa notícia é que, apesar da implementação de novos planos, não há previsão de alguém ser mandado embora.

Ninguém esperava por isso antes do fim do ano, nem era possível dar um voto de confiança a sua palavra. No ano anterior, dois professores foram dispensados, e sabemos que se trata de uma ameaça, para que não haja resistência aos novos sistemas que serão apresentados.

— A segunda boa notícia — continua Guilherme — é que serei promovido a diretor acadêmico. Essa diretoria incorporará uma nova área, voltada às interfaces entre a universidade e a sociedade.

"Merecidamente tendo em vista a universidade e a sociedade que temos", penso.

— Aprecio a lealdade de vocês e, como diretor, poderei fazer mais por professores e alunos — ele conclui o preâmbulo de autoexaltação.

Não consigo conter um sorriso pateta. Como se precisasse justificá-lo aos outros, pergunto:

— Mais por menos professores e alunos, não é?

— O que disse, professor?

Respiro fundo e meu estado de consciência se alinha novamente à seriedade exigida pela situação.

— É uma dúvida, Guilherme. Por que temos tão poucos novos alunos?

— Não seria em razão do corte nas bolsas de estudo? Com uma conta rápida de cabeça, não parece ter sido vantajoso — Regina, uma colega, solidariamente emenda minha pergunta.

— Não estamos aqui para discutir as finanças da universidade, professores.

— Guilherme, a concentração de disciplinas de ensino a distância afasta nossos alunos — prossegue Jorge, como se redundantemente explicasse o que tentamos dizer, contemporizando o atrito.

— Na verdade, é o que eles procuram. Devemos nos conformar à realidade, professores. Valorizamos nosso corpo docente, que tem muita qualidade, mas quem não estiver satisfeito pode procurar outra universidade. Há muitas por aí!

— E poucos grupos controladores, não é mesmo? — diz Regina aos colegas, modulando a voz, mas sem evitar que Guilherme a escute. Regina fala com a confiança de quem possui 30 anos de experiência docente, que conheceu os anos de glória daquela universidade, ajudou a construí-la e, perto de se aposentar, se fosse mandada embora, até encontraria alguma vantagem na obtenção de seus direitos financeiros.

— Agora chega disso. Quero comunicar a vocês que, em 2019, haverá ensalamento. Para a próxima turma que entrar no curso, a filosofia será uma especialidade da área de licenciatura, assim como há as especialidades de engenharia. Os alunos de filosofia, letras e pedagogia compartilharão dois terços das aulas. Boa noite e façam um bom trabalho. — Ele sai pela porta, como qualquer hora farão os estudantes, como faremos todos nós.

Ao final, os colegas comentam entre si que, dentro de pouco tempo, nesse ritmo de perda do corpo discente, mesmo associada a outros cursos, a filosofia não terá condições de sobreviver na São Romão. Jorge me convida para tomar um café em uma lanchonete e lamentamos o destino de um curso que há poucos anos era prestigiado como um dos melhores de São Paulo. Ele me diz com voz mais rouca que de costume:

— Pensando bem, estou cansado de jogar pérolas aos porcos. Assim me aposento de uma vez. Lamento mais por você, meu caro, porque ainda tem muitos anos de magistério pela frente, se conseguir encontrar outro espaço, pois sabemos que se trata de uma tendência generalizada. Até as universidades públicas estão ameaçadas. Está acompanhando as sondagens das eleições de outubro? Escreve o que eu digo. O fascista vai vencer. A pesquisa está com os dias contados. Talvez também o ensino.

Embora ele tenha razão, não demonstra pudor em me instigar essa preocupação. Suas palavras fazem efeito e, enquanto ele estende lamúrias de toda sorte, começo a me perguntar o que farei se perder o emprego. Compreendo que o convite de Jorge foi para que se sentisse melhor consigo a minha custa, por estar com alguém com razões para se preocupar mais do que ele.

— Dá-se um jeito. — Tento me convencer do meu desprendimento.

O que mais me espanta é o modo como Jorge se refere aos alunos e a sua história de vida. Rancorosos como ele deveriam ceder o lugar aos mais dispostos a prestar melhor serviço, mas talvez eu não seja tão diferente. Ouvi dizer que a Mooca é um dos bairros mais poluídos de São Paulo e me pergunto se isso pode ter interferido, ao longo dos anos, na rouquidão crônica de sua voz. Engulo em seco, enquanto ele emenda uma nova provocação, que soa como chantagem:

— Eduardo, está correndo um boato de que um professor do nosso curso teve um relacionamento com uma aluna. Você sabe que nas atuais circunstâncias isso poderia ser usado como demissão por justa causa. O melhor que fazemos é manter toda discrição possível.

*

— Pessoal, por onde anda o Marcos? Faz tempo que não o vejo nas aulas.

— Ele pediu transferência para a UFABC, professor.

— Que pena... Mas vamos em frente. Hoje falaremos da liberdade em Henri Bergson, um filósofo francês que publicou suas obras na virada do século 19 para o 20. Ele enxerga um equívoco comum na abordagem desse tema, que, como em diversos outros essenciais para a filosofia, passa pela compreensão do tempo. Para a matéria inanimada, como o cimento em que pisamos ou aquela porta de madeira, o tempo não representa nenhum ganho, apenas uma perda, mas, para a consciência, ele é sempre um ganho. Se o tempo deteriora a matéria, ele engrandece o espírito. A física pode submeter a realidade da matéria ao cálculo, porque lida com a matéria inerte, com fenômenos que parecem se repetir, e o que se repete pode ser calculado, previsto e controlado. No entanto, os fenômenos psicológicos são diferentes. A cada instante, nossa consciência cresce, enriquecendo-se à medida que passa por estados diversos, sem jamais repetir o que já viveu. Para ela, toda experiência é sempre uma novidade. O simples fato de já ter refletido sobre um assunto ou de ter tido um sentimento de alegria ou de pesar é suficiente para impulsioná-la a viver algo novo. É o que descobrimos ao prestarmos atenção em nós mesmos, quando mergulhamos na duração de nossa própria existência. O controle que podemos ter sobre a matéria, porém, muitas vezes faz com que queiramos tomá-la como modelo de toda a realidade, e isso talvez explique o ceticismo de hoje com relação à existência do espírito.

— A liberdade é uma experiência espiritual? — pergunta Fernanda, com desconfiança.

— Vamos com calma. Se a consciência jamais se conserva da mesma maneira, se nela não há nada de estático, é um equívoco conceber a liberdade como uma escolha entre duas alternativas simultâneas, imutáveis e equipolentes. Estaríamos representando estados da consciência como se fossem coisas materiais em estado de inércia.

— Então somos determinados pelo movimento das coisas, por causas e efeitos? — insiste ela.

— Bergson analisa dois modos de determinismo que atuam como argumentos contrários à existência da liberdade: um materialista e outro idealista. O primeiro pretende que, se possuímos corpos animados por nossos cérebros, e se todos os fenômenos psíquicos podem ser reduzidos a arranjos físicos e químicos, nossos pensamentos seriam reflexos dos movimentos da matéria e estariam submetidos às mesmas leis que a governam, ou seja, leis da causalidade mecânica. O segundo entende que, se há um fluxo de consciência, tudo o que sentimos ou pensamos seria condicionado por um estado mental imediatamente anterior. Seríamos também determinados por uma linearidade causal, apenas de natureza diferente, intelectual em vez de material. Por exemplo, se um sujeito cometeu um crime motivado por ciúme ou vingança, ele teria sido levado a isso sem ter realmente escolhido agir dessa forma. Toda escolha teria uma motivação necessária em um evento anterior, ainda que subjetivo. Quando você pergunta se somos determinados, o que tem em mente? Essa segunda forma, a do determinismo psicológico?

— Não consigo pensar em uma alternativa, além dessas duas — responde Fernanda. — Então não existe liberdade?

— Vamos admitir que possuímos um espírito desprendido do mecanicismo que rege a matéria. A questão é se ele também é de outro modo determinado, não pelo passado da matéria, mas pelo seu passado. Não é isso?

— Isso mesmo.

— Daí a importância de compreendermos o que é o tempo como duração. Com base nele, Bergson apresenta uma terceira alternativa, que também pertence ao plano subjetivo, mas não conforme o modelo da temporalidade linear, que encontramos na matéria. Ele propõe que somos livres quando nossos atos emanam da nossa personalidade, que é formada por tudo o que vivenciamos no passado, pelo conjunto da nossa experiência, e não apenas pelo estado mental imediatamente anterior. Escolhe livremente aquele que, em vez de apenas reagir a um evento interno ou externo, interpõe na aparente linearidade do tempo seu eu inteiro, e assim faz com que o tempo, em vez de linear, seja uma dilatação progressiva. O tempo passa e nossa consciência se expande. Cada escolha que fazemos parte de tudo o que fomos e somos, porque o presente está consubstanciado com nosso passado inteiro. A liberdade é a intervenção de tudo o que somos no transcorrer aparentemente inerte dos acontecimentos. Evidentemente, a matéria inanimada não pode fazer isso, mas o espírito pode e faz.

— Isso significa que a cada escolha devemos repensar toda a nossa vida? — intervém Lúcio.

— Não, porque a maior parte da memória se encontra em estado latente, e seria impossível trazer tudo à consciência, o que, porém, não significa que tenha desaparecido e deixe de exercer uma influência no presente. Escolher não é examinar as qualidades intrínsecas dos objetos a certo ponto do tempo e do espaço, mas reconhecer de que forma estão implicados ao que fizemos ao longo da vida e a quem somos. Enquanto dedicamos atenção a essas alternativas, elas se vinculam à nossa existência inteira de maneira intensiva e uma escolha é feita.

— A duração, então, não é apenas um intervalo de tempo? — continua Lúcio.

— Falar de intervalo de tempo já é espacializar o tempo. A duração é a solidariedade entre o passado e o presente. Eles se interpenetram ou, como já mencionei, se consubstanciam. Enquanto, para a matéria inerte, o presente é um instante que não cessa de começar, para a consciência, ele é uma abertura para algo inteiramente novo desde tudo o que já foi vivido, como uma bola de neve que cresce ou um cone cuja base se alarga enquanto a ponta perfura o presente.

— Então o velho problema filosófico da oposição entre liberdade e necessidade deriva de uma compreensão equivocada do tempo, da espacialização do tempo?

— Exatamente, Júlia, e da confusão entre matéria e espírito. Em tudo o que os seres vivos percebem, interpõem a memória, enquanto esta, por sua vez, cresce e sustenta a criação de novas soluções para os desafios. Quando procuramos explicar a liberdade, tendemos a seguir o modelo das ciências, porque a quantificação do tempo favorece o planejamento das nossas ações sobre a matéria inanimada, cujo comportamento é previsível. No entanto, nossas escolhas pessoais diante de dilemas humanos, que não repetem o passado, não podem funcionar da mesma maneira.

— Onde estaria o falso problema relacionado ao espaço? Dizemos que o movimento se dá no espaço, que as coisas ocupam um lugar no espaço. Como podemos estar no tempo sem estar também no espaço? — Júlia traz outra ótima pergunta.

— Bergson distingue espaço e extensão. Nosso corpo é extenso e está presente entre outros corpos, mas o espaço é a relação que estabelecemos entre eles para favorecer nossa ação. É algo que concebemos e não algo que encontramos. O espaço é, na filosofia de Bergson, uma operação da inteligência, que evoluiu à medida que propiciou nosso controle instrumental

A CHAMA REMOTA 171

sobre a matéria inerte, e é junto dela que se mantém mais confortável. Mas e o ser vivo? Como determinar sua identidade? Qual sua finalidade? É ele um indivíduo isolado de sua espécie e do ambiente em que vive? Ele é composto de partes ou são as partes que compõem o todo? Não somente o tema da liberdade, mas tudo o que diz respeito à vida desafia o pensamento espacial.

— Entendo. O espaço é um esquema adequado para pensar a matéria extensa e inerte, e só na duração o ser vivo tem consciência de viver e pode fazer escolhas próprias, livres. — Júlia deseja confirmar se entendeu corretamente.

— Isso mesmo. Achamos que só pela inteligência nos relacionamos com o mundo, mas isso é um equívoco que reduz o mundo à matéria inerte. As relações com outras pessoas adquirem o aspecto de relações com coisas, porém, pela intuição, qualquer um, se prestar bem atenção, consegue perceber se está em uma relação coisificada ou viva, com os outros e consigo mesmo. Quero dizer, uma relação criadora.

— Criadora?

— Sim, Laura. Bergson propõe que, mais que *Homo sapiens*, deveríamos ser chamados, no estado atual das coisas, de *Homo faber*, porque a relação que em geral estabelecemos com o mundo é técnica. A inteligência fabrica instrumentos práticos que favorecem nosso controle sobre o meio. Em consequência da sua eficácia, ambicionamos um controle sobre tudo e não percebemos a armadilha dessa redução. Porém, pela intuição podemos nos reconectar com o mundo, nos integrar à duração dos seres vivos, à realidade em evolução. Pela intuição, também podemos nos tornar criadores.

*

Passadas as primeiras semanas de adaptação em Paris, encontrei Milena. Ao sair da Sorbonne, ela me aguardava na praça que leva o nome da universidade, e de lá caminhamos até um pequeno bistrô em um canto mais recolhido do movimentado bairro turístico Quartier Latin. Milena tinha mais desenvoltura com a língua francesa. Se até em português me embaralhava ao travar conversas, em francês praticamente me contentava em ouvir. A simples escolha de um prato em um restaurante me trazia dificuldades e, quando ela esclareceu o pedido que tentei fazer ao garçom, ele ficou encantado, talvez se perguntando o que uma mulher como ela fazia com um *mec* como eu.

Conversamos sobre minha separação de Clara. Era um assunto inesgotável para mim. Ela me ouviu com atenção. Em nenhum momento pedi explicações sobre o comentário irônico que ela havia feito quando nos encontramos no Carnaval, pois, embora não pudesse esquecer uma coisa dessas, não queria constrangê-la. Dividimos meia garrafa de vinho da casa e nossa conversa transcorreu espontaneamente, como um resgate da intimidade de anos atrás. Milena é fácil de lidar, porque tem sempre muitos assuntos. Se percebe alguma lacuna de silêncio na conversa – ela sabe que costumo me perder em digressões ensimesmadas –, logo tem alguma história para contar ou alguma pergunta para fazer sobre minha vida ou a dela.

Quando terminamos o almoço e esvaziamos as taças de vinho, paguei a conta e perguntei a ela se ainda tinha tempo para passearmos um pouco mais, para aproveitarmos a primavera. Deve ter notado que seria difícil para mim passar aquela temporada sozinho, dificuldade talvez superestimada, mas eu queria flanar, como dizem os franceses, e sua companhia a tarde toda pelo 4ème arrondissement.

Atravessamos a Pont de l'Archeveché, e ela pareceu intrigada com o fato de os cadeados presos às grades laterais serem símbolos de amor. Quando chegamos à Île de la Cité, nos acomodamos em um banco da Square Jean XXIII, nos fundos da Catedral de Notre-Dame. A coroação de Napoleão ocorrera a alguns metros dali, no altar da igreja, e era como se aquele palco do centro de Paris fosse suficiente para tornar relevante qualquer cena irrisória, como fazem os filmes de Woody Allen, a exemplo de *Meia noite em Paris*, então em cartaz. Quando jovem, sentia satisfação de imaginar que nossa geração traria transformações importantes ao mundo – acabar com as guerras, remediar catástrofes climáticas e terraformar outros planetas. Mesmo tudo ficando apenas na promessa, aquele momento com Milena adquiria uma aura de importância. Realizávamos um sonho. Havíamos ocupado a cena.

Ficamos em silêncio por um tempo. Ela passou a admirar os arcos externos da catedral gótica com interesse em capturar os detalhes. Não quis atrapalhá-la. Em silêncio, desfrutava sua companhia, que por alguns instantes me fazia esquecer Clara e lembrar a época em que acreditei que ela poderia ser minha alma gêmea. De repente, Milena, voltando para o presente, me perguntou sobre o que tratava minha pesquisa e, como se agarrasse a oportunidade de mostrar minha consistência intelectual, respondi que estudava a concepção de linguagem do filósofo Michel Foucault. Pediu-me que lhe apresentasse algumas ideias dele, e expliquei que eu queria entender como e por que ocorrências simultâneas na cultura podem ser mais do que felizes coincidências, e se isso indica que existe realmente um espírito de época conduzindo nossos caminhos como fantoches. Foucault era um filósofo que se dedicara a pensar recorrências na linguagem analisando diferentes saberes, não para reduzirmos tudo a uma mesma experiência. Ao contrário, para iluminar as formas de viver alternativas e tudo o que seja novo. Em vez de reconhecer uma longa saga, um destino que desde a origem impulsiona os povos ocidentais, ele assumiu um olhar mais microscópico para valorizar as pormenorizadas diferenças e nos mostrar quais dispositivos incitam nossos comportamentos, quais limites constrangem nossos interesses, quais condicionamentos existem para nosso conhecimento e nossas ações, para crer que pequenas transformações são possíveis e relevantes. Assim, ele demonstra, por exemplo, que não há uma natureza da loucura. A cada época, a loucura é especificamente qualificada de acordo com os padrões de comportamento social. Ela reúne o que está fora da norma.

Sem que eu percebesse aonde ela queria chegar, pois imaginei que apenas quisesse contar também de seus estudos, Milena começou a traçar convergências entre nossas áreas. Eu compreendia o método foucaultiano como um trabalho estrutural sobre a linguagem, e suas explicações me fariam perceber que eu poderia realizar aquela investigação por meio de articulações mais abrangentes. Ela estava absolutamente certa em propor que o assunto sobre o qual conversávamos tratava de uma análise espacial. Foi ao ouvi-la falar sobre arquitetura que tive minha atenção despertada para o estudo dos laços da linguagem com o espaço – e cedo eu veria que as análises arquitetônicas de Foucault, entre outras referências ao espaço espalhadas em sua obra, corroboravam com isso.

— Vê, Edu, foram os arcos góticos que permitiram um pé-direito tão alto na Notre-Dame. Do lado de dentro, a elevação e a amplidão do espaço nunca tinham sido vistas, mas para isso as estruturas foram postas do lado de fora. A fachada externa é assustadora, e o ambiente interno, amplo e acolhedor, porém compartilham a mesma estrutura, como um molde de gesso ou o negativo de uma fotografia. Embora em cores diferentes, o negativo e a fotografia impressa possuem as formas de um mesmo instante. Muitos séculos mais tarde, a poucas quadras daqui, essa forma estrutural foi retomada em um prédio moderno, o Pompidou. Em vez de gárgulas do lado de fora ornando vigas e colunas, o que vemos é a tubulação de encanamentos, fiação elétrica e ar-condicionado, até a escada rolante, mas o princípio é o mesmo: garantir o espaço mais amplo possível no interior do prédio e dar à estrutura exposta no exterior uma função estética. Essa semelhança estrutural de dois edifícios tão diferentes podemos encontrar em uma mesma época, mas também entre diferentes épocas. De toda maneira, são relações que se dão no espaço.

— Estou totalmente de acordo. Até poderíamos dizer, com Foucault, que as transformações dessas relações são marcadores temporais, que algumas vezes, dependendo das suas recorrências, do acúmulo ou da raridade com que seja possível observá-las, poderiam revelar a virada de uma época para outra ou de um modo de pensar para outro.

Somente anos mais tarde eu descobriria que Bergson foi quem primeiro chamou a atenção para a relação entre a linguagem e o espaço. Se o pensamento é como um exército que avança, diz ele, a linguagem é como um forte que assegura e organiza o terreno conquistado, apenas para que o pensamento possa continuar a avançar sobre novos territórios. A linguagem, com os conceitos produzidos pela inteligência, imobiliza os movimentos no interior de nossa consciência para que encontremos parâmetros seguros sobre os quais possamos planejar a ação. A literatura, por outro lado, ao lançar mão de imagens e metáforas, opera desvios na linguagem e favorece o movimento vivo do pensamento que se lança sobre o novo.

Se Foucault trata do modo como podemos reconhecer o novo pelo desvio das formas estruturais, Bergson propõe que as formas, não apenas as que criamos, mas também as da natureza, estão em contínuo processo de renovação, e as representamos de maneira estática apenas para que possamos nos servir delas. A análise espacial reconhece o novo partindo daquilo que, após prevalecer, alcança um limite e morre, e Bergson havia antes expressado a criação a partir daquilo que vive.

*

— Pode falar um pouco mais sobre essa integração a uma realidade que é criadora, Eduardo? — pede Bruna.

— Em uma obra chamada *A evolução criadora*, Bergson reconhece que a duração não habita apenas nossa consciência. Enquanto o relógio dá uma volta e um fluxo de vazão mais ou menos constante de água passa debaixo da ponte, a natureza cria em toda parte formas novas, mais complexas e imprevisíveis a partir das formas existentes. No entanto, se de fato encontramos uma aparente regularidade, é porque a realidade está dividida em duas tendências: uma que quer criação, novidade, e outra que procura conservar e assegurar cada conquista. Entre os seres vivos, há reinos e espécies que se voltam à liberdade de movimento, preferem se expor mais ao meio para conquistá-lo, descobrir coisas novas, libertar-se de todo condicionamento, enquanto outros preferem se proteger e conservar sua forma; preferem garantir a sobrevivência. Neste caso, seus movimentos enrijecem pela carapaça que criam, e a consciência deles adormece. Isso vale para a vida da espécie assim como para a de cada um de nós. Devemos sempre escolher se preferimos nos esforçar para que a vida faça de nós um veículo de conservação ou de transformação.

— Essas tendências estão presentes em todas as coisas e a liberdade é uma delas? — emenda Clarice.

— Podemos ampliar o conceito de liberdade nesse sentido. Já não se trata de escolhas pontuais, mas de uma escolha mais profunda, vital, na ordem do ânimo ou elã, que antes de ter uma meta específica em vista, assume ou não os riscos de buscar a superação. Para Bergson, essa vontade, que é espiritual, em diferentes graus está presente em tudo, e no menor grau está presente também na matéria inanimada.

— O Universo é um ser vivo? — pergunta Lúcio, com espanto, para se certificar de ter compreendido corretamente.

— No fundo, as duas tendências às quais me referi não são contrárias. Não é a tendência à vida ou à morte, mas a tendência à vida como conservação e à vida como liberdade, criação, conforme a diferença de graus de elã vital. Essa diferença se manifestou na evolução em direções divergentes dos diversos reinos e espécies, mas todos conservam algum grau de elã vital e todos carregam em si as duas possibilidades. Assim como os animais assumem formas de vida vegetativas, como a hibernação, as plantas se movem em busca de melhores recursos para viver, o que implica um grau de consciência. Todas as formas vivas trazem em si as duas tendências desde sua origem comum, e o mesmo ocorre com a vida e a matéria, que também possuem uma origem comum. Não é porque a consciência humana despertou mais tarde, que ela não tenha a mesma origem da consciência dos outros animais, assim como a vida como a percebemos despertou depois da organização da matéria bruta. Há quem diga que o que está vivo é apenas uma rara variação do que está morto. Bergson propõe o contrário. A regra é a vida, e a morte, assim como o sonho, é uma distensão, um relaxamento, sempre incompleto, de partes de um Universo vivo. A matéria que cremos inanimada manifesta em grau inferior o espírito que move todas as coisas e que, em sua duração, reúne todas as transformações.

— Uma das distinções mais claras na natureza é entre o que está vivo e o que está morto. Bergson mesmo reconhece isso, como você disse há pouco. Como pode agora confundir essas coisas? — Lúcio se aflige.

— Quando esperamos encontrar a tendência à conservação, que rege a matéria inerte, mas deparamos com a criação, dizemos que há desordem. No entanto, a criação é não somente a ordem predominante, como a única, e a que parece contrária, a conservação, é, na verdade, uma maneira de perceber a diferença de intensidade no interior da criação. Alguns movimentos parecem se repetir, porém nada efetivamente se repete, assim como nada está totalmente imóvel e isolado. O Universo é vivo e apenas podemos conceber sua morte se ela servir à evolução de outro mais abrangente e superior em força criadora, como fogos de artifício que, conforme o tempo passa, crescem, porque em suas pontas há outras explosões, das quais se formam indefinidamente outros universos. É como galhos de árvore que, soltos do tronco, fossem novamente plantados e formassem outras árvores. Desse modo, sua energia espiritual não decai, e sim cresce. Tal como cada ser vivo ao nascer tem renovada a vontade de viver que nos move, mas pode arrefecer ao longo da vida, no Universo é possível que aconteça um processo semelhante.

— Mas, se o Universo está vivo e se somos parte dele, por que algo de diferente acontece conosco? Por que morremos?

— O que muitos se perguntam é se, ao deixar o corpo, a alma pode levar consigo algo da sua memória, ou seja, da experiência particular e corpórea. Será que, assim como o espírito anima a matéria, a matéria também pode ensinar algo ao espírito, algo que ele levará consigo quando abandoná-la, orientando processos de metempsicose?

— E você acha que pode, professor? — Lúcio retoma o interesse que compartilhamos com recorrência.

— Para uma parte dos antigos, como já vimos, como também em culturas orientais, o que existe é a alma do mundo e nos distinguimos dela apenas por meio da repartição dos corpos. Bergson, diferentemente, acredita na existência e na imortalidade da alma individual. Afinal, se temos a evidência da duração de nossa consciência interior, como algo distinto dos processos sofridos pelo corpo, não há razão para crer que seu movimento seja impedido pela falência do corpo. Compreendem? A memória e a consciência individuais, que possuem duração própria, não podem ser explicadas pela matéria, presa ao presente e suscetível à decadência da forma, e, portanto, há uma alma individual que poderia existir sem o corpo.

— Você acredita nisso, Eduardo? — insiste ele, para que eu seja mais pessoal e direto.

— Olha, estou inclinado a acreditar que sim. Certamente, há vida depois da morte, se considerarmos que tudo está vivo, que a vida é o princípio geral que governa o mundo e que não existe vazio, nem mesmo de consciência, mas isso ainda não significa que carregamos informações de uma vida passada para outra vida futura.

— Você se refere às nossas memórias, correto? É nisso que está pensando?

— De todas as coisas que vivemos, procuramos reter na consciência os melhores aprendizados, as experiências mais transformadoras, os sabores mais intensos, mais marcantes, como as *madeleines* de Proust ou a cajuína de Caetano. São as coisas que fizeram diferença em nossa vida, os desvios em nossa estrutura, os saltos da repetição, por meio dos quais nos distinguimos do tempo da matéria e em que reconhecemos nossa evolução. Parece absurdo acreditar que isso dependa do suporte de um corpo, algo da mesma natureza dessa lousa, apenas organizado de maneira mais complexa. Essa complexidade não surge aleatoriamente para nos dotar de uma liberdade que resolvemos chamar de espírito, mas para atender, para poder progressivamente realizar a vontade que vêm do espírito. Temos a evidência dessa duração, de que há em nossas consciências um tempo diferente do tempo da matéria, e que isso é a realidade espiritual. Mas o que acontece depois da morte? Impõe-se o tempo da matéria ou do espírito? Nossa consciência se volta à duração particular que acumulamos? Volta-se, uma vez liberta das amarras de uma porção limitada de matéria, à duração de todo o Universo? Distende-se em atenção ao passado ou se tensiona e se volta ao que ainda há por ser criado? Bergson afirma que perceber é procurar, e procurar, tatear. Talvez a alma procure mais uma vez uma maneira de tocar o mundo para seguir com seu processo de aprendizado e, sobretudo, de criação. De toda forma, é um mistério que precisamos abraçar. Receio que me forcem a extrapolar demais as ideias de Bergson. Estou especulando, pessoal. Espero que entendam que não há nenhum demérito nisso.

— É o que mais fazemos em suas aulas de filosofia, professor. Felizmente temos essa oportunidade. — Às vezes, surpreendo-me com o fato de que uma aula também possa levá-los a suspender os filtros do discurso, mas por isso mesmo eu deveria falar menos e ouvi-los mais.

— Obrigado, Lúcio. Tenho procurado desfrutar ao máximo dos nossos encontros enquanto é possível e acabo falando demais.

— O que quer dizer, Eduardo? — pergunta Fernanda, como porta-voz do espanto de boa parte da turma.

— Talvez o curso de filosofia desapareça na São Romão, o que já aconteceu em outras universidades país afora. Nada que atinja vocês diretamente, pois já terão se formado, a não ser quando procurarem espaço para lecionar. Vocês sabem que o ensino nas escolas não está mais garantido pela lei e que essa é a principal base da cadeia de produção de pesquisa e ensino de filosofia em todas as universidades.

— Não posso acreditar, professor! Como é possível? — protesta Bernardo, dessa vez seriamente.

— A explicação que nos falta é como, em vez de progredir, tudo pode parecer piorar — reforça Lúcio, demonstrando menos timidez do que tinha no início do curso.

— Como vimos mais cedo, talvez seja em razão do processo pelo qual as relações humanas tendem a se reduzir a relações materiais. Se Bergson estiver certo, falta-nos mais sentimento místico, mais intuição. Confiar tudo à inteligência pode ser a maior armadilha. — Digo essas palavras como se pudesse escutar a mim mesmo, e é por estar junto deles que posso ouvi-las dessa maneira.

Ao término da aula, percebo a expressão de desolamento de Lúcio e lhe peço que aguarde.

*

Depois que seus colegas se foram, dirijo-me a ele com franqueza:

— Te agradeço por sua solidariedade, Lúcio. Essas palavras são muito importantes para mim. Desculpe se assustei vocês e procure ter ânimo. A filosofia não pertence a esses muros nem a nenhum outro.

— Posso ser honesto com você, professor?

— É claro. Estou te ouvindo.

— Ainda não terminei a faculdade e já me sinto cansado da incompreensão das pessoas com minha escolha pela filosofia, algo que a maioria nem sabe do que se trata, mas critica e menospreza. Sei que o problema está na sociedade em que a gente vive e que esse é apenas um dos efeitos de problemas mais profundos.

— Não chega a ser o efeito mais perverso, mas é bastante sintomático mesmo. A filosofia põe a sociedade diante de si mesma, como um espelho dos seus valores, do seu espírito crítico ou da falta deles, e ela não gosta do que vê.

— É como viver entre estranhos e falar outra língua. Não que eu queira me sentir melhor do que ninguém, mas sinto vergonha de tentar ser o melhor que posso ser fora do que esperam de mim. Platão tinha razão quando mostrou o que os prisioneiros na caverna quiseram fazer com aquele que saiu e depois quis voltar para contar o que viu aos que ficaram.

— Você tem seus colegas. É um bom grupo.

— Eles também vivem nesse gueto, quero dizer, mais um.

Nesse momento, não me parece que eu deva dizer algo, apenas me manter em silêncio, caso ele queira dividir algo a mais.

— Sabe, professor? Me custa muito vir pra faculdade. Venho de longe. Trabalho meio período como motorista de ônibus. Rodo por esta cidade inteira. Depois, pego outro ônibus pra vir pra cá e, quando consigo me sentar, aproveito para ler os textos. Levo duas horas pra chegar aqui e mais duas horas pra voltar pra casa. Quando entro por aquele portão, é como se me conectasse ao mundo inteiro e não estivesse mais aprisionado ao lugar de onde vim e aos caminhos que só me levam a dar voltas sem avançar. Meus pais deram um grande passo quando vieram de Teresina, e eu acreditava que com meus estudos eu daria outro além do que eles puderam dar, mas está sendo difícil não pensar que me iludi e que falhei com eles, desperdiçando a oportunidade que me proporcionaram. Por mais que eles não entendam a escolha que fiz, sempre quis que se orgulhassem de mim.

— Você está dando esse passo, Lúcio. Acredite.

— Entrei na faculdade com a sensação de me libertar de tantas coisas... É triste ver tudo isso aqui acabar assim, sucumbindo ao avanço desse mal que agora vai vencer a batalha da minha vida e a dos colegas que, como eu, ousaram sonhar, desejaram conhecer. Experimentamos um privilégio que é de poucos, não só porque poucos sabem valorizar, mas porque poucos têm condições materiais para fazer esse investimento espiritual do qual você fala. Sei disso, mesmo que diga que ainda sou jovem. A juventude é, dos recursos escassos, o único de que dispomos. Já percebi que nos iludimos por algum tempo achando que podemos ter acesso às mesmas oportunidades das pessoas ricas, mas uma hora a ficha cai e a conta chega.

— Não discordo do seu diagnóstico, mas a realidade não é esse movimento viciado que você descreve. Isso é um descaminho, que sabemos poder ser transformado porque a natureza é outra coisa. É ela que fala dentro de você sobre todas essas inquietações. Ela se afina a esse desejo de transformação, criação e liberdade. O mundo humano em que vivemos deveria ser de outra forma, porque o Universo é de outra forma, e estamos em desacordo com ele quando aceitamos que alguns desorientados imobilizem toda a força criadora que existe em potência nas pessoas. Como civilização, não somos mais que adolescentes, mas por isso mesmo podemos valorizar o projeto que temos pela frente. Ele é necessário.

— Gostaria de acreditar nisso, professor.

— Tanto quanto posso, compreendo o que diz, menos quando fala de si mesmo, porque fico cheio de esperança ao te ouvir. O que você encontrou aqui não foram portões, muros e salas de aula. Foram livros e, principalmente, professores e colegas. Foram o conhecimento e as experiências que adquiriu e que estarão sempre com você, oferecendo um campo de questões que podem te ajudar a dirigir esse forte desejo de viver, transformar e contribuir. Por meio desses encontros que ocorrem na sua vida, que se devem a você, e que outros farão ao encontrar você pelo caminho, essa natureza criadora e essa força transformadora será multiplicada. Acho que a filosofia é, mais do que tudo, um incentivo, como se entrássemos em um movimento que já existe e nos impulsiona. Com ela, deixamos de nos limitar a essa sociedade injusta e indiferente e nos voltamos intimamente à humanidade inteira. Isso é muito mais do que a maioria das pessoas pode entender. Mesmo que pareça, os filósofos nunca estão realmente sozinhos. Nunca estamos menos sozinhos do que quando pensamos, porque sempre partimos de um legado e nos dirigimos a alguém. Não podemos desanimar. O avanço é lento, mas há um avanço.

— Nós, professor? A quem nos dirigimos? O que eu tenho a dizer não importa a ninguém.

— Nisso não posso concordar com você, meu amigo. Estou aqui te ouvindo. Eu não importo? Seus colegas também. Em breve você vai se formar tendo feito uma trajetória brilhante e terá seus alunos, que aprenderão com você coisas necessárias e urgentes.

— Obrigado pelo seu incentivo.

— Precisamos compartilhar nossas experiências para dar significado imediato e pessoal ao que os grandes filósofos nos ajudam a perceber: que não há totalidade se não pudermos admitir que toda ação faz diferença. Se me permite resgatar questões que você levantou em aula, enquanto a natureza segue seu curso criador, nunca sabemos de onde virão os desvios capazes de abalar as estruturas que parecem aprisionar o presente na repetição. O importante é lutar contra o próprio torpor e ajudar aqueles que desejam a encontrar uma forma de lutar por si mesmos também. Sem saber, você agora está me ajudando, e sou eu que devo te agradecer por se abrir comigo. Sei que há muitas outras pessoas lá fora que precisam não apenas do seu saber, mas da força das suas palavras e do seu exemplo.

11. O mirante do Leblon

A noite do lançamento de meu livro em São Paulo é de recompensas junto a alunos e ex-alunos. Passei dias refletindo sobre a conversa com Lúcio e, ao escrever dedicatórias, procuro devolver um pouco da confiança que depositam em mim e do afago que me trazem. Resgato de minha história com cada um os episódios mais marcantes, os interesses que demonstraram, e algumas palavras podem revelar uma comoção excessiva. Permito que caminhos imprevistos se abram para intimidades, que se alarguem e se estendam, sobretudo agora, que o curso está perto de ser concluído. Por que não?

Em uma pausa nos autógrafos para fazer um brinde com uma taça de vinho em uma roda em que eles se reúnem, Bernardo se aproxima liderando um grupo de alunos e puxa assunto comigo:

— Como você se sente?

Respondo, como a um amigo:

— Quando você se esforça muito para realizar uma coisa, que se torna verdadeiramente sua, o que tem é a lembrança desse esforço. É difícil medir o resultado, e todo o resto se assemelha a um sonho. Quase parece uma fraude.

Enquanto ele se mostra surpreso com minha franqueza, reparo que Regina e Jorge também aparecem, e ela revela satisfação com a quantidade de pessoas presentes.

— Eduardo, posso ver que você é um professor querido.

— Que bom que vocês também vieram!

Jorge me estende a mão.

— Parece que escrever vale mesmo a pena. Fico feliz por você.

— Obrigado, Jorge. Se depois quiserem comentar, vou gostar de saber suas impressões.

Ao ver que uma nova fila se forma, retomo a posição na mesa de autógrafos. Clarice aparece e estende o livro para que eu lhe escreva uma dedicatória.

Para Clarice,
Com expectativa que seja inspirador para sua criação poética.
Com amizade,

Eduardo.

Quando a fila se desfaz e o horário de conclusão do evento se aproxima, alguns alunos tentam me convencer a sair com eles para comemorar, mas resolvo voltar para casa. Ao nos despedirmos, agradeço novamente a presença deles e prometo que em breve comemoraremos a formatura.

*

Na véspera do lançamento no Rio, passo a noite em claro ansioso, imaginando diversas cenas. Tudo deverá ser diferente de São Paulo, porque agora se trata de relações do passado, e o livro é como um substituto do que não vivi entre as pessoas.

Preparo dedicatórias, tomando nota de coisas que gostaria de dizer para que saibam como me marcaram. Só espero que, na hora, a memória não falhe, desorientada pela exigência de que minha atenção esteja toda presente.

Chego à Timbre, uma pequena livraria no Shopping da Gávea, mas conhecida por possuir uma excelente seleção de livros. Entre familiares distantes que aparecem pontualmente estão alguns que não vejo há anos. Na alegria do reencontro, não apenas nos cabelos brancos, ou falta deles, e nas marcas de expressão, reconhecemos como age o tempo: não que ele passa, mas que as coisas importantes preservam seu lugar junto das novas. Aos poucos surgem alguns camaradas da escola alheios àquela atmosfera, mas desejosos de um reencontro do grupo. Cada um se reconhece com a intimidade conquistada na adolescência e que sobreviveu às distâncias, a custo. Sei que a última vez em que os vi foi no Bloco Barbas. Naquele dia exagerei na bebida, resolvi me tornar mais falante e comecei a discorrer sobre razões do súbito interesse pelo multiverso em filmes e séries de televisão. Um deles, sem que eu percebesse e para divertimento geral, gravou meu longo monólogo e jogou o áudio no grupo de whatsapp da turma.

Suponho que Lucas possa vir, mas eles me dizem que não tiveram resposta e não sabem dele. Surgem também colegas de formação da faculdade e ex-alunos da época em que fui professor no Rio. É difícil manter a serenidade apesar de tantos estímulos, de contatos sociais oriundos de diferentes épocas, que ali se sobrepõem como outra realidade espaço-temporal, e reajo concordando com tudo o que dizem ou procurando incentivar que falem apenas de si mesmos, sem que me façam perguntas difíceis.

O que mais me surpreende é a presença inesperada de Milena, pois eu imaginava que estivesse em Paris. Ela toma posição na pequena fila de autógrafos e, enquanto aguarda, observa a capa de meu livro. Talvez reflita sobre de que maneira seu conhecimento do espaço, como arquiteta, se relaciona ao conceito filosófico. Será que ela se recorda da conversa que tivemos em nosso passeio pelas ilhas do Sena? Tenho vontade de contar as ideias que amadureci e dizer a todos quão importante ela foi para a escrita desse livro. Porém, o momento de reconhecimento não me autoriza a abusar do interesse dos presentes e, se a conheço bem, isso a constrangeria tanto quanto a mim.

Quando chega sua vez, abraçamo-nos. Sem abrir a dedicatória, ela que saber o que farei depois do evento; diz que tem uma festa e pergunta se posso acompanhá-la. Aumentam minhas dificuldades em conversar com quem ainda deseja falar comigo. Terminada a fila, despeço-me dos convidados mais cedo do que o agendado, esquecendo-me de que se trata de um evento público. Velhos conhecidos insistem em comemorar aquela conquista em um bar e pôr a conversa em dia, mas os despisto, para aproveitar a chance de estar com alguém especial para mim. Se antes recusava convites para me dedicar ao livro, agora vejo que o melhor efeito de sua publicação foi proporcionar-me um reencontro. Quando pergunto a Milena aonde vamos, ela responde que desistiu da festa e que está com fome.

Ela escolhe um restaurante japonês na Dias Ferreira, um lugar requintado, ao qual não estou habituado. Me revela casos amorosos na França, os planos profissionais em um novo escritório de arquitetura onde estagia, e as dúvidas a respeito de voltar para o Brasil, porém não comenta nada sobre Lucas, nem eu conto que estive com ele. Falo da crise na faculdade e da saudade do Rio, que cresceu depois de rever as pessoas reunidas, mas que não há nada que me motive a retornar agora.

— Depois de algum tempo, me sinto novamente realizado como professor e quero continuar escrevendo. Se minha imaginação fosse mais fértil, eu me arriscaria na ficção.

— Ora, escreva autoficção.

— Suas sugestões já me renderam a publicação de uma tese… Acho que eu poderia escrever sobre você.

— Fique à vontade. Sei que vai fazer um ótimo trabalho!

Sua recepção da ideia foi diferente da que teve Alice e isso me faz pensar que talvez o problema não estivesse comigo. Aquela abertura à intimidade desperta as energias que me restam, depois da noite insone e do intenso esforço de enfrentar o passado. Tomamos saquê, relatamos nossas vulnerabilidades em um tom solidário e heroico e resgatamos nossa antiga cumplicidade. É como se retomássemos uma conversa do ponto em que paramos e alguns assuntos tivessem ficado pendentes.

— E Alice? Vocês retomaram contato agora que voltou à França? — pergunto, sem dissimular meu interesse.

— Ela me contou que vocês trocaram mensagens. Nós nunca perdemos contato desde que nos conhecemos no mestrado. Aliás, foi ela quem conseguiu esse estágio pra mim. Trabalhamos juntas.

— Não sabia! E ela está bem?

— Está bem estabelecida profissionalmente, mas é complicado saber ao certo, porque ela acabou de se separar.

— Que barra! Reparei que ela posta fotos um pouco… simbólicas, sei lá. As pessoas hoje se comunicam por imagens, às vezes também por músicas. Isso torna mais difícil entender o que pretendem, se é que pretendem alguma coisa.

— Como assim?

— Tive a impressão de que ela passava por uma fase tumultuada, como eu. Puxei conversa e houve uma troca, mas devo ter dito alguma coisa errada. O que me surpreende é a dinâmica dos encontros hoje em dia. Não falo apenas da Alice. Tantos amores a distância que não vivemos ou que vivemos na distância... Acho que nos tornamos poligâmicos, mas subentendendo que é uma coisa virtual e não declarada. As pessoas observam a intimidade umas das outras nesse outro mundo que é um misto de atalhos e de bunkers de proteção. Podem acontecer transas e verdadeiros casamentos virtuais, por códigos que só os amantes sabem decifrar no meio da enxurrada de estímulos das redes sociais e, de repente, tudo acaba como se nada tivesse acontecido, com a desculpa de que a outra pessoa interpretou mal seus sinais. O contato se torna de alto risco, com jogos às vezes perversos, e todos ficam ao mesmo tempo muito sozinhos e desconfiados.

— Tem uns exageros aí, né? Mas sei aonde quer chegar. Talvez vocês dois se entendessem bem, mas ela era casada e agora há a distância real... Não é fácil conviver com isso.

— É a sina da nossa geração. Compartilhar alguns percursos até o outro se tornar obstáculo para o que se quer perseguir. Depois que encontramos o que pensávamos ser importante, mesmo que não seja da maneira esperada, passamos a imaginar como teria sido seguir por um outro caminho, e aquilo que conquistamos já não importa tanto assim.

Lembro-me de Clara. Pensava nela o tempo todo quando sonhava com a publicação da tese. Não esperava que demorasse tanto, mas, durante o período em que passei na França, imaginava que esse momento poderia ser para nós um reencontro, como se isso me tornasse mais disponível e levasse à superação de metas e dificuldades que não conseguia compreender. Agora que a cena se cumpre e minhas expectativas se desfazem, é diante de Milena que me encontro.

Talvez ela também pense em sua separação de Lucas, mas a essa altura da vida não há mais lugar para intrusos que atrapalhem momentos que vão ficando mais raros e aprendemos a valorizar.

— Você e Alice não tiveram problema em manter a amizade mesmo com a distância, não é mesmo?

— Amizade é diferente.

— Será? Desde que, por exemplo, Renato resolveu ficar na Alemanha, a gente não se fala mais.

— Talvez entre homens seja diferente. Algumas amizades realmente se perdem, faz parte da vida, mas por que não procura por ele? De qualquer forma, o tempo não existe nas amizades. Você e eu podemos ficar muito tempo sem nos falar e, quando nos reencontramos, tudo volta a ser como sempre foi.

— Não estou certo de que quero que seja como sempre foi.

— Vamos pedir a conta?

Olho as horas no celular e vejo que recebi uma mensagem do Lucas:

Edu, você já foi embora? Acabei de chegar! Comprei seu livro, mas parece que você vai ficar me devendo a dedicatória.

Ficarei devendo também uma resposta. Não diga nada a Milena. Pago a conta. Como ainda está cedo, pegamos meu carro e vamos à Urca. No caminho, vejo suas coxas grossas a meu lado, expostas pela saia alta, que ela não ajeita. Nos cimos, há uma penugem fina e loira, e a parte anterior das coxas é lisa e macia. Subo meus olhos para os dela e descubro que ela acompanhava aquele movimento.

Em uma pracinha da Praia Vermelha, encontramos brinquedos de madeira com tinta gasta e ferro enferrujado, possivelmente os mesmos em que brincávamos na infância. Nossa escola fazia passeios pelos espaços públicos da cidade e, há 30 anos, também nos sentamos ali. Terei alguma vez considerado que, tanto tempo depois, voltaria a encontrar aquela menina com quem eu disputava o brinquedo, que teríamos passado por tantas coisas juntos e ainda seríamos amigos?

Balançamos de frente para o mar, vendo o horizonte subir e descer. Paro para observar seu movimento, esticando e recolhendo as pernas no auge da beleza. De olhos fechados, ela tenta tocar as nuvens com a ponta dos pés, subindo corajosamente o mais alto que pode enquanto deixa a cabeça tombar para trás, para desfrutar a vertigem, como fazem as crianças. Imagino a corrente desgastada se romper e Milena ser lançada para junto das ondas da praia. Sorrio, mas não digo nada para não estragar o momento. Vale viver os riscos.

A cada novo embalo, ela avança ao futuro e retorna, passando por mim, que a observo receoso. Ela também me vê imóvel, como se, em qualquer direção, eu ficasse para trás. Inclino-me para dizer "Vem, Milena, quero brincar com seu corpo, como se fosse esse parquinho", mas ela talvez não me escutasse nem me atendesse. A comoção me invade, vindo de todas as direções. É a cidade que me leva de volta aos desejos de aventura da infância, o que hoje compreendo significar a efemeridade dos encontros e a marca que deixam em nós. Diferentes sentimentos são despertados pelas lembranças, como se passassem por mim ricocheteando para longe, me carregando com eles – menino curioso, rapaz estranho e homem sério. Com qual deles ela me identifica? E por que não um tipo novo? Pergunto-me como será que Milena me vê, o que realmente sempre pensou sobre mim, e qualquer aposta de novidade me escapa ao imaginar que aquele momento poderia ser a última vez em que a vejo, e o melhor é não fazer nada para que ele permaneça o máximo possível sem alteração, dado a minha contemplação. O tempo corre e volta veloz como seu balançar e procuro capturá-lo como se fossem a mim que as correntes se prendem. O passar cada vez mais acelerado da vida fará com que sejamos arremessados para fora desta órbita binária em que nos encontramos sozinhos e alheios ao resto. É tudo questão de tempo. E o mais estranho é que o tempo ainda pareça querer nos fazer colidir.

Talvez seja só minha introspecção, mas parecemos ficar sem assunto. "E aquela lua? Você vê? Ela está com a gente e estará por milhões de anos. Não porque queira. Não que não queira", penso em dizer, porém me contenho. Em vez disso, proponho uma última parada no mirante do Leblon, onde há outra paisagem do Rio para levarmos na lembrança e ela demonstra interesse.

No caminho, sinto-me inquieto e nervoso com sua presença, pensando nos diferentes percursos que trilhamos nos últimos anos. Inclino-me a confessar nervosismo em sua presença, o que não deveria acontecer, mas acabo optando pelo silêncio. Resolvo agir como um homem que a esta hora da noite procura por paisagens românticas com uma mulher. Inadvertidamente, é o que nos tornamos.

Na mureta do mirante, de onde contemplamos espaço e tempo por uma visão privilegiada, diante do mar que se agita em todas as direções como uma matéria vibrante, com o vento frio e constante que se lança sobre nós e desmonta o primado do olhar, mais uma vez atraído e já próximo a ela, empresto-lhe meu casaco e deixo meu corpo ir a seu encontro para protegê-la. Abaixo de nós, outra onda na direção oposta se bate contra o rochedo. Encontramo-nos nesse instante com o rosto, e sinto seus lábios frios, mas entregues, em um beijo contido, carinhoso e prolongado, usufruído em sua duração imóvel, o primeiro depois de tantos anos.

Mais uma vez à vontade em silêncio, olhamo-nos de um modo diferente. Em seus olhos verdes, há muitas surpresas. Um rosto tão conhecido, sob a luz certa e por um ângulo novo ou uma proximidade inédita, quando nos encara com uma expressão nunca antes vista, pode se revelar inteiramente outro. Milena se vira para o horizonte e se recosta em meu corpo para eu abraçá-la. Contorno sua cintura com meus braços e aperto sua saia de tecido fino como uma segunda pele, escorregando minhas mãos para baixo até encontrar suas coxas firmes e nuas, em seguida firmando-as para sentir coladas em meu colo suas nádegas volumosas. Ao perceber minha reação, ela lentamente se vira, me acaricia, e nos beijamos outra vez, agora com ardor.

Milena diz que quer tomar uma caipirinha no quiosque. Para mim, peço uma cerveja. Elogiamos o Rio de novo e falamos de coisas que tornam tudo calmo e despretensioso, como se o vento amainasse sob o exemplo de nossas carícias, enquanto chegamos a um acordo tácito de não criar expectativas. Quando ela termina a bebida, reclama, com voz dengosa perto de meu pescoço, que sente frio. Pergunto se deseja que eu a leve para a casa de seus pais, e ela responde, acariciando minha orelha, que posso decidir, mas que só pensou em fugir do frio, raro nesta cidade, porém oportuno. Seu carinho chega a minha barba e entendo que ela deseja passar a noite comigo.

Atordoado pelas afecções acumuladas e cansado pela noite insone, receio estragar um encontro feliz, mas quero passar todo o tempo possível com ela, compensar sua escassez. Vamos a um motel na Avenida Niemeyer. Na entrada do quarto, nos beijamos novamente. Tiro seu sutiã com um toque leve em suas costas, como se despi-la fosse um ato imperceptível e todos os acontecimentos esparsos que nos levaram até ali formassem um só, de contínua intimidade. No entanto, ela me repreende:

— Qual é o problema com vocês, homens, que não sabem valorizar uma lingerie? Ai, ai! Isso estraga todo o clima!

É difícil acreditar que ela já tivesse tudo planejado, e me pergunto desde quando. Sua reação me parece desproporcional a meu gesto e interrompo o carinho para tentar entendê-la.

Ela procura encontrar em meus olhos cansados uma verve enérgica. Só consigo pensar em como foi tudo tão diferente com Clara e em como é possível reconhecer o Lucas em seu temperamento belicoso. Concluo que, à exceção da morte prematura de minha esposa, tudo aconteceu em nossa vida como devia ser. "Milena era minha amiga. O que estamos fazendo?". Imagino que a qualquer momento ela chegará à mesma dedução e encaro seus olhos verdes incrédulos com minha aporia sem saber se ela percebe a emoção nos meus. Resta-me apenas um reflexo intelectual, que nos devolve a territórios conhecidos.

— Vocês, homens, quem, Milena? Essa sua cena me lembra um filme do Godard: *"Je ne suis pas infâme. Je suis une femme!"*.[9]

— Você está insinuando que fico com qualquer um?

— Não, mas acho que você fica com os homens errados.

— Você acha, é?

---

9 "Eu não sou infame. Eu sou uma mulher!"

Pergunto-me se eu disse algo ofensivo, se devo me desculpar, até que ela quebra nosso silêncio, sorrindo:

— Não sei por que estamos falando disso.

— Nem eu.

Ela se recosta na cabeceira da cama. Seu corpo está novamente receptivo, convidativo, e se contorce lentamente, impondo seu ritmo. Admiro seus seios, com volume mediano à perfeição e bicos protuberantes, como duas peras francesas suculentas. Entendo que seja uma área sensível. Ela se utiliza da lingerie para se proteger da voracidade de homens afoitos; quer provocar cada um de meus sentidos, desfrutando ela mesma um jogo de espelhos e protagonismo. Agora, protegida, sinalizados seus limites e tendo assumido o controle, quer usufruir o momento. Com o movimento das pernas, convida-me a descer meu olhar e aguarda que eu dê o próximo passo. Ao perceber que minha atenção flutua, como um metaolhar sobre o que fazemos, ela toma meu rosto com as mãos e me beija.

— Quer que eu dance pra você?

De joelhos na cama, está à espera de minha confirmação, mas sua proposta reforça minha impressão de vivermos um simulacro de sonho, uma turva projeção de desejos do passado, superior em todos os aspectos, e por isso inacreditável. A certa altura da vida, isso pode ser melhor do que qualquer novidade, desde que se esteja de corpo presente. Penso que o instante é, afinal, o recanto mais incerto da realidade e que, tal como ele tardou tanto a chegar, passará tão rápido que será como se nunca tivesse estado aqui.

Com um rebolado de joelhos na cama, ela insinua a seriedade de sua proposta e me mostra que o presente está muito vivo. Sorrio contente com aquela descontração, mas, pelo que isso ainda me custaria em expectativas malogradas, respondo, sincero, que estou exausto, sem ter mais de onde tirar forças. Penso em meu livro, no lançamento que abandonei e estou cansado demais da superexposição, de projetar e lidar com a demanda dos outros sobre mim. É sobretudo a esse cansaço que me refiro, desejoso simplesmente de parar, para respirar, ver e sentir que as histórias têm uma existência real.

Deito-me ao seu lado e ela abraça minha fraqueza. De repente, começa a se masturbar com violência.

— Me beija. Gosto do seu beijo — sussurra ela.

Fico feliz de atendê-la.

Observo no espelho do teto o corpo dela nu, lado a lado com o meu. Parece-me uma bela imagem do casal que teríamos feito. Ela pergunta se há alguma coisa que possa fazer por mim. Respondo que não, estou feliz desse jeito. Realmente estou.

Viramos um para o outro e nossos olhos se encontram mais uma vez. Já não sou apenas um amigo, nem um amante. Não conhecemos um ao outro, como a mulher e o homem que nos tornamos. Distingo um olhar terno, apaixonado e suponho que ela pensa em algo semelhante, em como teria sido a vida se tivéssemos ficado juntos ou como seria começar uma história diferente agora. Sua vulnerabilidade me assusta mais uma vez. Suspeito que ela pode ser muito franca com seus sentimentos.

— Estou feliz com você.

Sim, é exatamente isso que eu também penso, mas permaneço em silêncio, porque já demorei demais em responder qualquer coisa. Depois de alguns instantes, deitada sobre meu braço, ela diz com voz suave:

— Acho que eu poderia dormir agora e continuar esse chamego amanhã de manhã.

Reflito sobre o que fazer. Não estou certo se esse é um bom caminho. Seria desconfortável passar a noite no motel e pressinto que ficaria acordado, alimentando uma ansiedade sem contornos, e que, nos termos presentes, não tenho mais a oferecer àquele encontro. Reparo nos lençóis, na parede, e tudo é contrário à ideia da boa noite de sono de que necessito. Procuro distraí-la com amenidades, inserindo entre frases desconexas que preciso ir embora e descansar para pegar a estrada no dia seguinte e estar na faculdade a tempo de minha aula começar. Ela consente, sem disfarçar com a restaurada altivez de sempre sua decepção.

No caminho de volta, trocamos poucas palavras sobre a satisfação de ter realizado um desejo antigo, nem tão oculto assim, nem tão realizado assim. Talvez decepcionada de irmos embora, ela começa a me contar com naturalidade e em detalhes outras aventuras amorosas, transferindo-me novamente para o lugar de amigo, então peço que falemos de outra coisa. Logo chegamos à portaria de seu prédio e nos despedimos com um beijo. Recordo-me de nossas despedidas depois da escola e estou quase conformado com a retomada dos antigos hábitos.

— Edu, não se esqueça de me dar notícias!

Foi o bastante para que, ao chegar na casa dos meus pais e deitar minha cabeça no travesseiro, ficasse coberto de dúvidas a respeito de quais notícias ela esperava receber. Mal consigo acreditar no desfecho de meu dia, embora esteja satisfeito por ter sido bastante sábio, por ter conseguido conter minhas expectativas. Não enlouquecer já é uma conquista!

No dia seguinte, ainda sonolento e deitado na cama, abro o celular nas redes sociais e vejo que Milena publicou uma mensagem no feed de notícias do Facebook:

<3

Finalmente um símbolo que consigo decodificar com segurança! Parece um sorvete de casquinha tombado no chão, mas sei que é um coração virtual! Algo que nunca tinha visto ela postar nas redes sociais anuncia publicamente que ela teve um encontro significativo. O diferencial seria nossa antiga amizade? Essas pequenas demonstrações de afeto, quanto mais pueris, mais me comovem e desarmam. Milena continua a me surpreender e recomeço a idealizá-la com a certeza de que um segundo encontro seria muito diferente. Sinto sua falta e me pergunto como pude ser tão idiota!

— *Oi, Milena! Tudo bem? Fiquei surpreso com o que você postou.*

— *Foi bom?* — ela me surpreende, dessa vez, com uma pergunta.

— *Foi muito bom. Não foi?*

— *Foi! Por que a surpresa?*

— *Eu queria te ver de novo. Não que isso seja uma surpresa.*

— *Por que você não passa alguns dias em Paris nas suas férias? Podemos nos encontrar lá.*

— *Estou mal de grana, mas em algum momento vou, sim.*

— *Tá legal. Tenho que correr para o aeroporto agora. Depois conversamos melhor. Beijos.*

Não consigo me desprender do ocorrido e das questões que ficaram abertas. Sinto falta de encontrar uma definição que permita que minha atenção não fique tão flutuante. Eu preferia que ela conhecesse a vida que levo agora, sem mais projeções do passado, e sei que nenhuma resposta pode ser substantiva sem que isso seja considerado. Lembro-me das cartinhas de amor que quis enviar na época da escola, das confissões que não fiz nas despedidas de cada dia e das muitas vezes em que lamentei não ter tido coragem de tomar uma decisão e agir. Desejo não ser mais alguém que contempla as coisas a distância.

Milena, você deveria me encontrar em São Paulo. A arquitetura, você sabe, é uma coisa muito importante por lá! É uma cidade incrível, com mais segurança e qualidade de vida que o Rio. O custo é mais acessível. Com o currículo invejável que você tem, certamente encontraria uma boa posição em um excelente escritório! São Paulo é cheia de oportunidades de trabalho, e a gastronomia não deixa a desejar em relação a nenhuma outra de qualquer cidade do mundo! A diversidade é incrível! A comida japonesa aqui, por exemplo, é bastante superior à de Paris! As pessoas são muito educadas e cordiais, sabia? Todos os diferentes movimentos de imigração fizeram de São Paulo uma cidade cosmopolita, com uma vida cultural diversa e instigante. Você poderia ficar na minha casa. Tem bastante espaço e até um escritório sossegado pra gente trabalhar e batalhar nossas coisas. O lugar é central. Pinheiros é um bairro muito bacana pra começar a vida. E, se precisássemos de dinheiro, eu poderia vender meu carro. Eu daria um jeito. A gente se conhece há tanto tempo! E eu gosto tanto de você! Não merecemos uma chance? Pode dar certo.

Quando recebeu minha mensagem, ela devia estar fechando as malas para voltar para Paris. Ainda deitado na cama, recebo uma resposta que me faz compreender que a natureza nos capacitou para criar sinais, mas não para decifrá-los e nos servirmos deles.

Edu, fico muito feliz que tenha pensado nisso. Você também é especial pra mim. Tenho vontade de conhecer melhor São Paulo e tomara que um dia você possa me mostrar todas essas coisas, mas não estou pronta pra ficar no Brasil nem pra voltar a me envolver seriamente. Esse estágio é importante. Não dá pra jogar tudo pro alto. Não é o que quero agora.

12. *No surprises*

Prometi a mim mesmo que Alice ainda ouviria falar de mim. Só não imaginei que seria dessa maneira. Pensei que, se insistisse em escrever o romance e um dia viesse a publicá-lo, poderia enviar para ela um exemplar com uma dedicatória de agradecimento pela inspiração, mas a conversa entre amigas provavelmente vai se adiantar. Posso ver as duas erguendo taças de vinho às risadas em um bistrô em frente a uma praça ensolarada, enquanto comem escargots e comentam minhas extravagâncias.

Percebo que minha mãe já está acordada, me levanto e me sento à mesa. Dou-lhe bom dia e a observo preparar o café. Como de costume, ela põe água demais, mas não me intrometo. Só me importa que o café aqueça meu espírito para a viagem de volta.

— Bom dia, filho. Você dormiu bem?

— Estou com a cabeça cheia. — E precisando desabafar.

— O que houve?

— Queria te fazer uma pergunta que pode soar estranha. O vovô Eduardo era mulherengo?

— De onde você tirou isso?

— Quero dizer, depois que ele e a vovó se separaram. Acho que me lembro de você contar que ele era charmoso e que ela tinha ciúme, por ele ser um professor muito solicitado. Achei que tivesse ouvido isso em algum lugar.

— Mas isso não significa... De toda forma, seu avô era um homem cheio de contradições. Muito generoso e amoroso, mas também tinha o álcool. Naquela época, as pessoas não tinham a mesma consciência do que é o vício e, quando ele bebia, virava outra pessoa.

— Mas será que essa era uma maneira de ele lidar com uma dificuldade mais profunda, da qual talvez procurasse escapar?

— Como assim?

— Às vezes tenho a impressão de que há algo errado comigo, e imaginei que poderia ser coisa de família ou coisa de filósofo; que eu teria me identificado com ele, se a gente tivesse se conhecido. Não que eu tenha sucesso com as mulheres. Enfim, não sei o que estou dizendo. Ontem deveria ter sido um dia festivo, mas me senti desconfortável — falo baixo, para limitar entre nós meu desejo de cumplicidade. — Muitas vezes, desejei não aparecer ao lançamento do livro e depois só queria que tudo acabasse o mais rápido possível para ir embora. Não sei ser simpático e dizer as coisas certas. Não sei ser espontâneo, puxar assuntos e me conectar com as pessoas, demonstrar interesse na presença delas. Agora mesmo, não sei se estou conseguindo me fazer entender.

Ela demonstra surpresa e preocupação, talvez por eu ter acessado um segredo que temia que fosse descoberto ou por não encontrar razoabilidade naquilo, como um desvario juvenil, difícil de encontrar em um filho, já homem feito. Talvez lamente ver que eu ainda possa me comportar como o menino assustado que costumava ser. A vergonha que sinto, aliada à procura de sua solidariedade, aumenta minha confusão. Além de encontrar respostas, devo remediar as más impressões e convencê-la de que há algo palpável no que digo.

— Você sabe que nunca gostei de festejar meu aniversário, porque fico constrangido em ter as atenções sobre mim.

— Mas você é professor, filho, e está acostumado com isso.

Enquanto me dissuade a estender queixumes, estou decidido a reivindicar um direito de nascimento e dividir com ela meus assombros, antes que seja tarde, porque pressinto sua crescente fragilidade. Quero ir até o fim e tocar aquela verdade que, na nova narrativa que construo sobre mim mesmo, só ela poderia confirmar ou desmentir.

— Na sala de aula, a atenção está sobre o assunto. Eu me apoio no domínio que tenho dos temas, como uma muleta e, ao soltá-la, é como se entrasse em um estado de transe, em êxtase. Será que também é assim que as pessoas se sentem em situações cotidianas? Acho que o modo como se comportam no trabalho, tensas e estressadas, é como me sinto socialmente, a não ser quando posso falar do trabalho. Ele me oferece a chance de falar da vida a meu modo, sob o pretexto de tratar de filosofia. De qualquer forma, a vida profissional exige que às vezes o foco esteja sobre nós mesmos, quero dizer, sobre essa persona social. Estou há duas noites sem dormir. A primeira passei ansioso com o lançamento do livro, e a segunda, tentando entender o que mais acontece comigo.

— Estou te ouvindo, Edu. — Ela compreende a seriedade da questão para mim.

— Meus únicos amigos são os do colégio e há anos não falo com eles. Na verdade, nunca tivemos identificação, e provavelmente só para fazer número que me suportaram. Sempre que tento me aproximar de uma mulher com quem possa me relacionar, acabo estragando tudo. E faço isso nas relações profissionais também. Não entendo o porquê e não consigo entender as pessoas. Me pergunto se isso piorou depois do que aconteceu com a Clara, mas acho que é algo anterior. Ela foi a chance que tive de ter uma vida normal e que perdi por exigir demais dela, como se pudesse compensar todo o resto.

— Parece que você se prende a algumas coisas e esquece outras. Aquele relacionamento te ensinou muito, e o que achar que precisa mudar você será capaz de fazer diferente. — Parece tão fácil dar esse conselho aos outros, mas me pergunto por que ela mesma não o seguiu. — Não precisa esquecer o quanto foram felizes, mas você tem muitos anos de vida pela frente e merece ser feliz de novo, com outro relacionamento e realizações, como é seu livro. Era visível o quanto a Milena, seus amigos da escola e até professores da faculdade te querem bem. Tente não cair nessas armadilhas que a gente cria com a imaginação.

Vejo nela o estoicismo que herdou do pai sem saber e me lembro de algumas palavras do príncipe Míchkin que evito reproduzir para não a entristecer com tão pouco: "Eu não posso me casar com ninguém, não tenho saúde". Pode ser que eu superestime minha capacidade de afetá-la. Em todo caso, preciso tirar algo dela.

— Nada que tenho tentado está funcionando, embora possa parecer que sim. E estou me sentindo cansado, muito cansado. Não sei o quê, mas há algo de errado comigo, mãe. Esperava que você me ajudasse a entender. Não que eu queira me acomodar. Não é isso. Mas reagir não passa pelo reconhecimento das nossas dificuldades?

O olhar de minha mãe revela a presença de meu pai na porta, atrás de mim. Ele estava ouvindo nossa conversa e, embora eu buscasse apenas o acolhimento dela, mais uma vez seria preciso passar pelas lições dele. A inteligência social das mulheres é infinitamente superior à de qualquer homem, seja um homem como eu ou como ele.

Ele tem o ar de quem traz dos céus a sabedoria prática que me falta, conquistada com uma longa e intensa experiência de lidar de perto com as pessoas. Quem vê de fora e não conhece as inseguranças que ele carrega deve se convencer. Afinal, tornamo-nos mais parecidos do que eu gostaria.

— Meu filho — diz ele com solenidade —, você encerrou o ciclo de um trabalho duro e deve ficar orgulhoso por isso. Não duvide de si mesmo nem procure razões para pensar que os que estavam presentes no lançamento do seu livro têm outro sentimento além de admiração por você e felicidade pelo que realizou. É difícil compreender o que diz. Nenhuma chance se perdeu com seus amigos, profissional, amorosamente ou com sua família. Sempre estivemos aqui para apoiá-lo e incentivá-lo nos seus planos. Quando um ciclo importante se cumpre e ainda não conseguimos ver o que virá pela frente, é normal lidar com uma sensação de vazio, que leva a gente a colocar muitos questionamentos, mas isso faz parte do processo de encontrar novos objetivos. Outros desafios e recompensas vão surgir no devido tempo.

— Você não quer ficar mais alguns dias aqui com a gente? — minha mãe o interrompe, como se completasse o que ele diz, talvez procurando simplificar a conversa, ou abstendo-se de ser plateia para disputas que poderiam se seguir, encerradas em argumentos *ad hominem* desde que eu era criança. Ela também havia aprimorado seu papel.

Como sempre, meu pai se coloca tão distante de discutir meus verdadeiros problemas, e sua forma de apoio e incentivo nos leva a uma direção ao mesmo tempo tão razoável e contrária àquilo de que eu tratava, que me pergunto se devo insistir em tentar me explicar, incluindo-os em minha investigação. Por trazer uma solução pronta, é como se a conversa já estivesse de saída liquidada. No entanto, à exceção da decadência na faculdade, não há nada novo, nada concreto para oferecer a eles. Uma vez estabelecidos os critérios da conversa, compreendo que é melhor recuar. Devo-lhes, porém, uma explicação, um desfecho, que passava pelos argumentos de meu pai.

— É ótimo realizar o sonho de publicar meu livro e posso compreender o que diz, pai. Você tem razão! Mas, por isso mesmo, agora percebo que o maior desafio não estava onde imaginei. A filosofia foi uma solução, uma forma de contornar outras possíveis dificuldades.

— Que dificuldades, Edu? Me explica. — Ele se utiliza de um tom misto de respeito e provocação.

Embora eu procure parecer ponderado e me manter na superficialidade, eles me convencem de que desenho um quadro dramático, sem suspeitar de que, se tiverem razão, isso talvez pertença à questão que busco entender.

— Tentar interagir com as pessoas. Fazer parte. Me integrar à sociedade. Achei que essas coisas viriam com o tempo, mas vejo que o trato social não pode ser aprendido. Exatamente por chegar a essa idade, ter me esforçado e ver os efeitos dessas dificuldades, posso perceber a diferença que faz esse temperamento introvertido na minha vida.

Quando criança, eu costumava chorar pela dificuldade de expressar o que pensava e sentia, tanto mais por ter vergonha de reações que me fugiam ao controle, mas parece que agora as lágrimas secaram. A reação de meu espírito maduro diante de meus pais é fechar-se em silêncio.

Minha mãe percebe a insatisfação que me disponho a esconder.

— Então precisamos buscar mais ajuda, filho, de um profissional.

Consinto com a cabeça, encorajado.

Terminamos de tomar café da manhã procurando falar de amenidades que dispersem aquela agitação. De repente, percebo que eles encheram a geladeira e capricharam na mesa mais que o costume para me agradar. À procura de um acordo com o passado e querendo evitar ir embora do Rio com pendências e impressões ruins, agradeço a eles pelo apoio, por me ouvirem.

Preparo-me para seguir viagem e reparo pela janela do apartamento que o céu está nublado. Despeço-me de meus pais e sinto no abraço deles que se preocupam comigo, que gostariam de me ver mais vezes, mas sobretudo que estão satisfeitos com o trabalho que fizeram. Pergunto-me se eles se orgulham de mim, se superei suas expectativas, que, afinal, nunca foram muito elevadas. A melhor resposta que encontro é que eu estava sendo novamente exigente demais com eles. Afinal, ao acolherem meu desabafo, superaram as minhas.

Dou a partida no carro, coloco para tocar o clássico *ok computer*, do Radiohead, e em uma hora deixo novamente para trás minha cidade natal.

*

Ao retornar à faculdade, os colegas me contam que Guilherme, o novo diretor, anunciou que o curso não abrirá mais turmas. As existentes concluirão a formação, e em três anos, quando a ingressante em 2017 se graduar, o curso de filosofia será extinto. Não deveria me surpreender, e é um tempo até bastante considerável, porém tenho a sensação de perder o propósito de continuar. É sempre difícil investir em algo com dias contados para terminar. Considero pedir as contas, mas, para partir, preciso daqueles rendimentos.

Ao me dirigir para a aula, causa-me estranheza que no fim do ano nos transfiram para uma sala diferente, voltada à direção leste, e me pergunto se já seria um efeito dos novos arranjos corporativos. Procuro pensar que as férias se aproximam e poderei por algum tempo não me preocupar com nada disso.

Para a maioria da turma, é a última aula da graduação em filosofia, e proponho uma conversa alheia ao programa, que dou por encerrado.

— Um dia acreditei que o curso de filosofia deveria ser apenas para os mais dedicados e que fossem fazer carreira tornando-se professores e pesquisadores, como se a filosofia fosse um trabalho dentro de um círculo estreito. Mas agora sei que eu estava enganado e preciso agradecer a vocês por me ajudarem a enxergar isso. O mundo precisa de filosofia, seja como atitude inquiridora e crítica, na maneira como articula e organiza os saberes ou por meio dos conhecimentos que aprofunda e difunde, mas sobretudo ao instigar os outros a buscar algo novo, ver além e ser mais do que acreditam que podem ser. Para quem ignora, digam que a filosofia está na base da cultura dos povos, que ela estuda e transforma nosso modo de viver. Ela é formadora tanto da firmeza do caráter quanto da sensibilidade e, se todos tivessem mais contato com ela, certamente viveríamos em uma sociedade melhor. Não que a gente precise de aprovação. Ela independe da chancela de instituições. Em alguma medida, é sempre avessa a elas. Mas toda instituição que não queira a filosofia ao seu lado, sobretudo de natureza pública, se condena à inércia quanto aos seus significados humanos. É lamentável que haja tão pouco reconhecimento do seu valor, que tantos se dediquem a depreciá-la e que isso seja um espelho perverso de um projeto que deliberadamente confunde progresso com destruição.

Ninguém parece entender de onde vem aquela fala e aonde quero chegar, mas todos parecem apreciar a franqueza da mensagem. Não distingo o que digo a eles de um discurso que faço para mim mesmo. Entretanto, ao ver que aquilo lhes fala mais diretamente do que eu supunha, que eles comungam do mesmo entusiasmo, perco o pudor de ir além.

— Já imaginaram como seria o mundo sem a doença da produtividade fabril e do consumismo? O que as pessoas fariam se tivessem mais tempo para si mesmas, para, em vez de fabricar coisas, desenvolver suas aptidões? Pensam que elas passariam todo o tempo no shopping, viajando para fugirem da vida que levam ou bebendo e se drogando para se entorpecerem? Será que não se dedicariam à arte, à filosofia, ao próprio crescimento espiritual, o que conduziria, ao mesmo tempo, ao crescimento de todos? Uma sociedade de filósofos e artistas, sem instituições mediadoras, governada por aqueles que amam o belo e o bem, assim como a profundidade e o sublime, esse sempre foi e sempre será o maior dos sonhos que os seres humanos são capazes de sonhar.

Não procuro passar uma ideia de despedida e uma sensação de ressentimento.

— O problema é a pregação da desunião. Para ser honesto, vejo pouco sentido em encontros que não tenham como propósito o crescimento mútuo, e todos aqui sabem que eles são raros. Talvez sejamos céticos demais para acreditar que isso seja mais do que um ideal ingênuo. Mas, se falarmos sem timidez, encontraremos nossos interlocutores. Falem a todos sobre o que a filosofia oferece como possibilidade de redenção contra a amargura que nos ameaça e serão capazes de salvar muitos que desejam ser resgatados para a alegria! Não como pastores que conduzem um rebanho, mas farão seus amigos aqueles que têm em comum o apreço pelo conhecimento, e que querem ter esperança. Vocês sentem que essa amargura nos circunda e nos espreita? Sim, precisamos resistir. Vejam — digo sussurrando, como se fosse contar um segrego —, é certo que a tristeza cresce em uma sociedade doente como a nossa. Vocês conhecem essa tristeza? Sabem do que estou falando? Ah, devem saber! É certo que já sentiram respingar em vocês. Sejamos os mais precavidos contra a doença dos poderosos.

Fazemos um longo silêncio, como se eu estivesse ouvindo vozes e eles se esforçassem para perceber se as escutam também.

— Ora, não sei se isso é exatamente uma novidade para vocês. Talvez seja disso que toda filosofia trata, de vencer adversidades das quais muitos apenas preferem se distrair, de resistir aos hábitos naturalizados, ao senso comum, ao lazer vulgar que escamoteia desesperos, de se fortalecer perante obstáculos imprevistos que fazem parte da vida, mas derivam sobretudo dos vícios do poder. Não é isso que sempre escutamos? Porém, escutamos realmente? Agora mesmo, amigos, acabo de saber que não entrarão mais alunos no curso de filosofia e, quando a última turma se formar, o curso será extinto. Hoje vemos isso acontecer na São Romão, mas aqui não é diferente de outros lugares. Já ocorreu em inúmeras faculdades do Brasil. No Congresso, suspenderam mais uma vez a obrigatoriedade do ensino de filosofia nas escolas, dando a ela o status de matéria irrelevante. A filosofia é atacada por toda parte, e os ataques estão apenas começando.

Intercalo, no mesmo discurso, momentos de lucidez e de frenesi.

— Professor, conte com a gente para resistir! — Bernardo se mostra leal.

— O que podemos fazer, Eduardo? — pergunta Rafaela, desfazendo-se do usual embaraço em tomar a palavra.

— Contamos uns com os outros. Saber que estamos juntos é o que importa. Somos a resistência contra o esquecimento, os que cultivam um futuro com o qual é preciso sonhar agora. Não podemos deixar que esse ambiente desvirtue a clareza que temos. Ele não faz justiça ao que conhecemos. Não podemos confundir o quadro atual das coisas com o que elas podem ser, e temos responsabilidade de sermos a prova disso para os que chegam! Unidos, nos protegemos de duvidar de nós mesmos e permitimos que outros encontrem um terreno fértil.

— Como é possível, Eduardo, termos chegado a esse ponto? O curso da São Romão sempre foi tão prestigiado! — diz Bruna.

— As expressões de surpresa de vocês são o que mais me admira em tudo isso. Eu estive cego, incapaz de ver que tudo sobre o que conversamos de mais elevado, o belo, o sublime e a realidade do espírito sempre estiveram presentes entre nós. Me desculpem não ter alertado vocês nem ter sido um interlocutor melhor. Alguns de vocês me procuraram. Não foi, Clarice? Pediram meu apoio, e se soubessem! Mas me encho de esperança em ver a geração de vocês.

— Professor, suas aulas são inspiradoras para todos nós. — Fernanda gera ao redor uma comoção fraternal.

Percebo a humanidade que se esconde nas forças do hábito, mas que não desapareceu.

— Como somos desnaturados! Por essa forma de racionalidade sempre mais carente de controle e que obstrui a visão solidária e criadora. Espera-se que todos virem burocratas, gestores ou empreendedores, mas nenhuma diferença surge desses tipinhos. Vocês sabem por que acabarão com o curso de filosofia aqui na São Romão? Seremos substituídos por um curso de empreendedorismo! Quem aqui quer ser um empreendedor, um empresário? Estão inventando um vocabulário pomposo para dissimular o vazio de ideias, um corporativês. Quem quer ser um empreendedor de si mesmo e praticar autogestão? O que vamos produzir hoje para lançar no mercado, hein, amigos? — Não consigo conter uma gargalhada estúpida. — Defende-se sempre o desenvolvimento dos formatos, das plataformas, dos sistemas, dos esquemas para esconder o deserto de ideias, o deserto na cultura, que é também, e sobretudo, um deserto em nossos sentimentos! Não se enganem com esse palavrório que quer fazer de todo indivíduo uma empresa. Estamos sob ataque e é preciso reagir. Bernardo, tantas vezes você trouxe Nietzsche para as aulas, e talvez agora, mais do que em qualquer outro momento, ele nos interroga, com seu Zaratustra: *"Naquele tempo, levavas as tuas cinzas para o monte; queres, hoje, trazer o fogo para o vale? Não receias as penas contra os incendiários?"*. Ora, pois sejamos os incendiários!

— Os incendiários? — pergunta Lúcio.

— Somos os incendiários do empreendedorismo, os que ateiam fogo na noite do deserto, por mais louco que isso pareça aos sóbrios e vigilantes. Aos sensatos! Queremos, em seu lugar, a cultura e um novo sentimento profundo. É preciso limpar o terreno, para abrir lugar à natureza, à vida e a uma comunidade criadora. Amigos, só a cultura incendeia os sentimentos capazes de tornar real o que queremos: um novo amor pela natureza, mais solidariedade, o respeito ao mundo que herdamos, que compartilhamos com nossa geração e que legaremos ao futuro, renovado por nossos esforços! Sem a consciência de que fazemos parte de uma história que continuará depois de nós, é muito difícil resistir às pressões divisoras que querem se apossar das nossas forças. Cada um deve seguir sua consciência, cumprir sua vocação, como algo que deixará aos outros depois que partir e que apenas se realiza no pertencimento. O perigo, hoje, não é apenas o imobilismo, mas também o imediatismo. É isso que torna o futuro tão frio, desolador. Sonho que o senso de pertencimento, não somente no espaço como também no tempo, se alastre como um incêndio, que essa chama de esperança cresça e se torne um compromisso para empenharmos o melhor de nós!

A turma está espantada, sem saber se enlouqueci e se aquela loucura é portadora de uma verdade superior àquelas que tocamos em nossas aulas. Alguns deles me devolvem meu riso estúpido. Diante de algo tão evidente e tão distante, sorrimos abobalhados. Há quem tenha os olhos marejados, mas ninguém se mantém indiferente àquela súbita e misteriosa eloquência. Mesmo que não entendam totalmente o que digo, compreendem o que sinto.

Minha excitação é interrompida pela de um aluno que parece ainda mais transtornado do que eu quando se levanta e pega sua mochila.

— Lúcio, você está bem?

— Estou, professor, confie em mim. — Ele deixa a sala esbaforido.

A surpresa da turma de repente dá lugar a uma expressão de aceitação. Eles assistiram aos passos que prenunciavam a derrocada do curso de filosofia na São Romão, e essa lembrança pesa sobre as asas de nossa utopia. A corrupção do sistema nos alcançou e percebemos o quanto nos iludíamos de pensar que os escândalos nos jornais retratavam um mundo distante. Cada um reflete que a saída é encontrar refúgio em si mesmo, conter e adequar as próprias expectativas, tanto mais porque já deveria de qualquer modo seguir um caminho próprio após a conclusão da graduação.

Quando o curso de filosofia desaparecer da São Romão, eles já terão se formado, mas sabem que deverão empregar seus esforços para lidar com desafios semelhantes. Antes que a aula acabe, não é uma mensagem tão pessimista a que quero deixar para eles.

— O que os burocratas lançam contra nós, filósofos, artistas, criadores de novas experiências, desbravadores de novos mundos na Terra, de outra significação para a vida, é o resultado dos seus próprios sonhos frustrados e do ódio contra a cultura. Se não podem sonhar em criar, em construir algo novo e significativo, então supõem que ninguém deve fazê-lo. Põem vestes de protetores dos costumes, dos bons modos ou de fomentadores do progresso material e esperam, abaixo deles, que nos contentemos com a subsistência ou, no melhor dos casos, um pouco de lazer e conforto. Mas não é isso que priorizamos. É a capacidade que temos de produzir algo que fique protegido na memória e de iniciar uma ação que reverbere na convergência com os outros. O espírito, eles pensam, não deve ser criador, mas obediente, não deve compor, mas se sacrificar competitivamente. Fazem-nos acreditar que o espírito nem sequer existe. Querem nos convencer de que somos apenas matéria, para que sejamos matéria bruta, matéria para um trabalho sobre nós, um trabalho para eles. Objetos subjugados a um processo de controle, sujeitos sujeitados. E o inverso disso chamam ideologia! Nossa alegria é proteger nossa herança, dar uma contribuição à cultura e ser plataforma para que outras gerações se tornem criadoras, para que conheçam a liberdade na transformação.

— Do que está falando, Eduardo? Estou confuso — pergunta Marcos.

— Ora, quem está vivo sempre aparece! — respondo.

Marcos não havia se transferido para outra faculdade? De onde ele surgiu? Estarei delirando? Nesse instante, soa o alarme de incêndio. Lúcio retorna à sala bradando com olhos inflamados.

— Viva Heráclito! Viva Demócrito! Viva Empédocles! Vivam os sábios do fogo! Viva a sabedoria, o monumento flamejante! — e volta a correr pelos corredores.

Todos se levantam e tentamos compreender o que acontece. Sentimos um forte cheiro de fumaça e acreditamos que o incêndio é real, não a simulação que os bombeiros realizam todo ano. Vejo que, na sala ao lado, Lúcio amontoou carteiras, com seus forros de espuma e bases de madeira. Havia encontrado produtos de limpeza em alguma despensa da faculdade, que já devia conhecer, e com o isqueiro que carregava no maço de cigarros pôs fogo no líquido inflamável. Ele dança ao redor da fogueira como em uma espécie de ritual ancestral. Ao perceberem, os alunos começam a fugir, mas estranhamente dois ou três resolvem ajudá-lo, como se o incêndio se alastrasse primeiro entre eles, como se fosse uma febre contagiosa, para espantar do corpo micro-organismos agressores ou espíritos maléficos. Meu primeiro ímpeto também é ajudar, não por desejar a destruição do mundo que perdíamos, e sim como queima de expansão, para eliminar o combustível e conter um incêndio mais devastador. As chamas crescem, e tenho esperança de salvar alguma coisa que ajudei a construir.

— Acho que não me fiz entender direito. — Ao dizê-lo, todos já se foram.

É possível que me sinta responsável pela primeira ignição. Lúcio a tomou em suas mãos, porém fui eu que a acendi. Pego um extintor para me dirigir ao foco, mas ele já se espalhou e tomou toda a sala. Da porta, fico hipnotizado pelas chamas que excitam em mim o ímpeto de Empédocles, de atirar-me no Etna.

Clarice surge e me puxa pelo braço.

— Eduardo! O que você está fazendo? Temos de ir!

Cresce em mim um sentimento de consumação e aniquilamento.

— Procuro a mim mesmo! Procuro a mim mesmo! — grito para ela e para todos que ainda possam me ouvir exaltar Heráclito, orgulhoso de ver a experiência consumar o que eu acreditava ter profetizado.

Clarice entende que alucino e reforça seus apelos.

— Olhe pra mim! Vamos embora! Temos que sair daqui agora!

— Vá você e me deixe, Clarice! Você já está pronta e eu preciso apagar a *hybris*!

Grito novamente com ela, empurrando-a sem intenção na outra direção, como se pudesse protegê-la afastando-a de mim, tão leve como um giz de um metro e sessenta. Ela volta, agarrando minha cintura, estapeando-me na cara. Em seus olhos apavorados vejo lágrimas e as chamas crescerem.

Nossa emoção rivaliza com o perigo à volta, – medo, coragem e o carinho de um pelo outro. Seu apelo prevalece e me faz hesitar e retroceder, no exato instante em que a janela estoura pelo calor das chamas.

Permito que ela me leve pela mão para descermos as escadas. No caminho encontramos Lúcio, que depois de incendiar outras salas quer ir na direção contrária.

— Aonde você vai, Lúcio?

— Temos que descer! — grita Clarice.

— Procuro a saída da caverna! Para o alto! Para o alto! Agora que vemos o fogo, saberemos quem está manipulando as sombras!

Clarice e eu descemos com dificuldade, carregando-o conosco, e o deixamos aos cuidados de um bombeiro. Ao alcançarmos a rua, olhamo-nos assustados e nos abraçamos. Quero lhe agradecer e me desculpar por tudo, mas não consigo dizer nada. Ela agora se mantém imóvel, em choque com a lembrança do perigo que esteve tão perto. Da rua, contemplamos as chamas que se projetam para fora, como se o céu as reclamasse. As labaredas nas janelas da biblioteca são mais ardentes. Penso nos milhares de livros que se perdem e, particularmente, em um discurso cético de Hume:

"Contém algum raciocínio abstrato acerca da quantidade ou do número? Não. Contém algum raciocínio experimental a respeito das questões de fato e de existência? Não. Portanto, lançai-o ao fogo, pois não contém senão sofismas e ilusões."

A fumaça da biblioteca agora é vista de qualquer ponto da cidade. Receio ser responsabilizado por tudo aquilo. Alguém poderia me apontar o dedo, enquanto procuro um meio de chegar a meu carro, atônito com o resultado imprevisto de minhas ações. Serei processado? Mas o que poderiam alegar? Que incendiei os alunos?

Estou inclinado a fugir para Paris. Sumirei por uns tempos. Pedirei refúgio a Milena. Comprarei passagem só de ida. Milena, Alice e eu juntos novamente, como no romance de Hemingway *Paris é uma festa*. Beberemos absinto em um *petit balcon*, como faziam os artistas da *belle époque*, em busca de inspiração para um ou dois romances chamuscados.

*

Fez calor à noite, e uma chuva forte anuncia a precocidade do verão. Acordo decidido a escrever o sonho que tive, atenuando exageros, para que em minha história ele pareça real. Suponho ser fiel ao que me recordo, mas, conforme o reconstituo, dele me afasto. Ao procurar reproduzi-lo, embaralho as causas do incêndio. Descrevo o que gostaria de dizer aos alunos e o que penso que eles gostariam de ouvir.

Enquanto derramo com satisfação o café na xícara, toca o celular e vejo que é uma chamada de Jorge.

— Eduardo, todos aqui na faculdade estão eufóricos!

— Como a fênix?

— Exatamente!

— Não entendo.

— Nossos alunos tiraram a nota máxima no Enade! Isso vai salvar o curso!

Enquanto Jorge conta novidades da faculdade, associo o sonho que tive a sinais premonitórios. Aprendi a respeitar as mensagens enviadas por Morfeu, atribuindo a elas primazia sobre as ilusões da vigília, e finalmente sou recompensado por isso. Embora esteja orgulhoso pelo resultado dos alunos e aliviado com a notícia de conservar meu emprego, recebo-a também com desconfiança, ciente da capacidade da intuição de revelar tramas malignas mais profundas. Ocorre-me a lembrança de que no dia anterior recebi com tristeza a notícia do incêndio no Museu Nacional do Rio. O inconsciente transforma elementos da realidade em símbolo para nos alertar a respeito de sentidos ocultos, próximos de nós.

— Estou agora na São Romão — prossegue Jorge. — Me chamaram porque querem que eu seja o novo coordenador. Não é ótimo?

— Não vão acabar com o curso de filosofia?

— O curso não será mais de filosofia. Será um curso para as licenciaturas, como o Guilherme anunciou na última reunião, mas sobreviveremos.

— Então vai acabar e não vai acabar. É difícil entender.

— Temos um emprego e aulas de filosofia para oferecer. Mas, olha, preciso que você me procure na coordenação para assinar um acordo para a redução da sua carga horária e uma declaração de que abdica dos adicionais de trabalho noturno e de tempo integral.

— Isso é ilegal, Jorge. Você está de acordo com isso?

— É a maneira de a gente se salvar, Eduardo. É preciso ceder para manter nossa viabilidade. Não temos muitos alunos. Infelizmente, é a realidade. Sugiro que faça isso.

À noite, faço como ele solicitou. Encontro-o em sua nova sala, leio o documento repleto de ambiguidades que poderão ser usadas contra mim, mas assino. Não reconheço mais em Jorge a cordialidade de antes. Agora estamos em lados opostos da mesa, se é que em algum momento estivemos do mesmo lado.

Resolvo tomar um suco fora da faculdade e caminhar por uma parte desconhecida do bairro, com ruas desertas e casas geminadas atrás de grades altas, com o espaço para caber justo um automóvel, que mal pode abrir as portas. Procuro no mapa do celular onde encontrar um restaurante e me embrenho pelas ruas que formam circuitos irregulares, como um labirinto. Alguns quarteirões adiante, aparecem grandes condomínios modernos com portarias e muros que avançaram sobre a calçada, em um processo de gentrificação e de sequestro do bairro. Ao longe, vejo a figura desagradável de um homem e o reconheço. É nosso novo diretor de unidade. Guilherme caminha em minha direção, ou melhor, na da faculdade, porque deve morar por ali, em um desses condomínios que fazem com as antigas famílias do bairro o que nossos chefes fizeram com a São Romão.

Estamos prestes a cruzar um com o outro em um ponto em que a calçada é tão estreita que só há passagem para um de nós. Encaro-o de cabeça erguida e tenho a impressão de que ele mergulha a cabeça nos ombros. Sinto meu sangue ferver com a mesma impulsividade que me fez avançar sobre o pescoço de Lucas e talvez eu o tivesse feito se já não houvesse passado recentemente por experiência semelhante e se não apreciasse mais meu trabalho. Porém, não é a pessoas como ele que sirvo e quero apenas seguir meu caminho. Antes de ele passar por mim, desço da calçada como se fosse atravessar a rua para escapar de cumprimentá-lo, mas me vê, acena e faz parecer que desci para a sarjeta para lhe dar passagem.

13. Rios flutuantes

Duas semanas depois de retornar do Rio, recebo um convite para palestrar na Universidade Federal do Amazonas sobre meu livro recém-lançado. Cinco anos se passaram desde a defesa da tese que deu origem a ele e, embora o resultado alcançado seja satisfatório, é um contentamento estático. Estamos no início de dezembro, as últimas provas já foram aplicadas, e os alunos que realizaram todos os exames foram aprovados e estão aptos a se formar, mas desconheço o sentimento de dever cumprido. O que me faz aceitar o convite é a oportunidade de conhecer outra região do país e desviar minha atenção dos episódios recentes. Mais do que discutir a filosofia que estudei à extenuação, procuro novas experiências para reunir material para um novo livro.

Depois que o avião decola de São Paulo e se estabiliza no ar, um mal-estar se alastra por meu corpo, como se organismos hostis se hospedassem em mim e eu sentisse um prenúncio de febre e perda de controle, mas é difícil compreender fenômenos do corpo ainda desconhecidos. Sinto calafrios e suo na testa. Abro a ventilação sobre minha cabeça. Meu coração acelera, um enjoo cresce no estômago e humores estranhos assentam no espaço entre as vísceras por meio de vibrações que parecem ter origem emocional. Meu corpo quer disputar o comando e arrefecer meu ânimo, alertando-me que não siga por aquele caminho, sem ponderar que estamos a 30 mil pés de altura e que já não há volta. Um desconhecido me aguardará no desembarque e é incompreensível que isso desperte receios, como se, ao ser prestativo, policiasse meus passos. De nada adianta negociar com a ansiedade, que se alimenta das tentativas de razoar. A atenção que dou a mim mesmo se assemelha à sensação de impotência que eu teria se o avião perdesse os motores e o piloto anunciasse a queda. Arrependo-me de ter aceitado aquele convite. Procuro pensar que vou me distrair e logo perceber que já estou de volta em casa. Antes, devo cumprir o plano que tracei e do qual agora gostaria de escapar.

Da janela do avião, que baixa a altitude, a vastidão da floresta impressiona e me distrai da sensação de ameaça. É difícil compreender o que tem acontecido comigo. Justo agora que reencontro valor no que faço e colho frutos maduros, perturbações mentais têm se tornado mais frequentes. Ao menos antes de viajar, seguindo o conselho de minha mãe, agendei uma consulta para pedir ajuda profissional.

Ao olhar para fora, imagino que a extensa vegetação encobre processos cíclicos de vida que ocorrem simultaneamente e em equilíbrio quando preservados da intervenção humana. Abandonada a si mesma, a natureza não parece se cansar. O que ela toma para si ela devolve e, contudo, transforma-se. A importância que atribuímos a nós mesmos é uma invenção e não há razão para que me importe demais com o que os outros vão pensar do que tenho a lhes dizer.

Quando o avião pousa, Arnaldo, o professor da UFAM que me fez o convite, me espera do lado de fora da alfândega;

reconhecemo-nos das fotografias um do outro em currículo e redes sociais. Ele parece à vontade e, atento à cordialidade, procuro mimetizar seus gestos.

Seguimos de lá para um restaurante. No caminho, passamos sob um viaduto onde se encontram cerca de 30 barracas de lona. Ao notar meu estranhamento, Arnaldo explica que é um acampamento de imigrantes venezuelanos. Ele fica constrangido com as primeiras impressões que a cidade produz sobre seu convidado, então contorno o assunto com dúvidas sobre o evento e logo chegamos ao nosso destino. Encontramos outros professores e pesquisadores interessados em assistir a minha palestra. Cumprimento a todos com formalidade e, na medida do possível, com simpatia.

A ideia de que constantemente desvirtuo os signos da comunicação, de que tenho uma capacidade reduzida, e não ampliada, de lidar com eles vem martelando minha cabeça, entre uma série de outras especulações sobre mim mesmo. Utilizo-me do método científico para me investigar. Encontrei na visita ao Norte do país uma oportunidade de entender o quanto minhas dificuldades podem ser culturalmente condicionadas, sobretudo tendo a vida acadêmica como variável constante. A fantasia de que os descendentes de indígenas compreenderiam melhor minha aversão à civilização e de que com eles ficaria mais à vontade me deixa curioso e esperançoso, mas, ao chegar, a impressão que tenho é de me encontrar enredado nos velhos hábitos sociais, de modo que a academia pode ser o verdadeiro problema, e seria interessante conhecer a região sob outro pretexto.

Depois de nos servirmos no bufê, sentamo-nos a uma mesa grande e começo a comer em silêncio, mas sorrindo como se participasse da conversa a respeito da publicação da mais recente obra póstuma de Foucault, que ainda não li, distraído demais com a produção deste relato. Talvez os colegas esperassem me impressionar e aguardassem um comentário meu, porém me omito sem pudor. Arnaldo puxa outro assunto, procurando justificar por que pensou em mim para participar do evento, exaltando-me na frente de seus companheiros:

— Gostei muito do seu livro, Eduardo. Você aborda textos e temas pouco convencionais, trazendo-os para o centro da cena. É importante essa renovação das abordagens de Foucault. Há muita produção sobre ele, mas raros trabalhos conseguem reconstituir sua trajetória com originalidade. A perspectiva da linguagem do espaço é instigante e vai ser ótimo ouvir você falar mais a respeito.

— É gentil demonstrar seu interesse. Obrigado. Procurei reconhecer as direções e consequências das principais reviravoltas na trajetória de Foucault. Como sabem, são muitas. O mais importante, como você indicou, é propor mais do que notas sobre o pensamento de um filósofo e encontrar as diferenças que ele traz para a história da filosofia e a atualidade. — Respondo obviedades para respaldá-lo, sem confessar minha ambição de evitar a repetição dos grandes autores e que só não é maior que a de não repetir a mim mesmo. Já pouco me importa se a linguagem do espaço foi intencionalmente um tema central. Procuro encontrar outro tema capaz de capturar minha curiosidade, como a duração nos processos vivos da floresta.

— Não somos reconhecidos como um grande centro de estudos, e talvez por isso tenhamos mais liberdade para discutir novas abordagens. Seja como for, obrigado por aceitar nosso convite! — Sua modéstia ganha minha simpatia e, por um momento, é suficiente para que eu me coloque no lugar dele e pense que também poderia construir uma vida ali.

Nesse meio-tempo, uma mulher morena, de cabelos lisos e visivelmente de descendência indígena, como a maioria dos moradores da cidade, cumprimenta Arnaldo e se senta em um lugar vago a minha frente. Entendo que é uma professora da mesma universidade. Como eu, ela mantém os olhos baixos, concentrada em seu almoço, uma bela salada com costelas de tambaqui, que ela trincha com habilidade. Fica em silêncio durante quase todo o tempo, apenas acenando com sinais de que acompanha a conversa com aprovação.

O assunto entre eles agora são os desafios da UFAM após a eleição do novo governo. Embora as realidades das universidades públicas e particulares sejam diferentes, compartilhávamos preocupações com os rumos da educação no país. A posição deles como professores de uma instituição pública é vantajosa com relação à minha, mas também me faz pensar que há outros em desvantagem e que facilmente esqueço o quanto minha situação pode ser privilegiada diante da realidade geral do país.

Quando a moça termina de comer, levanta seus olhos e me observa por algum tempo sem nada dizer. Finalmente, puxa assunto comigo, com uma franqueza à qual não estou habituado e que suponho ser própria da região:

— Como você se chama?

— Eduardo, mas pode me chamar de Edu.

Ela toma um gole de suco de caju e, depois de uma pausa, prossegue:

— Você é o palestrante.

— E você? Como se chama?

— Me chamo Juliana. Pode me chamar de Ju.

"Ju-ca-ju", cogito dizer, mas me contenho.

— Prazer. Você também veio para o colóquio?

O sorriso dela parece uma boca de jacaré.

— Não, sou daqui mesmo. Trabalho na UFAM.

— Você e o Arnaldo são colegas no departamento de filosofia?

— Não, sou da psicologia e faço dança.

— Psicologia e dança! — Penso em contar que fui casado com uma psicanalista que conheci em uma pista de dança, porém consigo guardar isso para mim também. — Que tipo de dança?

— Fiz formação em dança contemporânea, mas hoje me dedico mais à performance.

— Que interessante! E você também pesquisa Foucault?

— Gosto mais de Deleuze e Guattari. Com Foucault, é só beijo na boca e sexo casual.

— Ah…

Não encontro uma boa resposta e encho a boca de comida. Arnaldo, que acompanhava nossa conversa como se o assunto também fosse com ele, sorri e, diante daquela interrupção, avisa que está perto da hora do evento e precisamos partir.

— Ju, você vai participar?

— Vou assistir. Vejo vocês lá daqui a pouco. Até já.

Ao chegar ao Centro de Filosofia, Ciências Humanas e Sociais, fico impressionado por me encontrar no meio da floresta primária, com árvores tão grandes e de formas diversas. A mata fechada parece diferente de todo contato com a natureza que já tive. Uma revoada de periquitos faz algazarra sobre nossas cabeças. Olho para cima e penso que as árvores crescem afastando-se de si mesmas à procura de luz. É como se o lugar se bastasse, cheio de vitalidade e beleza.

Enquanto aguardamos o horário de minha fala, Arnaldo fuma e me aproximo dele para dividir minha admiração pela universidade e pela região. Minhas palavras parecem justificar o convite que me fez, tamanha sua satisfação ao ouvi-las. Considero lhe pedir um cigarro. Talvez eu devesse fumar, mas não fumo. É um pensamento rarefeito e a timidez me impede de começar agora. Enquanto isso, ele me conta que a UFAM tem mais de cem anos, que surgiu, como o Teatro Amazonas, durante o ciclo da borracha. Não devo esquecer que o desenvolvimento da região foi devido ao interesse econômico na floresta. Desde que ela continue de pé, parece-me favorável.

— A UFAM é uma jovem senhora, provavelmente mais jovem que muitas dessas árvores, que também parecem cheias de sabedoria.

Há quem reivindique para a UFAM o título de primeira universidade do Brasil, porém, por dispersão minha durante sua explicação, não pude compreender direito as razões. Arnaldo sugere que eu faça alguns passeios, como ao mercado municipal, ao encontro das águas e às comunidades ribeirinhas, e diz que até poderia me mostrar. Gostaria de aceitar suas sugestões, mas não terei tempo. De repente, ele aponta para uma passarela e vejo um bicho-preguiça arrastando-se vagarosamente e sem temor.

— Será que veio prestigiar nosso evento? — Arnaldo parece simpatizar comigo, mesmo que eu não compreenda o porquê.

Enquanto caminhamos na direção da sala onde será a conferência, me lembro que muitas universidades no Brasil procuram preservar o contato com a flora nativa, como a Universidade de São Paulo e a Pontifícia Universidade Católica do Rio. São lugares extraordinários, onde o espírito se conecta a mistérios que o motivam a crescer. Nós, filósofos, não podemos ficar alheios às influências da vizinhança. Talvez resolvesse algumas de minhas dificuldades se eu trabalhasse ao lado de uma janela aberta para uma cena dessas à luz do dia, em vez de alternar entre salas fechadas e a vista noturna voltada à cidade cinza e barulhenta. Uma proliferação de intuições me ocorre, converge à ideia de que o humano não é tudo e que precisamos abrir nossos sentidos para fora. Talvez o maior engano no pensamento do Ocidente seja esquecer que o espaço é tão condicionante de nossas ideias e afetos quanto a imersão temporal que fazemos na tradição, nos valores que recebemos de nossa cultura e de nossa família. Seria preciso que desenvolvêssemos alguma espécie de Feng Shui aliado à ecologia. Se há, sem dúvida, um tempo de cada um, o espaço em que nos encontramos é, por princípio, alheio e uma influência. Nós, ocidentais, à exceção dos nativos que aqui existiam antes da chegada dos europeus, pretendemos fazer com que o espaço seja primariamente de cada um e impomos uma tragédia a todo o planeta.

Na entrada do anfiteatro, observo os estudantes com mochila nas costas, pasta e livros debaixo do braço indo de um lado a outro por corredores cobertos apenas por telhados que os protegem da chuva, mas sem fechar o ambiente à vista das árvores. Suponho que eles tenham vindo de diferentes partes da região amazônica – se não aqueles mesmos que passam por mim, as gerações de seus pais e avós.

O anfiteatro possui mais ou menos 200 cadeiras e aos poucos um terço delas é ocupado. Entramos e nos acomodamos em frente a uma mesa sobre o tablado. Enquanto sou apresentado por Arnaldo ao público, sinto que, ao colocarem sua atenção em mim, distraem-se do espetáculo maior. A fisionomia dos estudantes na plateia me lembra os quadros de Portinari e Di Cavalcanti. Nos últimos anos, nosso povo de diferentes raças e etnias, miscigenadas ou não, passou das cenas de trabalho à universidade. Eu os admiro, mas seus olhares inquiridores começam a me perturbar. Procuro converter minha atenção ao escopo do que vim tratar, como se fizesse disso um método para equilibrar minhas afecções. Há anos treino para procurar esquecer o que há em volta e focar apenas o que tenho a dizer. Nesse caso, tantos detalhes atrapalham minha concentração. Um ambiente tão bem-afortunado dá a meu assunto um aspecto de solução para um falso problema. Vim apenas contaminar aquele equilíbrio com uma fala desnecessária e de novo, como no lançamento do livro, me sinto uma farsa. Afinal, minhas categorias para tratar da relação entre linguagem e espaço – limite, desvio, sobreposição, substituição – estão, nesse contexto, radicalmente equivocadas.

Recordo-me da leitura que fiz de antropólogos preocupados com o antropoceno e a dimensão cultural e política do mundo natural na perspectiva dos povos ameríndios. Esse seria um bom tema, mas extrapola minha competência. Sou um ocidental, um homem branco, pseudo-europeu, fechado em um sistema de ideias que colonizou a cultura de meu país e me tornou, se não indiferente a tudo, um ignorante disciplinado, orgulhoso de ter aprendido a falar como um papagaio.

Se a filosofia é uma expressão daquilo de que nos cercamos e em que nos tornamos, não tenho nada para lhes acrescentar. Quisera poder ouvi-los.

As palavras me escapam. Tudo o que preparei se esvai da lembrança. Minha garganta fecha. Minha voz embarga. Sinto meu corpo fraco, como se a pressão caísse e houvesse o risco de desfalecer. Pego o microfone e lhes anuncio o que posso:

— Sinto muito não poder cumprir este compromisso.

Enquanto passo pelo corredor entre as poltronas, Juliana vem a meu encontro e me pergunta se estou bem, se preciso de ajuda.

— Desculpe. Não estou bem. Preciso ir.

Sigo em frente sem me virar e escuto a porta do anfiteatro se fechar atrás de mim. É improvável que volte a vê-los. A essa altura estou decidido a ir para o hotel e não retomar contato antes do retorno a São Paulo ou nunca mais. Tomo um táxi na saída da universidade. Tenho consciência de quão inadequado é meu comportamento e me sinto envergonhado em razão dos custos que tiveram comigo, do tempo gasto e da lacuna deixada em suas expectativas, mas não tenho escolha. Devo atender à determinação de meu corpo, de não me expor a maiores constrangimentos.

No hotel, depois de algumas horas deitado, de olhos fechados, ouvindo a confusão de meus pensamentos, recupero o equilíbrio. Tomo banho, deito-me novamente na cama e me recordo de Juliana. É uma pena não ter tido chance de conhecê-la melhor. Mais uma vez em crise com a filosofia, imagino se deveria me dedicar à ficção e se ela teria me proporcionado experiências que me servissem de inspiração. Como em outras ocasiões, tenho o impulso de inventar cenas delirantes que substituam os acontecimentos reais. Meu refúgio é tentar apagar a lembrança de um dia tão cheio de contradições e me hospedar onde minha imaginação limitada seja suficientemente capaz de tirar o melhor de mim. Altero a data do bilhete aéreo da volta e traço o plano de, no dia seguinte, passear pela cidade para encontrar os cenários em que Juliana se torne minha personagem e em que minha passagem pela Amazônia, em vez de uma nova perda, seja um ganho para minha saúde.

*

Cato meu bloco de notas. Às nove da manhã, escuto a buzina e entro no carro de Tatiana, mulher formada em psicologia e professora de dança, que conheci em um almoço de trabalho. Cumprimentamo-nos com um beijo na bochecha e, enquanto noto que seu vestido colorido não cobre os joelhos, e que ela tirou as sandálias para dirigir descalça, pergunto aonde vamos. Em seu Palio prateado, modelo 2003, ela me leva ao Museu da Cidade de Manaus, também chamado Paço da Liberdade. Lá vemos duas exposições permanentes. A primeira, *Afluentes do tempo*, conta a história da cidade com um conjunto de fotografias legendadas que têm como principal referência o ciclo da borracha. A segunda é uma exibição de vídeos dispostos em círculo, como em uma tribo, em telas de cerca de 2 metros de altura, cada uma mostrando um participante de corpo inteiro e parado, aguardando sua vez de dar um testemunho de vida. Há pessoas que nasceram na cidade e outras que nasceram na floresta, migrantes do restante do Brasil e imigrantes de outras partes do mundo. Um por um, descrevem sua experiência com a cidade, com a floresta, com a cultura e com a gastronomia local. Ao final do discurso, cada um faz uma declaração de amor à Amazônia e pula na água.

O testemunho mais marcante é o de um indígena, que explica como todas as águas do mundo estão ligadas e formam uma unidade. Em sua tribo, acredita-se que tomar banho não é um ato de limpeza, porque eles não se sentem sujos, mas de fortalecimento, de revigoramento espiritual. Alguns dos participantes nos vídeos pulam com os pés rentes um ao outro e tocam a água com os calcanhares; outros, com os braços estendidos para a frente, se lançam de cabeça. Um estrangeiro bate de barriga, espalhando jatos para os lados, diferentemente do indígena, que dá uma cambalhota para trás sorrindo como se sua infância o seguisse um passo atrás, como sombra, e num pulo para dentro de si mesmo pudesse alcançá-la.

Seu testemunho me lembra uma passagem de *Os irmãos Karamazov* e, entre essas duas referências, entendo que posso ter encontrado o tema que procuro.

"Meu jovem irmão pediu perdão aos passarinhos: isso pode ter sido um absurdo, mas era verdade, porque tudo é como o oceano, tudo corre e se toca, tu tocas em um ponto e teu toque repercute no outro extremo do mundo. Vá que seja loucura pedir perdão aos passarinhos, mas seria melhor para os passarinhos, e para as crianças, e para qualquer animal que estivesse a teu lado se tu mesmo fosses melhor do que és agora, ao menos um tiquinho melhor. Tudo é como o oceano, digo-te. E então rezarias também aos passarinhos, atormentado pelo amor total, como em uma espécie de êxtase, e orando para que eles tirassem o pecado de ti. Aprecia esse êxtase, por mais louco que pareça aos homens."

Quero sair para pedir perdão aos passarinhos. Vá que seja loucura, mas há de estar entre as boas.

Onde se percebe a marca da sabedoria mística, não importa de qual cultura provenha, sempre se encontrará a consciência da totalidade. Os filósofos contemporâneos procuraram eliminar da filosofia justamente o que havia nela de mais sábio: que a consciência da conexão entre as coisas implique a consciência de que cada acontecimento reverbera por toda parte. O que, no plano teórico, poderia parecer uma especulação gratuita encontra sentido pleno na orientação da ação humana. Não somos em primeiro lugar os animais racionais, sociais ou dotados de linguagem, mas os animais capazes de ter consciência da totalidade e, com base nela, tomar decisões que envolvam responsabilidade com o mundo. Temos esse diferencial ou não temos nenhum.

Na floresta, o convívio das diferenças na totalidade constitui uma rede de trocas, de retroalimentação, onde todos caminham juntos em seus processos de diferenciação e aprimoramento, sem pretensão de redução do meio à própria identidade. Nossos corpos também são ecossistemas ligados e dependentes do conjunto do meio, de sua diversidade.

Enquanto o Ocidente se dedicou a desarmar uma cilada que ele próprio se colocou, pode ter deixado escapar o verdadeiro disparador de seu problema: não a atração pela totalidade, mas sua redução a uma identidade que deveria ser capaz de governá-la – substituição dessa atração por um anseio de controle sobre a natureza e sobre toda a comunidade humana. Contudo, o problema não é a totalidade, e sim a imobilidade. A totalidade móvel do múltiplo é nosso *hen panta*. Na Amazônia, é possível sentir que não precisamos pertencer a esse temível destino.

Penso mais uma vez na loucura favorável ao mundo de que falava Dostoiévski. Sinto vontade de seguir aqueles que deram seus depoimentos na exposição que vi no museu e pular na água, como um ritual de conexão com o mundo e revigoramento espiritual.

— Então deveríamos fazer isso — responde Tatiana em meu bloco de notas. — Podemos ir à Praia da Ponta Negra, mas antes há outras coisas que quero te mostrar.

No caminho, ela me conta que há dois anos está separada e que se dá bem com o ex-marido, engenheiro de uma das indústrias da zona franca. Tem duas avós indígenas, um avô nordestino e um avô francês, que se estabeleceu no Brasil em 1967, quando foi criado o polo industrial de Manaus. Esse avô fundou um negócio, que foi seguido por seu pai, e foi seu pai quem apresentou o ex-marido a ela. Por algum tempo foram felizes, porém com os anos descobriram a incompatibilidade de gostos e de temperamento.

Do museu, sigo com ela o roteiro recomendado no hotel e nos dirigimos ao porto, um lugar feito de ferro no estilo art nouveau francês. Tenho a impressão de já ter visto aquele galpão de feira em Paris, com um coreto de feitio típico, que encontramos nas praças de lá. Tomamos um barco com um grupo de turistas e vamos em direção ao encontro das águas. Ao chegarmos ao local, fico abismado com a grandiosidade do fenômeno fluido. Em um cenário até então desconhecido, redescubro o sentimento do sublime. O encontro tem um contraste tão evidente que faz pensar em um desencontro fraternal, em um convívio na diferença. São quilômetros em que as águas, de densidade e temperatura distintas, correm lado a lado nas cores preta e marrom leitoso até se misturarem e seguirem juntas, como tantos outros rios, a caminho do mar.

O guia de turismo que nos acompanha explica que o rio Negro tem essa cor devido à grande quantidade de matéria orgânica em decomposição, que é um curso d'água mais lento e que há grande variação de altura, a depender dos períodos de cheia ou de seca. O Rio Solimões é mais rápido, mais frio e tem essa cor em razão da riqueza mineral de seu nascedouro nas chuvas torrenciais que atingem o Peru e a Colômbia.

Imagino que aquela confluência de rios poderia ser como a história que gostaria de escrever, como a de tantos caboclos a minha volta, que possuem a força do Rio Amazonas e mostram aos estrangeiros como a diferença deve subsistir na totalidade. Meu narrador seria o rio feito de matéria orgânica em decomposição; Tatiana, a riqueza mineral proveniente da altitude – o que ela fará notar no humor e na alegria. Tatiana contempla a margem mais distante com naturalidade, enquanto me surpreendo com a imensidão da água doce.

O barco se aproxima de comunidades ribeirinhas e pergunto ao guia, sentado no banco a meu lado, se há muita violência na cidade. É um dado relevante para minha pesquisa, e gostaria de pôr à prova minha propensão a idealizar o primeiro encontro. Afinal, todos me parecem amáveis e serenamente confiantes.

— Outro dia um assaltante pedalou um quilômetro com um tiro no peito e tombou na porta do mercado. Parece que queria alcançar o rio — responde ele.

Olhando até onde vão aquelas águas, vejo se estender o horizonte de minha ignorância, e o que supunha conhecer posso ver sob um novo prisma. O que encontrei no Masp fez mais sentido para mim – Portinari, Di Cavalcanti, Tarsila do Amaral. Também alguns de meus autores prediletos, como Graciliano Ramos e Guimarães Rosa, adquirem outro peso. É uma redenção descobrir o Brasil, o tamanho dos nossos desafios, a luta que forja nosso caráter, e entender que a grande pergunta não é onde, e sim perto de quem estamos.

Vou ao Teatro Amazonas e levo minha heroína comigo. Compramos ingressos para uma hora adiante e vamos almoçar em um restaurante do outro lado da rua. Dividimos uma deliciosa matrinxá com farofa de banana e cerveja gelada. Faz um calorão que me lembra o verão no Rio. Em uma venda ao lado, compro uma lembrancinha para minha mãe. Sei que ela vai gostar de enfeitar a casa com o colorido de um novo artesanato.

Ao entrar no teatro, descubro que há uma programação diversa e regular. Sua forma arquitetônica mimetiza a Ópera Garnier de Paris, bem como o Teatro Municipal do Rio, embora o telhado, em forma de abóboda, lembre o de uma mesquita. Os adornos impressionam, mesmo a quem se acostumou a ver construções grandiosas. Ao redor da sala principal, há nomes de grandes gênios das artes, de Molière a Beethoven. No terceiro andar, descubro os bustos do Padre José Maurício, de Carlos Gomes e de Villa-Lobos. Sinto orgulho dessa parte da história de meu país e de nossa gente, que me ensina a amar nossa terra e nossa cultura.

No dia seguinte, altero mais uma vez minha passagem de volta para passar o fim de semana em uma pousada mais para dentro da mata e para cima do Rio Negro, onde espero dar o mergulho que invejei e encontrar meu próprio modo de descrevê-lo. Não posso ir embora sem isso. O hotel providencia uma condução e, no caminho, trocamos as rodovias em processo de duplicação por pequenas estradas de terra que adentram a mata fechada. Na altura de uma pequena vila, vejo crianças brincando nas ruas como fazem em todas as partes, mas essas, com seus cabelos castanhos esvoaçantes, são especialmente fortes, alegres e bonitas. Elas brilham sob o sol, saudáveis e alegres, e, atentando à cor rúbea de sua pele, por um momento me lembro de Alice, uma cabocla paulistana que conquistou Paris.

Instalo-me com conforto na pousada, que me custará os olhos da cara. Em um passeio noturno de lancha, à procura de pássaros, preguiças e jacarés, encontro o céu estrelado que imaginava só existir no Deserto do Atacama. Todos olham o que a lanterna aponta no mato, enquanto sou seduzido a olhar para o alto, fazendo com a cabeça o movimento de conectar dois mundos. Vejo aos poucos as estrelas e os planetas despontarem. Só ao longe se veem as luzes de Manaus em forma de abóbada e, do lado oposto, a polimorfia da via láctea, como um protoplasma vivo fecundando o céu de estrelas. Recordo-me das mais recentes teorias da astronomia, discutidas com meus alunos, mas meu coração não consegue aceitar que o espaço entre os corpos celestes crescerá a ponto de luzes do céu se perderem do horizonte e tudo ficar tão escuro, como se seu tecido se esgarçasse até rasgar, e nada como o movimento das águas do Rio Negro ou como essa vegetação tão poderosa surgisse para ocupar o lugar. Se isso acontecer, nesse momento apocalíptico, uma verdade superior se revelará.

À frente, o Cruzeiro do Sul aponta a direção de onde vim e todas as outras. Algumas vezes receio confiar no barqueiro que conduz a lancha em velocidade e me espanta como não se perde depois de fazer tantas curvas e desvendar veredas ocultas do rio. Seu sentido de direção e mapa mental são impressionantes. Ocorre-me pensar o que eu faria se caísse do barco. Não há como prever e, por isso mesmo, sinto uma estranha inclinação a me jogar e descobrir. Talvez naquele breu não fosse jamais encontrado. Poderia me deparar com muitos bichos e, de uma forma ou de outra, me integraria à cena, seja porque passariam alheios por mim, seja porque seria devorado.

Minha solidão se acentua por não conhecer as pessoas que compartilham a embarcação e não dirigir a elas uma exclamação diante de tamanhas beleza e sublimidade. Criar vínculos me parece novamente importante, possivelmente a única coisa capaz de refrear o estranho ímpeto de desaparecer. No entanto, talvez haja na ideia de que o belo é uma salvação uma pista a seguir. Gostaria de conseguir descrever a beleza daquela experiência. É sobretudo pela comunhão do gosto que mais me falta conviver com os outros.

Ao voltar para o hotel, pego meu bloco de notas e escrevo um diálogo entre meus personagens:

— Tatiana, tenho uma pergunta para você, como psicóloga, mas, se preferir, também pode dar uma resposta pessoal. Acho muito difícil amar as coisas à nossa volta quando falta um amor íntimo. Vamos ser honestos? Não dá para pensar na construção do mundo sem primeiro construir seu próprio mundo. E, ainda assim, a extensão dele será somente aquela que os amantes alcançarem juntos. Como amar o Universo senão como um transbordamento generoso do amor que recebemos, que conhecemos e encontramos em nós mesmos?

— O contrário também não é verdade? Quando o mundo não parece fazer sentido, o amor pode ser o único jogo a fazer, mas esse suposto amor não passa de desespero. Existem muitas formas de amar. Se você exigir desse sentimento que ele preencha o vazio que você chama de seu próprio mundo, haverá aí um grave perigo. Desculpe ser honesta. Percebo um laivo de desespero no que você diz, como se o amor e o mundo fossem um jogo de trocas e recompensas. Eu disse desespero querendo dizer falta de conexão com o mundo. Acho que o amor por alguém, quando é verdadeiro, não apenas gera, mas supõe um amor ao mundo. Sem ele, o amor se perde em descaminhos de um espaço sem mundo, e aí nossa proximidade com a natureza pode se tornar até perigosa.

No dia seguinte, saio para fazer outro passeio, esperando por mais revelações capazes de alimentar aquela inspiração. Encontro-me diante de um dilema próprio, que eu preciso entender o que significa e qual sua solução. A melhor maneira de participar de tudo é participando menos de mim mesmo – um preço difícil de pagar, porque, sozinho, escuto melhor meus pensamentos.

A lancha entra nos igarapés, atravessando a mata fechada. Ali dentro é como se a luz passasse por uma peneira, mas os ouvidos se abrissem a sons desconhecidos, de pássaros, de macacos, da fauna diversa que reage efusiva a nossa presença. De repente, se antevê um clarão. Ao deixar para trás o igarapé, do outro lado da cortina de cipós há uma clareira maior do que o Parque Ibirapuera ou a Lagoa Rodrigo de Freitas, talvez algo como toda a Baía de Guanabara.

O condutor do barco anuncia que podemos nadar, mas os turistas na lancha estão receosos com o que não veem sob a superfície do rio. Recordo-me de outra passagem, dessa vez de Balzac, que também carrego na lembrança, sempre desejoso de pô-la à prova.

"Ce lac, il le connaissait depuis son enfance. En rentrant dans l'eau glacée, il ne savait pas s'il voulait se purifier ou mourir."[10]

Pulo na água morna, que por ser mais densa que meu corpo o sustenta sem esforço. Ela traz uma sensação de leveza esquecida, uma atávica acolhida, como voltar ao útero da Terra e descobrir que ele é o mais próximo umbral de uma fonte mais remota. Lembro-me das palavras que atribuí a Tatiana e, seja lá o que me aconteça imerso na natureza intocada, não sinto que seja perigoso nadar no Rio Negro.

---

10 "Esse lago, ele conhecia desde sua infância. Ao entrar na água gelada, ele não sabia se desejava se purificar ou morrer."

Quanto mais acredito que me integro à totalidade com alegria, mais obscuros se dispõem para mim os limites da razão. Tudo parece simples, e não precisar mais do que o sol e a água.

Se acreditar na presença do passado e da união de todas as coisas é um traço de loucura, que seja. O sentimento de conexão é superior à crença em uma substancialidade apartada do restante, ainda que ela pareça me pertencer, e que a nomeie minha consciência. O que perco em autonomia conquisto em elã, energia, vontade de viver para sentir e criar.

Para reconhecer essa forma de existência, basta desfrutar o prazer que o sol provoca à justa distância. Motor do movimento do qual nos distraímos e reencontramos na água, ele é o berço e o alimento da vida, e a relação entre eles é comparável àquela entre o firmamento e a benevolência do criador. Digo a mim mesmo, sob a paragem azul e insondável do céu, que posso sentir a presença de Clara na lenta vazante. Mergulho mais fundo com a certeza de que ela, como parte do rio, subiu aos céus e, para trás algumas curvas, posso segui-la.

*

"Caro Renato,

Espero encontrá-lo bem. Como estão as coisas por aí?

Fiz questão de lhe enviar em Berlim um dos primeiros exemplares que me chegaram em mãos. Nesse livro você encontrará a forma depurada da série de interesses de pesquisa sobre a qual conversamos e para a qual você tanto contribuiu. Cada vez que eu voltar a ele, reconhecerei que os sinceros agradecimentos que lhe são dirigidos foram insuficientes. Espero que me perdoe desde já por isso.

Encontro-me agora em uma encruzilhada que me faz seguir um caminho, se não inesperado, diferente daquele que me deu esse belo rebento. Gostaria de poder contar mais sobre ele, porém ainda se encontra mal formulado, apenas esboçado em sentimentos e uma inclinação intuitiva. O mais próximo que consigo descrever é que o caminho é orientado pela ideia de totalidade, como o sentimento oceânico, de que tantos costumavam falar de mil maneiras e sobre o qual hoje impera um silêncio fúnebre. Vejo quão premente esse conceito será sempre para a filosofia; o quanto é necessário que ele seja resgatado pelos filósofos do futuro. Aqueles de nosso tempo, enfeitiçados pelo átomo e pela química das moléculas, se não pelo ufanismo enraizado em suas próprias filosofias, estão desorientados, desenraizados, míopes, ceguetas. Em decorrência do materialismo, do atomismo, por todo lado só enxergam o limite e a morte.

Se o Universo, como cada um de nós, possui uma duração, há de ser a duração de sua totalidade, que, contudo, não cessa de crescer. Isso pode soar banal e até desatinado. Não sou filósofo o bastante, nem muito menos poeta, para elevar tão alto essa verdade. No entanto, não me falta sensibilidade para saber que se pode conhecê-la na forma de um sentimento. Quando ele me faz mais forte, traz a grandeza da solidariedade – com a dor do outro, a tristeza produzida pela ignorância, o medo da guerra e da violência, a fome de tantos em decorrência da ganância de poucos. Transporta-me para fora, para longe e, finalmente, me revela que esses acontecimentos, embora existam por toda parte, não definem a vida. É por estarem em desacordo com ela que despertam tristeza e compaixão.

Quando o sentimento excede a medida tolerada pelas convenções humanas e se refugia na totalidade não pode haver perda alguma. Estupefato concluo que se perder faz parte do caminho e que somente o espírito pode experienciar a união. Será por esse motivo que muitos alegam que a fé é o sentimento mais poderoso? Porque, ao contrário da loucura, o êxtase que nela muitos encontram não é uma forma de perdição. Ele favorece luminosas convergências, encontros sem explicação suficiente. Pressinto que essa perspectiva sobre a vida pode ser substancial, muito mais do que mero consolo metafísico – que é uma expressão baixa, reles negatividade da razão cética. O sentimento que verdadeiramente amadurece, que transcende o imediato, o particular e se liberta como realidade em si mesma tem uma só direção: a de se elevar. Ele nos conecta a tudo, revela os sentidos insuspeitados, e tudo redime com esperança.

Ainda não sei se isso é uma busca ou uma espera. Seria uma entrega? Como pode ver, trata-se de um método diferente e de uma pesquisa que não me exige estar em Paris, nem em qualquer outro centro urbano. Na realidade, ele cresce quando nos distanciamos das massas, mesmo que seja para discernir nelas os traços mais elevados do humano, como revelam pintores e escritores do modernismo brasileiro. Devo me aproximar da natureza e me inspirar nas grandes árvores da Amazônia, onde há pouco estive, para finalmente também criar raízes na terra e, assim, encontrar uma base mais forte para crescer.

Encontro-me agora distante e tenho clareza de que devo cuidar de minha saúde. Dessa perspectiva, o perigo é maior; há um risco de comprometer meus passos, e tudo isso é parte do mesmo percurso. A estima por nossa amizade resiste, e lamentar distâncias é um sinal de saúde. As coisas importantes resistem às distâncias que crescem no movimento da vida, são subsumidas nos sentimentos aos quais me referi; espero que sobrevivam nos extravios da consciência, como o pão deixado no caminho, que deveria apontar a saída e alimenta os passarinhos.

Um abraço,

Eduardo"

*

"Eduardo, meu camarada,

Muito obrigado pelo envio de seu livro e por me incluir nos agradecimentos. A edição está belíssima e você deve se orgulhar. Sua estima é sempre maior que meu merecimento, de modo que sou eu que devo ficar agradecido. Estou certo de que encontrarei muito prazer na leitura, me recordando de nossas conversas na faculdade e também em Paris.

É uma pena saber que desistiu por ora de passar outra temporada na França. As demandas de trabalho são intensas em Berlim, mas espero revê-lo o mais breve possível no Brasil.

Sua reflexão sobre distância e totalidade parece mais madura do que no primeiro momento você dá a entender. O tempo o ajudará a dar nova forma ao que já possui espírito, se assim podemos chamar esses sentimentos nobres. Cuide-se. Já aguardo ansioso por mais notícias do trabalho em gestação.

Forte abraço,

Renato"

*

Desde que retornei a São Paulo, desisti de Paris. Em vez de outra temporada europeia, desejo assentar, com uma vida mais modesta, e cuidar de minha saúde. Como tantas vezes imaginei, posso mudar novamente de endereço, sem mudar o mais importante. Talvez seja o caso de me transferir para o interior, algum lugar perto, possivelmente Jundiaí, onde ouvi dizer que há um belo parque. Seria um modo de compor as obrigações profissionais à vida bucólica que me agrada. Se vender meu carro, posso vir de trem para o trabalho, como fazem milhares de pessoas. Com menos tarefas, me concentraria na pesquisa e na escrita, como sempre pretendi. Próximo da Universidade de Campinas e com dias livres, eu usaria a biblioteca, desfrutaria com sossego das descobertas por fazer. Lembro que Arnaldo me falou de um acordo entre a Unicamp e a UFAM. Talvez seja possível desenvolver um pós-doutorado nas duas instituições e voltar a visitá-los, se as portas não estiverem fechadas.

Sem perder mais tempo, reservo um hotel para pernoitar e conhecer a cidade de Jundiaí. Agora ciente de que a filosofia é uma forma de cavalaria andante, resolvo cultivar um pensamento itinerante, renovando minhas forças na descoberta de outras paisagens. Resolvo ir de trem para fazer um passeio agradável, que escape ao cenário e ao barulho das rodovias.

É sábado, vou à Estação da Luz. Surpreendo-me com sua encantadora atmosfera histórica, mesmo que ela tenha passado há poucos anos pelo incêndio que destruiu o Museu da Língua Portuguesa, com o qual divide a edificação. É difícil não imaginar o incêndio, não se impressionar que esses lugares possam deixar de ser e renascer. Recordo-me da conversa que tive com Alice sobre o trem como símbolo da morte e me esforço para encontrar meios de subvertê-lo em uma significação inversa, como na canção de Vashti Bunyan. Com a devida atenção à vida, seria possível relacionar todos os eventos marcantes e aparentemente desconexos a uma malha ferroviária que cresce, por onde avançamos e algumas vezes retornamos, mas nem sempre ao mesmo lugar. Sobreponho à malha ferroviária a visão inspiradora dos rios flutuantes. Quero interligar tudo, como se ao subir no trem, ao mergulhar no rio, vivesse aquilo sobre o que quero escrever em vez de apenas escrever um relato do que vivi. Então já não há distâncias, e sim um só texto. Na Estação da Luz poderia se passar o capítulo final de meu novo livro, e dela seria possível ter a visão do todo.

Renato, Alice e Milena podem, como eu, caminhar por outras estações. E será que, em algum vértice mágico no espaço, uma dobra, como um livro que se fecha, não poderíamos nos esbarrar novamente na plataforma da próxima estação? Distraio-me com devaneios e metáforas. Quando percebo que o trem vai partir, apresso-me. Corpo a corpo, encontro a multidão no caminho:

— Licença, por favor, dá licença!

Corro para pegar o trem. Corto um raio de luz na plataforma. Imagino febricitante que atravesso as chamas presentes em outro tempo, que o jogo de luz e sombras no caminho marca o tempo da estação. Retorno ao seu passado, que se sobrepõe ao meu. Cada passo faz a história do lugar vir a meu encontro. Procuro o trem, como se já corresse por dentro dele em movimento. Vagão de luz, vagão de sombra. No movimento seccionado do título de um livro que gostaria de ter escrito, encontro a série recomposta. A chama remota. A chama é morta.

Clara chama-me. Paro de correr e seguro minha cabeça como se estivesse prestes a cair do pescoço, na navalha do trilho. Novamente me apercebo de uma confusão mental, de que se tornam mais frequentes conforme o pensamento oferece refúgios em sua trama própria, na sua sobreposição à vida. Quase ficção. Será que a união com o todo, mais que viver à parte, é o que conduz à loucura? A saúde estaria no meio-

-termo, na certa medida do encontro com os outros? União e separação a um só tempo, com moderação? Ou há o tempo da vida para viver radicalmente a individualidade e outro, a morte, para viver a totalidade?

Uma mão traz a bagagem enquanto a outra abre passagem. Corro com um passo firme, um passo trôpego, um pé na terra, outro vão e roto. Estico o braço e, por reflexo, estendo a mão. Sem escora, agarro-me às semelhanças mais próximas, na queda no sono, no trajeto do trem. Fecho os olhos na Estação da Luz e desperto na *Gare Saint-Lazare*, como ao repetir histórias já escritas.

14. Dois pra lá, dois pra cá

Na volta do Rio, procurei um psiquiatra que não possuía espaço em sua agenda. Nesse intervalo, fui a Manaus e isso me distraiu da espera.

Quando chega o dia da consulta, a impressão imediata que tenho do Doutor Franco é de decepção. Sua aparência é cansada, abatida e similar à decoração simplória do consultório, com móveis baratos, cores pálidas, poucos livros e sem objetos excêntricos. O homem deliberadamente recusa as aparências: não exibe títulos, não cultiva coleções nem apegos à família, tampouco expõe marcas de gosto próprio. A cena é ordinária demais para reformar minha visão de mundo e as narrativas que construo sobre mim, não porque eu mesmo cultive apegos materiais, e sim porque desconfio de toda pretensa neutralidade. Pergunto-me se aquela investigação seria um capricho desnecessário, mas, quando ele solicita que eu exponha os motivos que me levaram ali, o que estava decantado e represado ganha impulso para forçar os canais de comunicação e fazer passar uma vibração grave, um fluido denso, feito minhas veias do pulso abertas a seu exame.

— Escrever um romance foi o que debilitou minha saúde.

— Escrever um romance?

— São muitas exigências que me faço. Pensamentos estranhos, que sempre me acompanharam, provocados a ganhar corpo, transbordaram do texto e passaram a despertar uma sensação de ansiedade, uma somatização incômoda que aparece principalmente quando estou sob alguma forma de pressão social. Acho que isso começou depois que percebi o quanto, ao escrever, não conseguia escapar da minha própria história.

— Nem sempre as causas de sofrimento psíquico se revelam na precipitação das crises. Me conta mais sobre sua história e o que é que começou a aparecer.

Com paciente seriedade, ele me ouve e faz anotações. Embora eu atente a seu ritmo, não consigo discernir os critérios de que se serve. Decido dispor todos os dados solicitados sem calibrar medidas e aceitar qualquer resultado, mas espero surpreender um traço humano, quem sabe um sinal de piedade, como se me confessasse a um dos padres dostoievskianos que são psicólogos clarividentes e revelam a cada um sua vocação.

— Gostaria de pertencer a um grupo, dar minha contribuição à sociedade, fazer amigos, ser feliz com uma mulher e me encontrar entre os outros, mas a história que tenho para contar é de desencontros. Espero que esta consulta me ajude a entender o que faço de errado e mostre uma direção diferente.

Perceber que ele considera com seriedade hipóteses aleatórias, supondo sinceridade e clareza na fala de um desconhecido, legitima a autoridade de sua figura, porque, como todo mundo, eu me acostumei a dissimular e a mentir. Seu profissionalismo contrasta com meu desequilíbrio, pela carga de ruídos que já não suporto. Uma onda de sentimento de impotência, até então represada, deságua em um choro infantil, com pausas espasmódicas entre soluços que me envergonham,

252 TOMÁS PRADO

mas também me aliviam. Fica claro que estou perdido, e os socorros que a filosofia, a literatura ou a espiritualidade oferecem, os recursos que julgo conhecer, desejo que não estejam à altura de sua ciência desconhecida.

Sentado no sofá de dois lugares no canto oposto do cômodo onde ele se inclina sobre a mesa, reúno inumeráveis casos desconexos que convergem em um pedido de ajuda.

— Quando criança, eu era piromaníaco. Colocava álcool na banheira e acendia. Fiz uma fogueira de fósforos debaixo da cama e não sei como não incendiei a casa. Talvez fosse o prazer de fazer algo proibido em segredo. Talvez quisesse ver algo imaterial e tão potente crescer e se extinguir, como cedo ou tarde acontece com todas as coisas.

Ao falar de minha infância, era como se descrevesse meu texto. Conto que projeto sobre ele expectativas terapêuticas, de ensaiar esclarecimentos que revelem o que me falta e como encontrar ordem para minha desordem. Ele concorda que um diário pode ser uma boa maneira de cuidar de mim mesmo, mas penso que não entendeu direito o que eu quis dizer. Replico que, ao aguçar cada pequena propensão, esse trabalho é provavelmente o maior culpado das recentes perturbações, como uma ideia fixa, um labirinto ao qual me aprisionei, sem uma Ariadne para me ajudar a encontrar a saída.

— Ariadne?

— Eu já deveria ter aceitado que me engano com essa ambição, que novos esforços de revisão não farão diferença. As expectativas que cultivo me afastam do meu domínio, a filosofia. Meu entendimento, livre dos assuntos com os quais se habituou, procura reencontrá-los por toda parte. A razão menospreza a busca de regularidades e de equilíbrio, preferindo, em nome do seu novo apego à liberdade, operar inversões.

Agora mesmo, a visão de que esses devaneios se circunscrevem às paredes de um consultório e que lá fora faz sol qualifica esta experiência como desnecessária, vergonhosa e quase teatral.

Dr. Franco dá atenção a cada gesto e me olha fixamente quando, em uma pausa de aporia, em ângulos mais agudos e obtusos que o normal, torço os dedos uns contra os outros, os estalo e giro os olhos pelo cômodo regular à procura de alguma saída. Talvez decifre em meu comportamento a agitação de quem não encontra nada em que se fixar. Pelo menos é o que imagino. Enquanto apresento minha trama, fabrico também meu interlocutor. Aguço minha dor para torná-la mais clara a sua investigação, e toda essa hipérbole nervosa certamente lhe aparenta sintomática, mas em qual direção? Procuro demonstrar que padrões de comportamento a serem mapeados não apagariam de mim todo mistério, porque eu poderia estender meus argumentos ao infinito, e isso deveria ser a melhor prova de uma consciência autônoma, embora talvez seja justamente o contrário. Ofereço-lhe um rastro – uma recorrência, alguma ênfase – que lhe permita avançar em suas intuições para que continue a me seguir. É estranho ver que um homem pode lidar todo dia com sofrimentos alheios, pretensamente curá-los, e conservar o respeito pelo fato de que aquela procura por alívio se trata sempre de uma simplificação de causas, efeitos e estados, como acontece com toda análise de estruturas ou de rastros.

— Você se importa de me mostrar esse texto, Eduardo? Gostaria de entender melhor o que está trazendo, principalmente se considera que ele se confunde com sua história.

— Estou surpreso que as coisas venham à tona por meio de um exercício que deveria ser de ficção, mas nesse sentido sua sugestão me parece coerente.

Para ser tão objetivo quanto possível, procuro descrever como me sinto em situações sociais, profissionais e diante de um restrito círculo de relações, sobretudo com mulheres por quem me sinto física e espiritualmente atraído. O esforço que faço é patético, porque as palavras são vagas e vazias. Proponho a imagem de um distanciamento do mundo, como um deslocamento para outra dimensão no tempo e no espaço, mais atenta a si do que ao que se passa de fato, como um metaolhar, uma coexistência paralela. É um filtro que, como um bug, um tilte no sistema perceptivo, produz, em vez de pontes, abismos. É como um terremoto nos canais de comunicação. Há uma reação de defesa quase imediata, um esforço para me reorganizar, aprender, copiar, reproduzir os gestos do outro e, quando possível, categorizar os códigos de comunicação à procura do mais importante, os sinais cordiais. Como o corpo e o discurso possuem um roteiro próprio, logo percebo que produziram alguma reação equivocada, que o esforço de aproximação gerou um atrito não intencional e que, a partir dali, alguma porta foi irremediavelmente fechada.

— O que eu esperava da ficção é que compensasse a aparente volubilidade das escolhas feitas pelos personagens que passeiam pela minha história, que ela revelasse o tecido coeso que acredito existir e que fosse, enfim, minha insistência na face compartilhável, comunicável da vida. Como um duplo, procuro sobrepor, à aparente aleatoriedade das afinidades entre os signos, o que os ligaria em uma trama necessária, de maneira que a ficção seja um modo de encontrar meu lugar entre as pessoas. Mas essa ficção, que vivo todos os dias, não consegui encontrar nem transpor para o texto.

— Você se sente deslocado da convivência social, não é isso? Seria por dificuldade de interagir ou por falta de interesse?

— Li uma coisa do Freud que nunca esqueci e pode ter a ver com sua pergunta. Ao traçar paralelos entre neuroses e formações culturais, ele propõe que a histeria pode ser compreendida como a caricatura de uma obra de arte; a neurose obsessiva, a caricatura de uma religião; e um delírio paranoico, a de um sistema filosófico. Em vez de valorizar os aspectos criadores das formações culturais como próprios da vida, ele afirma que todas elas seriam fugas da realidade insatisfatória. O neurótico prefere se retirar da comunidade humana para um universo particular a seguir modos de fuga coletivos. Acho que sou todas essas caricaturas reunidas, sob o signo comum da condição associal, um signo aberto por princípio. Talvez meu projeto de escrever um romance não seja mais que um sintoma de histeria, assim como minha dedicação à filosofia sempre foi resultado da paranoia, e, nele, um particular interesse pela metafísica revele uma inclinação obsessiva. Em todos eles, busco patologicamente a fuga para um universo particular. Entende?

— Freud traça a distinção entre pertencimento e isolamento social pelos critérios da autopreservação e da busca de satisfação sexual. Essa não é a linha que sigo. A condição associal não é uma busca da condição mais vantajosa ou da menos penosa; não decorre de um intrincado sistema de recompensas e danos colaterais e residuais em um plano inconsciente.

Sua interrupção de minha linha de raciocínio me deixa sem resposta. Penso que com elas não seria diferente: as doenças também evoluem com o tempo.

— Apenas me descreva o que sente, sem explicações teóricas. — Ele me incentiva a continuar pelo caminho mais difícil, e não me comprometo a atendê-lo.

— Por saber que os ruídos podem irromper a qualquer momento sem intenção, quero dizer, sem que possamos suportar as intenções que verdadeiramente possuímos, todos os encontros já estão de saída prejudicados, mas sei que só a mim cabe assumir a culpa. Há sempre múltiplas camadas a serem penetradas no menor evento, e como adivinhar qual é a certa? Afasto-me para avaliar com distanciamento ou crio situações exageradas a fim de forçar novos caminhos, que sejam o início do verdadeiro, como fazia Diógenes, o cínico. Sabe? Mesmo com a melhor das intenções, o resultado acaba sendo contrário ao pretendido. Ah, vislumbre do inferno! As pessoas se assustam. As distâncias crescem. É como uma espiral sem fim.

— Culpa?

— Eu estrago tudo, mas não é por querer, nem por não querer. É como é, como sou. Verdade que sou desconfiado, que receio haver hostilidades demais entre as pessoas. Talvez tenha me tornado assim por ter sido antes um tanto avoado, ingênuo, e ter me dado conta de que os espaços deixados abertos logo são ocupados pelos mais autoconfiantes e egoístas. Recuo, porque não vejo sentido nos confrontos e, afinal, as coisas que mais me interessam não são as mesmas que interessam à maioria. Há raramente algo pelo que brigar, porque tudo gira bastante em torno dos assuntos comuns, do que, em geral, é mediano e vulgar, como se todos quisessem lutar pelos mesmos espaços em vez de criar novos, e fico catando histórias que corram paralelas, nas entrelinhas, em qualquer brecha. Como essa aparente posição de espectador, ou de crítico, não produziria nos outros uma reação antipática? Na realidade, sou um crítico bem fajuto, que o tempo todo se equivoca a respeito do que supõe desvendar, projetando nas lacunas da cena as extensões do próprio mundo. São tantas as ambiguidades, as contradições, as sobreposições de sinais... Quando percebo, já há um descompasso, e oportunidades foram perdidas. Se abdico do controle e aposto na intuição e em apenas ser eu mesmo, é que... o resultado é pior. Sou forçado a desempenhar um papel que me desgasta, me exaure. E prefiro supor que, em vez de um déficit, trata-se antes dessa hipersensibilidade, de uma quantidade excessiva de dados a serem processados antes de esboçar uma reação. Perco o andamento das interações, com a necessidade de correr atrás de dinâmicas que me escapam. Passo a me preservar atrás de uma postura rígida, como uma máscara, um disfarce de interesse quanto ao assunto e que dissimula minha inquietação. Quando, porém, surge a rara oportunidade de um encontro verdadeiramente interessante, é quase impossível conter um gesto excessivo, como o impulso à construção de uma intimidade despropositada, e assim faço das redes sociais, do mundo virtual, um refúgio e uma invasão a distância. Enfim, minha responsabilidade consiste em estar preso a essas duas desmedidas, essas duas disritmias.

— Parece que essas duas alternativas se colocam quando você, como disse, está correndo atrás ou muito na frente. E quando você está no compasso certo? E quando consegue ser você mesmo? Isso nunca acontece?

— Tenho dificuldade em dançar conforme a música. Entende? Eu me sinto um remanescente de neandertal, um orangotango exposto no zoológico. Quero dizer, eu me sinto melhor quando estou sozinho, e fico constrangido sob o olhar dos outros. Mas não deixo de idealizar como seria bom ter amigos, ter uma namorada e um grupo de colegas, se houvesse uma linguagem, um jeito de falarmos a mesma língua. Dediquei anos de estudos conceituais ao tema da linguagem, e agora vejo que provavelmente na expectativa de suprir algo que me falta.

Enquanto ele anota observações em seu papel, tenho a impressão de que avanço rápido demais ou de maneira desconexa e que preciso voltar ao essencial.

— Como é em torno das mulheres que, além do interesse amoroso, encontro uma atmosfera social aberta e mais serena, para não dizer maternal, com o tempo venho limitando a elas quase todos os meus contatos, mas a composição de insucessos estende a sensação de confusão. Escrever um romance pode ter sido apenas uma tentativa de desenvolver a arte de amar, porém descobri que escrever é tão difícil quanto viver.

Capturo uma expressão de assentimento, de ter tocado em um ponto que lhe pareceu substancial.

— Não somente na arte. É possível que eu tenha procurado por meio da filosofia projetar uma imagem de intelectual que me proporcionasse respeito, um lugar social e justificasse aos outros minha esquisitice, o que, se funcionou em algum momento, já não ajuda mais. Como também em nada ajuda simplesmente achar que a opinião alheia não tem importância. Quem me conhece pode pensar que sou sério, fechado e formal porque sou filósofo, e não que me tornei um em razão de características já presentes na minha personalidade. Em todo caso, tenho tomado consciência dessas dificuldades porque, em todos esses planos, não só o profissional, algo me impede de continuar crescendo e de alcançar novos objetivos. Estou muito cansado e nem sequer compreendo se há algo de errado comigo ou se é apenas a vida como ela é.

Nas explanações que faço ao psiquiatra, salto de um caso a outro, de um aspecto a outro sem me preocupar em estabelecer conexões, como se ele pudesse inferir as causas sozinho e o que mais importasse fosse a produção de uma espécie de mosaico. Digo que confio no destino da humanidade, que tenho compaixão com o sofrimento das pessoas, que não me considero desprovido de empatia, mas que as trocas medianas e conversinhas não compensam o dispêndio de tantos esforços. A exceção, quando tudo parece correr bem, é quando, em vez de uma dinâmica social espontânea, meu foco recai em algum assunto de grande interesse, como ocorre nas aulas, no momento em que as atenções se voltam aos temas e a presença de ouvintes serve de estímulo ao avanço de raciocínios que adquirem vida própria, para os quais não me considero mais que um veículo.

— Será que estou em busca de um *daimon* oculto? — Percebo que o sentido desta pergunta lhe escapa, que já exercito um monólogo em sua presença.

Ao ver que deseja me interromper pela hora avançada, peço-lhe que exponha suas hipóteses iniciais e, sem reservas, ele me responde:

— É possível que você seja artista.

— Artista?

— Autista. Transtorno do espectro autista de alta funcionalidade, também conhecido como síndrome de Asperger, o que significa sem comprometimento cognitivo, mas com prejuízos sociais significativos. É possível também que se trate de fobia social, ou as duas coisas, a depender da presença de elementos menos constitutivos e mais recentes.

De início, aquela imprecisão aciona um alerta de inconsistência, mas logo entendo que é melhor encarar sua prudência do que enfrentar um diagnóstico apressado. Dr. Franco suspeita que minha condição culmina em um quadro não só de ansiedade, como de depressão, o que diz ser bastante comum em casos limítrofes como o meu parece ser. O prejuízo a campos essenciais da vida, nas relações sociais, profissionais e amorosas, é concreto e significa que não devo atenuar minha preocupação. O médico legitima considerações que para outros podem parecer demasiadamente etéreas ou banais e, com isso, conquista de vez minha simpatia. No entanto, acrescenta que é preciso fazer uma investigação mais profunda para determinar diferenças entre causas e efeitos, bem como para prescrever terapias e tratamentos. Assim, propõe-me que aprofunde aquela avaliação com um neuropsicólogo, que deverá aplicar alguns testes. Acato sua orientação e deixo a consulta tanto com uma impressão de surpresa quanto com a sensação de confirmar algo já suspeitado.

Deixo o local em grande agitação, encontrando milhares de outras respostas possíveis às poucas perguntas que fez, como também novas perguntas que gostaria de dirigir a ele. Recordo-me de quando ele quis saber se sou organizado, disciplinado, afeito à rotina.

— Se podemos considerar crescer, envelhecer e morrer uma transgressão da ordem, é verdade que tenho um problema com isso. No mais, apenas alguns rituais de sono e ao despertar. — Tanto poderia ter sido dito para atender mais ao que ele precisava saber do que a minha necessidade de desabafar, mas saio convicto de que houve progresso.

Admiro aquela capacidade, própria da ciência, de nomear um prisma tão abrangente, como uma bengala que oferece apoio para ir onde é preciso. Leva-me a entender melhor que essa perspectiva não pertence a todos, nem é tão extraordinária assim. Há uma especificidade, um conjunto de coerências próprias, distintas de outras com as quais eu contava. A compreensão que antes tinha de transtornos psicológicos, por exemplo, nas neuroses trabalhadas pela psicanálise, com a qual estava familiarizado por anos de terapia no passado e alguma leitura, era a de que todos têm seus problemas amorosos, familiares, profissionais, sociais, e a única diferença entre as pessoas sem prejuízos cognitivos ou psicose era se alguma vez encararam as repetições moldadas por suas fraquezas. Desejo e recalque; interesses mais ou menos egoístas; maior ou menor disposição a se sacrificar aos acordos com os outros e a sociedade. Contudo, o que defronto agora é diferente, um jeito de perceber o outro não pela excepcionalidade do desejo ou pela necessidade dos acordos, mas pelo ruído e pela deformação dos encontros. Não que fosse incapaz de perceber corretamente a realidade, ao menos em seus traços essenciais, porém tinha dificuldades em interagir com sua face social – Behemoth. Encontro-me nos desencontros, ciente de que algo que escapa a meu controle impõe que seja assim. Um modo de ser recorrente, em vez de decorrer dos eventos, deu forma a eles e às imagens que ao longo da vida construí, inclusive de mim mesmo. Se algumas vezes durante os anos de análise foi importante ouvir "Por que você seria diferente dos outros?", descubro uma linha de pensamento que acolhe dificuldades particulares talvez mais basilares, condicionantes de minha história, e há nisso agora algo de libertador e promissor. São novas ferramentas para outra forma de cuidado.

Trata-se de um dos raros momentos em que tenho consciência de atravessar uma transformação duradoura e vejo que a diferença entre meu caminho até aquele ponto e o que agora se anuncia deve ser compreendida como um novo estágio de vida: da primeira soberba de base racional e materialista à aceitação do mistério e ao interesse por especulações metafísicas; destas à inesperada inclinação à espiritualidade, cuja necessária fundamentação eu encontrara na filosofia bergsoniana; e agora é possível que minha inclinação, a um passo de ser depurada em uma fé inominada, seja substituída por outra, clínica, médica, talvez química, como uma entrega à ciência – em nome de alívio, de poder viver alguns anos em paz.

O que havia em comum em cada um desses passos era uma procura não apenas por autoconhecimento, mas sobretudo por tranquilidade, e esse é o critério capaz de estabelecer, entre essas diferentes maneiras de viver, um viés progressivo. Se ele pode ser cobrado por conter uma conotação de perda, cabe a cada um decidir o que entende como verdade e em que medida ela se relaciona aos seus efeitos sobre as maneiras de viver para realizar desejos e ambições ou conquistar a paz. Às vezes, não é possível querer ter controle sobre essa escolha, e devo entender que nenhuma dessas paradas ou guinadas precisa ser definitiva. O que agora importa é se ela é necessária.

É preciso interromper outras aspirações para fazer essa investigação, há tempos já iniciada. Até mesmo o interesse em deixar de lado os artigos acadêmicos para me arriscar em uma literatura romântica, mais calcada nos sentimentos que em alguma disrupção formal, converge com a passionalidade aliada a esses sofrimentos psíquicos. Procurei dar a essa maneira de ser inclinado à dor da separação, uma beleza estética, uma transfiguração, mas devo reconhecer que careço dessas habilidades redentoras. Talvez conquiste, como consolo, uma forma de fazer o bem a quem precise e então faça deste relato um conselho amigo, suprindo a carência da forma bela com um sentido moral.

Evidentemente, um temperamento diferente, mais tímido e avesso às interações sociais não é em si mesmo uma deficiência ou uma doença. O médico desconfia é de que seus efeitos recorrentes sobre um indivíduo podem levá-lo a desenvolver sofrimento excessivo. E, se por acaso me engano, não quanto à gravidade, mas quanto a sua origem, ao menos é certo que preciso me enganar para encontrar ajuda. Cabe agora confiar aos especialistas a proposição do diagnóstico e do tratamento. O que temo é que os esforços por vir, em vez de menores, se tornem mais penosos que os anteriores e que à frente se revelem mais um intrincado, embora insuficiente, sistema de ilusões capturado por uma rede de poder. Afinal, independentemente da particularidade de meu caso, a solução a propor já se encontrava definida de saída. Contudo, se é inevitável cair em alguma dessas malhas, ao menos que ela seja de todas a mais completa e eficaz.

Sei que tudo isso ainda pode parecer desalinhado, mas a inclinação à saúde já é bastante coisa. Ao chegar em casa, procuro na internet o conteúdo disponível sobre meu transtorno e tenho a impressão de que os algoritmos desejam rir de mim. Nas ferramentas de busca, vídeos e artigos trazem não apenas definições, a etiologia, como também uma série de mensagens morais sobre um sentido da vida supostamente capaz de compensar essas dificuldades: "O que importa são as relações que criamos, o amor que recebemos e doamos"; "Na hora da morte, ninguém se preocupa com outra coisa senão as marcas deixadas nos outros e a maneira como será lembrado por aqueles à sua volta".

As mensagens me fazem entender por que a tensão que, intencionalmente ou não, cultivamos com os outros leva a uma involuntária atração pela morte. A vida quer encontro – é sua condição para a criação – e a morte é decomposição. Ela quer devolver recursos e abrir espaço. A condição associal é tão contrária ao que a vida pretende que a morte a interpela sem cessar. Subconscientemente, a vida encontra a moeda de troca de seu amor-próprio e de seu direito a prosseguir pelo modo como se conforma e serve ou não aos outros. Sente-se como um apêndice do grande organismo, um desperdício em seu conjunto de tentativas, e até esquece que há modos de servir aos outros na solidão.

Porém, todos esses sentidos só podem ser colocados em questão por quem ainda está vivo. De todas, essa é a condição decisiva, e vivo ninguém está sozinho.

*

Ao chegar à sala de aula, no último dia do ano letivo, quando deveríamos fazer a vista de provas, os poucos alunos presentes estão em pé e bem-arrumados, as moças maquiadas, e todos sem material a tiracolo.

— Vai ter alguma festa e não estou sabendo?

— Claro que está, Eduardo. — Laura dissimula indignação. — Combinamos de no último dia sair para comemorar e que você viria com a gente.

— Isso mesmo, professor — reforça Bernardo. — Foi no dia do lançamento do seu livro. Não pode desistir agora. Já estão esperando a gente.

— Tá certo! Para onde vamos? Alguma pizzaria por aqui?

— Nada disso. Vamos comemorar em alto estilo no Bixiga! — responde Fernanda.

"Alto estilo no Bixiga!", ela disse. "O que seria isso?", me pergunto. Eu já tinha ouvido falar desse lugar, mas desconhecia que fica em um canto da Bela Vista, não muito longe do caminho que faço entre o trabalho e minha casa. Pego o endereço com eles, passo na sala dos professores para guardar o material e assino o ponto mais cedo. Ao chegar, encontro o grupo que não foi à faculdade e já estava em uma grande mesa armada na calçada da Rua Treze de Maio.

Cumprimento-os um por um e percebo a satisfação ao me verem. Por mais que os conheça, estranho novamente ser o centro das atenções. Colocarei à prova a diferença que fará o diagnóstico recebido. Ao menos, por não ser um compromisso formal, posso a qualquer momento inventar uma desculpa e sair.

Pergunto se costumam se encontrar por ali e me respondem que é comum, por ser bastante central, mas vão também a outros lugares, porque há gente que mora em toda parte da cidade. Adultos de diferentes faixas etárias ocupam o interior de bares e, nas calçadas, conversam, bebem e fumam animadamente. Fernanda me conta que o principal atrativo ali é a Feira do Bixiga, que acontece aos domingos. Imagino se tratar de uma feira de antiguidades semelhante à da Benedito Calixto. A atmosfera é tão alegre que, no dia em que eu me mudar de lá, em vez de Jundiaí, poderia vir para o Bixiga, dessa vez com o cuidado de não ficar colado demais ao tumulto da feira. Afinal, viver isolado não seria tão bom assim.

— Você gosta de São Paulo? — pergunta Marisa. Ela foi adotada pelo grupo como uma espécie de matriarca. Todos a tratam com respeito e carinho.

— Gosto, Dona Marisa, não sei por quê, mas acredito que cada vez mais. Acho que é o jeito das pessoas, educadas e cordiais. Combina mais comigo do que a irreverência dos cariocas. — Ela provavelmente não esperava uma resposta tão sincera.

Pergunto-me se ali esperam de mim um papel semelhante, paternal. Talvez pudéssemos nos tornar amigos, mas nesse caso as coisas poderiam não ser tão favoráveis.

— Professor, sabe que já morei um tempo no Rio de Janeiro, em dois lugares? Botafogo e Copacabana. Muitas vezes sinto falta — diz Daniel, sujeito com a idade próxima da minha, sempre calado. Reparo que, mesmo agora, insistem em me chamar de professor.

— Que legal, Daniel. Você tem família lá?

— Não, fiquei dois anos a trabalho, para ajudar a implementar um sistema da área de tecnologia da empresa em que trabalho, mas depois me chamaram de volta.

— Tecnologia, é? Que mudança radical para filosofia!

— Não teve mudança. Foi para não pensar só em tecnologia que eu quis embarcar nesse curso. E foi tudo bem diferente do que eu imaginava.

— De um jeito bom?

— O saldo é positivo, com certeza.

Chegam os demais com quem eu havia me encontrado na faculdade.

— Que bom que você veio, Eduardo! — exclama Bruna. — Teve gente apostando que você escaparia.

— Não me deixaram — respondo, em tom de pilhéria, mas logo percebo a indelicadeza de minha parte.

— Daniel, pede aí umas cervejas pra gente brindar na companhia do professor — diz alguém do outro lado da mesa.

— À conquista de vocês! — Reencontro sentido para me alegrar.

Enquanto Lúcio enche nossos copos, pergunto a ele quais são seus planos.

— Quero dar aulas. Vou ser efetivado na escola onde fiz estágio e estou muito animado. Mal posso esperar pelo início do ano letivo!

— Isso é ótimo! Parabéns!

— Agora que não estamos mais na faculdade, podemos te fazer umas perguntas mais livres, não é? — Depois dos primeiros goles, começam a se soltar.

— Mais do que as que você costuma fazer, Bernardo?

Ele ri de si mesmo com satisfação.

— Assim fico tímido.

— Ninguém vai cair nessa — diz Lúcio, parecendo insatisfeito por nossa conversa ter sido interrompida.

— Mas podemos, Eduardo?

— Então era uma cilada mesmo!

— É que da última vez em que estivemos aqui eu disse a eles que acredito na existência de alienígenas e todo mundo ficou rindo da minha cara. Queria saber sua opinião.

— Isso é sério ou estão me tirando? — procuro me certificar, em tom brincalhão.

— Não, não. É sério.

— Acho que já disse a vocês que venenos se desenvolveram diversas vezes em linhas evolutivas diferentes. Vocês lembram quantas vezes?

— Não — responde ele com olhos arregalados e virando o copo suado, como se isso fosse ajudá-lo a compreender melhor o que estou prestes a dizer.

— Também não me lembro direito, mas acho que 26 vezes. Vamos dizer que seja isso. Vinte e seis vezes a natureza criou uma substância semelhante, nunca exatamente a mesma, mas capaz de propiciar mecanismos de ataque e de defesa aos seres vivos. O mesmo se pode dizer sobre os olhos, umas tantas vezes surgiram em linhas evolutivas diferentes. Meia dúzia, talvez, para o ataque e a defesa. Não me cobrem o número exato. Mas percebe como isso responde à sua pergunta?

— Não mesmo! Mas continue, continue.

Alguns riem, parecendo não saber se estou gozando da cara deles ou falando sério. Percebo que talvez seja o contrário, mas o jeito é ir em frente.

— As diferenças fisiológicas entre os olhos e na química dos venenos são uma pequena amostra da diversidade de formas vitais que a natureza é capaz de produzir em vista das mesmas funções, e nos levam a crer que coisas como essas, na medida em que haja luz, abundância de elementos químicos e competição entre espécies, também existam por aí.

— Professor, uma coisa é a diversidade das formas de vida depois de ela ter surgido e outra é assumir que possa ter início por toda parte. Sabemos que a vida na Terra veio toda de um ancestral comum. — Daniel está mais à vontade do que na sala de aula e mais atento do que Bernardo.

— Não por toda parte, mas em muitos lugares. A vida demorou apenas uns 500 milhões de anos para surgir na Terra, em condições mais adversas que as atuais. Façam as contas e vejam quantas vezes ela deveria aparecer em 4 bilhões e meio de anos, que é a idade da Terra, ou em 13 bilhões de anos, que dizem ser a idade do Universo. Mas o que mais importa é que meus exemplos não tratam do desenvolvimento de uma mesma forma rudimentar do olho. Se ele surgiu em linhas evolutivas diferentes, não há acaso, assim como ocorre a formação de planetas em outros sistemas solares e com a forma espiralada das galáxias por todo o Universo. O que encontramos em largas escalas no comportamento da matéria inanimada é a mesma busca de ordem que encontramos nas formas mais simples da vida. Por isso, não vejo por que a produção de um órgão tão complexo deve ser necessariamente mais complicada do que a produção de formas de vida simples, a não ser que se considere que essas condições sejam mais escassas na vastidão do Universo do que são na Terra, e não há motivo para aceitar isso. Em toda parte as coisas acontecem de maneira semelhante, nas pequenas e grandes escalas, desde a formação dos elementos químicos até a formação das galáxias. É muito provável que haja condições até mais favoráveis do que aqui. — Nada como uma boa polêmica teórica para curar desconfortos sociais, reconheço.

— Que condições?

— A presença de água em estado líquido, por exemplo, porque o movimento dos átomos em um meio gasoso é muito rápido e, em um sólido, muito lento para a composição de moléculas complexas. Deve haver planetas mais antigos que não passaram por todos os processos de extinção que o nosso atravessou e mantiveram um clima mais equilibrado ao longo do tempo. Isso favoreceria formas de vida até mais inteligentes que a nossa, capazes de coisas que não podemos imaginar. Enfim, o Universo é tão grande, já durou e vai durar tanto tempo que ele admite essas utopias.

— É mesmo uma utopia — afirma Bernardo.

— Mas não era você que defendia a tese da existência de vida alienígena?

— Na verdade, não sei. Eu queria saber o que você pensa pra valer, sem aquela neutralidade de quem representa a cada momento um autor, uma filosofia. — Ele troca olhares com alguns colegas, com um risinho no rosto que me passa a impressão de que a proposição da questão foi desde o início uma pegadinha.

— Nunca é só a defesa desinteressada de uma filosofia, mas a cada vez a oportunidade de dar atenção a ela. De qualquer forma, a questão me interessa, e talvez a grande pergunta não seja se existe vida, e sim como ela seria e se seus tipos não poderiam ser encontrados aqui mesmo. Tenho a esperança de que existam formas de vida superiores, que entre nós apenas esboçamos, porque, afinal, ainda somos bastante primitivos, imaturos, embora capazes de sonhar coisas tão incríveis... Como disse nosso amigo Bergson, o Universo é "uma máquina de fazer deuses". Mas não era minha intenção monopolizar a conversa. Alguém pode pedir mais uma rodada?

*

Quando imagino que superamos as controvérsias, Pedro recomeça:

— Professor, o senhor sempre evitou o debate político em sala de aula.

— Não me chamem de senhor. Não sou tão mais velho do que boa parte aqui. Vocês estão se formando e estamos em um bar.

— Tá certo. Agora que o curso acabou, queríamos saber sua posição. Muito legal a coisa da vida alienígena, mas e aqui na Terra? E aqui no Brasil?

— Não seja desagradável, Pedro — intervém Laura.

— Ah, era mesmo uma armadilha! Vejam. Não evitei assumir posição, mas meu trabalho era tratar de interesses comuns. — Concluo que vir não foi uma boa ideia.

— Gente, não vamos transformar isso em um interrogatório.

— Mas a gente quer saber, Fernanda. Deixa ele falar. Também estou curiosa — reforça Bruna.

— Podem me perguntar o que quiserem, mas vou responder da minha maneira. Combinado? Proponho a hipótese de que muitos problemas políticos decorrem da redução do vital ao que é material.

— Como assim? — Bruna insistiu.

— Se nosso mundo for um sistema fechado, no qual a criação se reduz a possíveis combinações de recursos materiais limitados, a liberdade será medida pelo acesso a esses recursos, e até mesmo aqueles que mais dispõem deles a compreenderão como um modo de aumentá-los, conservá-los ou de se entreterem com eles, distraindo-se, com prazeres do corpo, do vazio de uma existência aprisionada em processos mecânicos. Antes que me perguntem, não estou negando que haja desigualdade na divisão social dos recursos materiais e das formas de criação que dependem deles, mas dizendo que não deveríamos reduzir as potencialidades da vida, as formas de criação e a atividade política a arranjos materiais. Se cairmos nesse erro, a luta já estará de saída perdida, porque aceitamos que a vida seja assim reduzida, e então ela pode ser apropriada e manipulada por aqueles que possuem maior domínio sobre os materiais disponíveis. Enfim, recusar essa forma de produtividade como único critério de valorização da vida é um ato de liberdade e de coragem política.

— Quando fala de recursos materiais, você se refere à relação entre política e economia? — Bruna se mostra interessada.

— Acho um erro a redução das atividades intelectuais, artísticas e políticas a fatores e propósitos econômicos, mas também vale lembrar que a economia não se limita a processos de transformação de matéria-prima em bens de consumo.

— Você parece descrever um princípio filosófico, mas como ele orienta suas escolhas entre partidos e políticos? Como a gente pode se posicionar frente aos desafios e aos acontecimentos históricos com essa crítica ao mecanicismo, que parece uma crítica ao materialismo? — Pedro procura direcionar minha abordagem ao seu foco de interesse.

— Não apenas ao materialismo, mas aos modos dicotômicos de conceber a vida espiritual. Aprender, evoluir é encontrar a diferença sem cair no extremo oposto, na contradição. As qualidades materiais podem orientar o pensamento de maneira equivocada: quente ou frio, claro ou escuro, salgado ou doce. A evolução das formas na natureza não é balizada por essas polarizações, e o espírito não evolui para alcançar objetivos prévios, e sim como uma espécie de transbordamento diante do que, a cada momento, se apresenta como obstáculo.

— Ih, professor. Isso continua muito vago. Nas aulas de filosofia funciona bem, mas, no mundo real, a coisa é diferente — provoca Pedro.

— Não concordo em divorciar o estudo da filosofia de uma atitude política.

Durante minha resposta, Marcos apareceu e nós o cumprimentamos. Percebo que ele e Clarice se tratam como amigos. Seus ex-colegas querem saber como estão as coisas na UFABC e quanto falta para ele se formar. Ele parece não ter pressa e estar satisfeito com a troca que fez, mas diz que sente falta de todos ali. Vejo que cultiva um afeto verdadeiro pelos amigos. Pedro lhe conta que conversávamos sobre política "de maneira bastante estranha". Ele enche um copo de cerveja e passa a acompanhar atentamente, enquanto sou cada vez mais pressionado a continuar:

— Não acredito em tacar fogo no mundo para reerguê-lo da terra arrasada. Não porque fazer uma revolução não seja legítimo em contextos em que é preciso depor um autocrata. Revoltar-se contra um poder tirânico é um dever moral, mas isso serve a casos de exceção. Deveríamos, na devida ordem das coisas, fazer as instituições funcionarem, reformá-las e aprimorar as leis, o que não pode ser confundido com a política como um estado de guerra permanente, por subterfúgios ritualizados.

— Mas isso beira o conservadorismo! Se você admite a legitimidade da revolução contra as injustiças sociais, precisa perceber a excepcionalidade da situação que vivemos. É nesse ponto que queremos chegar — me interrompe Pedro mais uma vez, superando os velhos ritos da sala de aula.

— Acho que a política revolucionária — continuo — está no campo cultural e educacional. São mudanças operadas de dentro, sem imposição dogmática. Isso traz transformações mais profundas que o debate político-partidário ou algum projeto revolucionário que vise instituir outro sistema político e econômico. As grandes revoluções do último século não aconteceram aos sons de trombetas nos campos de batalha e com derramamento de sangue nas ruas. Elas têm ocorrido no uso público do pensamento e em ações capazes de mobilizá-lo, com movimentos sociais e atos de resistência que reclamam por mais direitos e menos sectarismo. São ações não necessariamente violentas contra as pessoas, mas que podem ser violentas para um sistema que nos constrange e nos coage a produzir sem gerar diferenças. Infelizmente, muitos ainda acreditam que o fogo transforma a geografia mais do que a água.

— Na verdade, assistimos de braços cruzados à ascensão do conservadorismo reacionário, que ataca as minorias e destrói toda e qualquer diferença. Por isso ainda não há revoluções. Mas é inevitável que a guerra cultural leve a ações concretas. Sabemos, agora que as eleições passaram e que perdemos, no que deu fazer tantas concessões. Vamos ver o preço que vai ser pago por essa negligência política. E veremos se com o poder nas mãos os reacionários vão nos fazer concessões. Os ricos nunca foram tão ricos e os pobres assistem à opressão com indiferença. Falta realmente educação, mas só educação não basta. — Pedro se exalta. — Só existe educação de verdade se ela gerar tomada de consciência das condições de opressão para alguns e perpetuação dos privilégios para outros. Nisso concordamos. Mas o problema é acreditar que as elites permitirão o esclarecimento das massas e a perda dos seus privilégios, concedendo passivamente que sejam feitas as reformas às quais você se referiu. Se não há conflito, é porque um dos lados se resigna a assistir de braços cruzados à tomada de posição do outro, e infelizmente esse é o nosso lado.

— Acho que compreendo a cobrança de vocês. O risco para a filosofia é ela reforçar a hegemonia de uma cultura específica, uma forma de colonialismo, e nos afastar da realidade quando ficamos presos a questões muito abstratas. Por outro lado, além de políticas públicas eficazes, acredito que o caminho está em uma cultura de empatia, que valorize a diversidade e a mudança, algumas vezes por meio de processos de deseducação de compreensões arraigadas à memória coletiva, para que nos reeduquemos. Isso é o mais difícil e precisa ser acompanhado por uma atenção não apenas aos direitos humanos, mas aos sentimentos, e por uma preocupação espiritual em encontrar a melhor direção. Como costumam dizer: o ódio envenena... Evidentemente, não questiono a laicidade do Estado, mas a filosofia, em razão de sua intrínseca posição crítica, pode ser mediadora nesse cuidado com uma dimensão espiritual da vida.

É verdade que as provocações deles me levam a pensar sobre coisas que, embora eu não possa chamar de firmes convicções, se acomodaram nos cantos de meu sistema de crenças.

— Ter lado é melhor do que esperar que as coisas magicamente aconteçam por consenso, como se a diferença entre as forças políticas, que são gritantes, não nos dissesse respeito. — Pedro se torna mais que incisivo.

— Eduardo, vai me desculpar, principalmente por chegar no meio da conversa e palpitar. — Intervém Marcos. — A política que é preciso fazer é a que force cada um a sair de cima do muro para assumir uma posição responsável. Concordo com o Pedro. Há sempre desafios e dilemas emergenciais que, em meio a contradições sociais historicamente herdadas, precisam ser enfrentados para evitar que o pior aconteça. O problema é não conseguirmos nos mobilizar o bastante e, nesse sentido, todo discurso que divide nosso lado e nos dispersa é um discurso que fortalece o inimigo. Há dois lados, e fazer política é assumir e cobrar uma escolha entre eles. Além disso, a filosofia não deve estar fora, mas no *front* dos campos de batalha.

— Reconheço que a política é o campo das divergências e decisões urgentes. É importante escolher e agir, mas não concordo com o lugar que você atribui à filosofia. Não vejo como ela se distinga, nesse caso, de um mero argumento de autoridade e uma pretensão de posse sobre a verdade em realidade voltada a interesses parciais. Lamento se isso decepciona vocês, mas o que me interessa discutir é a perspectiva filosófica.

— Platão dizia que quem se recusa a participar da política se condena a ser governado por homens inferiores.

— Platão era um crítico da democracia e entendia que esses homens inferiores eram o povo menos instruído, sem suspeitar que no futuro os homens se instruiriam equivocadamente, privilegiando saberes técnicos e interesses econômicos, e não filosóficos ou políticos. Como já disse, concordo que precisamos votar com consciência da nossa responsabilidade, mas ao nos limitarmos a essa política que aí está, não apenas continuamos governados por homens inferiores, como também nos condenamos a nos tornarmos inferiores. É preciso inventar outra maneira de fazer política. E acho que a percepção disso é o diferencial que a filosofia tem a acrescentar.

— Qual seria essa outra maneira de fazer política? — Marcos insiste no debate franco, ao menos não pude notar ironia.

— Não tenho capacidade de sistematizar isso. No fundo, sob a cobrança de vocês, estou propondo algo bastante simples. Façam a política partidária que desejam, mas não fazemos política apenas quando debatemos os conflitos partidários.

— Pessoal, toda essa discussão é fogo amigo — intervém Lúcio, antes que os ânimos se exaltem mais. Com todos em silêncio, ele prossegue: — Professor, eu também tinha curiosidade de conhecer seu posicionamento com relação a uma série de coisas, mas agora percebo que vou sentir falta da sala de aula.

— Você não está se despedindo da sala de aula, Lúcio, apenas passando para a frente dela, como há pouco estava me contando. Por favor, passe também minha frente nessa discussão.

Os presentes se dividem em satisfeitos e insatisfeitos com as aporias a que chegamos. Eu me coloco entre os últimos, porque vejo que o debate que tivemos reforça distâncias no momento da despedida.

— Pessoal, acho que a gente devia deixar um pouco de lado essas discussões e ir para um lugar mais animado. Estou com vontade de dançar! — diz Fernanda.

— Vamos! — Entre eles há consenso.

Enquanto pagam a conta, levantam-se e reúnem seus pertences, eu me aproximo de Clarice.

A CHAMA REMOTA 277

— O que você pretende fazer agora, Clarice?

— Passei para o mestrado na USP. Vou aprofundar meus estudos em filosofia política.

— Fico feliz de saber disso, mesmo empapuçado dessa discussão... Parabéns!

— Obrigada, Eduardo. E você?

— Enquanto puder, continuarei dando aulas, e sem mais adiar o desejo de escrever. Andei me aventurando na ficção, mas é difícil contornar minha relação com a filosofia. No fim das contas, sempre somos cobrados de fazer uma escolha.

— Jura? Gostaria de ver.

— Tomara que sim, em algum momento. E você? Continua escrevendo?

— Continuo. Qualquer dia desses te mando alguma coisa para me dizer o que acha.

— Manda mesmo. Vou gostar de ver, sobretudo se não deixar a política tirar de você toda a poesia.

— Ao contrário, pretendo levar a poesia pra ela.

Chegamos na entrada de uma casa noturna. Imagino que queiram ouvir techno e hip-hop. Aguentarei cinco minutos, os despistarei e voltarei para casa. Quando abrem a porta, sou surpreendido com o rufar da zabumba e o tilintar do triângulo, seguidos de um solo de acordeom. Ao ver que é uma casa de forró, desato a rir, e os que estão mais próximos parecem acreditar que é por se tratar de uma experiência excêntrica demais.

Daniel e Clarice começam a dançar. Bruna me puxa pelo braço.

— Não sei dançar isso, não.

— Vem, professor, vou te ensinar.

15. Epílogo

Durante as férias, o último encontro com os alunos não saiu da minha cabeça. Pensei que, ao ceder às controvérsias, havia comprometido a imagem que levariam de mim e a contribuição que esperava fazer à formação deles. Uma dúvida consumiu meu tempo de descanso: se o posicionamento político que tinha assumido, ou me recusado a assumir, decorria do transtorno que, após a primeira suspeita do psiquiatra, um neuropsicólogo nos ajudou a confirmar.

Quando confessei meu desalento com o resultado do diagnóstico, Dr. Franco tentou me consolar:

— É possível que, na tradução das competências intelectuais para as sociais, você seja atrapalhado por um pensamento rígido. A capacidade analítica, que funciona bem na filosofia, pode congelar a dinâmica das relações, impedindo que transcorram naturalmente. Muitas experiências nas relações pessoais exigem que sejamos mais intuitivos e talvez isso nunca seja tão fácil para você, mas tomar consciência disso é um bom ponto de partida para encontrar alternativas que te proporcionem mais qualidade de vida.

Ele estava coberto de razão. Algo que eu podia compreender na teoria tinha dificuldade de pôr em prática. Eu me voltava para o Universo, em vez de para a socialização; buscava a totalidade e me distraía dos acontecimentos comunitários. Enquanto as pessoas aplicam a inteligência à natureza por não se sentirem parte dela, é nela que meu espírito se acalma e se renova de ânimo. Muitos esperam que a ciência faça da natureza um território de controle e segurança, mas eu quis que o médico me armasse de recursos – uma técnica e um treinamento – dos quais pudesse me servir, segundo os mesmos critérios, para lidar com pessoas.

A avaliação dele era o que faltava para eu concluir aquela investigação, porém o diagnóstico que buscava não estava apenas voltado a minha condição psíquica. Quis perguntar se encontrava em meu texto um pensamento coerente, bem ordenado, ou se expressava uma mente tumultuada, e isso em vista do texto, que eu ainda esperava que ganhasse vida própria. A resposta que me ofereceu foi um incentivo surpreendente:

— Não acho que você tenha abdicado das pretensões literárias, nem que deva fazer isso. Talvez, como mais um aspecto de uma condição que está presente, mas não define em absoluto quem você é, faça mais sentido escrever a partir da sua experiência. Em alguma medida, isso não poderia ser diferente para ninguém, só que talvez seja algo especialmente marcante no seu trabalho. Não sou um especialista na área, nem pretendo me colocar como crítico, mas penso que nada te impede de levar seu plano adiante, e é algo que por muitas razões deve te fazer bem.

— Agradeço por dizer isso. Desde que começamos a fazer essa investigação tenho me perguntado se todo o trabalho que fiz, não apenas com esse texto, mas também com meus alunos, desde minha escolha profissional e meus primeiros interesses pela filosofia, deve-se a esse transtorno.

— Será que isso importa tanto assim, quero dizer, mais do que o próprio trabalho? Acho que o maior ganho da procura que fez está em ser honesto com você mesmo, e desse modo é possível que as coisas que tem a dizer interessem a mais alguém. Não falo de reconhecer limites que te impediriam de levar seus planos adiante, mas de encontrar maneiras de realizá-los dentro das suas características.

— Receio que a medicação atrapalhe a clareza de que necessito nas minhas aulas.

— A medicação deve conter a ansiedade e melhorar seu desempenho.

Aquelas palavras fizeram diferença para mim. Ajudaram-me a percorrer um caminho sem volta, mas que ainda precisava de um desfecho ou de um novo plano. Com o tempo ocioso, inspirado no exemplo do médico, pensei que o próximo projeto poderia ser me valer de minha bagagem filosófica para elaborar uma espécie de medicina alternativa, uma pedagogia compreendida como ciência expandida, espiritual, mística. Por algumas semanas, dediquei-me a desenvolver um sistema de lições derivadas da perspectiva autista. Recolhia na tradição da filosofia ideias afins e me perguntava como seria possível convertê-las em preceitos que auxiliassem a vida em sociedade e que servissem a todos, não apenas a outros como eu. Lembrei-me, porém, de que experiência semelhante, ao me inspirar no bordado de Alice, fez com que eu quisesse me tornar romancista. O que pretendi de uma e de outra, da literatura e da medicina, talvez se confundisse desde o início e assim seria até a conclusão do meu relato. Tal como pretendera fazer da literatura uma forma de autocuidado, não faria agora da busca de cuidados espirituais um modo de ficção?

Como não há nada de literário em dissimular loucura, e vice-versa, restou-me não só abdicar de escrever um romance, como também de exaltar um tipo de sofrimento diante do qual necessitava mais que tudo de palavras que o explicassem. Isso não significava abandonar meu relato, mas me obrigava a concluí-lo com um estilo fiel.

Resolvi suspender por algum tempo aquela avaliação para me concentrar no reinício das aulas, porém sem deixar de lamentar que aquelas fossem descobertas tardias. Com boas estratégias e o redirecionamento de esforços, possivelmente eu teria aproveitado melhor oportunidades que tive: maior engajamento na vida universitária; o cultivo de mais amizades; tentativas de viver amores que desperdicei e de proteger aqueles que tive. Entretanto, não pude esquecer que cada pequena alteração teria comprometido as demais experiências, e os momentos que considero decisivos nem sequer teriam existido.

Finalmente, ao perceber que o médico tem razão sobre a necessidade de afastar essas elocubrações para focar nas oportunidades que ainda podem surgir, decido aceitar o que está escrito no laudo e no receituário. O primeiro passo é conter a avalanche de raciocínios que se perdem em uma profusão de lembranças e alternativas aleatórias, para que não ocupem todo o espaço que posso ter para recomeçar. Resolvo acatar a indicação do médico e desligar algumas chaves de minha consciência.

*

No primeiro dia de aula de 2019, chego cedo à São Romão e, na farmácia do mezanino, compro a medicação prescrita. Na sala dos professores, retiro o comprimido da embalagem, engulo-o a seco e o sinto colado à mucosa do esôfago para alimentar minha relutância. Cato no bebedouro um copo d'água e, como se ainda houvesse escolha, busco a coragem com que Sócrates tomou cicuta, ainda que por uma causa menos nobre e sem contar com lisonjas semelhantes àquelas feitas por seus amigos. Não sou forte para rechaçar o que as instituições determinam. Se é o que me exigem, não corromperei mais os jovens com elogios aos deuses e meu desprezo pelos homens.

Ao olhar pelas janelas, descubro que o dia escureceu rapidamente, mesmo sem chuva, e me pergunto se sinto o primeiro efeito da medicação, se há uma interferência química em meus sentidos. Colegas se amontoam em torno da televisão ligada e, ao me aproximar deles, vejo a notícia de que a fumaça das queimadas na Amazônia atravessa o país e chega a São Paulo, eclipsando a luz do sol que, no horário de verão, ainda deveria iluminar a metrópole.

O início do ano é sombrio. Procuro não pensar que se trata de um sinal do que há por vir. Preciso cuidar de mim e não é saudável me expor demais às mazelas do mundo. Ainda é inevitável pensar que talvez Marcos e Pedro tivessem razão quanto à exigência de assumirmos, diante do novo governo, mais combatividade. Mas como? Fogo contra fogo? Escolho confiar que as ideias dos jovens, consonantes a suas disposições, possuem um lugar nos planos traçados pela natureza para o conjunto da espécie e o destino das nações. Sua sabedoria pode se manifestar mais pela ousadia com que eles querem viver a liberdade do que pela visão daqueles que, atingindo certa idade, satisfazem-se em ter acumulado experiência suficiente para discernir desígnios suprassensíveis.

Enquanto caminho pelos corredores assustado com o horizonte de São Paulo e do país, medito sobre o que dizer diante da cena inescapável. Confio que o remédio que age em meu organismo apaziguará meu ânimo. Para provocar uma primeira boa impressão, que satisfaça a necessidade de me apresentar, procuro esboçar um sorriso confiante no rosto, mas me sinto tolo em forçar descontração. Penso nos manauaras que estão sendo internados com crise asmática, porque o ar no estado está insuportável de respirar. Ainda não é possível prever a extensão dos danos. Lembro-me da viagem que fiz há pouco tempo, de Arnaldo e de Juliana. É preciso escrever a ele para saber como está, fazer-me solidário e me desculpar por ter faltado ao compromisso.

Devo me concentrar no reinício das aulas. Ao ver a entrada da sala, trago comigo receios em excesso. Conhecer os estudantes que chegam, que iniciam a formação, é como uma despedida antecipada. Até pouco tempo atrás, no início de cada curso, antes de me apresentar, notava que me confundiam com outro estudante como eles e encontrava satisfação em suas expressões de surpresa ao me verem deitar a pasta sobre a mesa. A cada ano em que a distância crescia, isolava-me mais em um lugar no qual não podia me reconhecer, e agora compreendo que me cabe diminuir outras distâncias.

Afasto as carteiras para os cantos da sala. Peço que me ajudem. Quando terminamos, convido-os a se sentarem comigo no chão, formando uma roda. Enquanto se acomodam, procuro na direção da janela outros sinais. Do lado de fora sobrevém a noite de um dia escuro como a cidade nunca viu antes, e tento pensar que o sol renasce em outra parte. Eles fazem silêncio e aguardam para conhecer os caminhos por meio dos quais serão apresentados à filosofia. Já tardo em iniciar a aula com o relato de como Tales previu um eclipse e a apresentar sua primeira sentença, que estabelece a água como elemento primordial. Socorre-me a antiga anedota que conta como o filósofo, ao admirar o céu, caiu no poço.

Esta obra foi composta em Adobe Garamond Pro
e impressa em papel pólen 80 g/m² para a
Editora Reformatório, em agosto de 2023.